10|18
12, avenue d'Italie — Paris XIIIe

Du même auteur
dans la collection 10/18

ALLEZ-Y, JEEVES, n° 1535
BARONNETS ET BARS HONNÊTES, n° 1644
BONJOUR, JEEVES, n° 1498
BRAVO, ONCLE FRED, n° 1643
ÇA VA, JEEVES ? n° 1499
LA CITROUILLE A BESOIN DE VOUS, n° 2653
ÉCLAIR DE CHALEUR, n° 1533
HOLLYWOOD FOLLIES, n° 1743
L'INIMITABLE JEEVES, n° 2311
JEEVES, AU SECOURS ! n° 1497
JEEVES DANS LA COULISSE, n° 1793
MERCI, JEEVES, n° 1496
MR. MULLINER RACONTE, n° 1573
ONCLE DYNAMITE, n° 1986
ONCLE GALAHAD AU CHÂTEAU DE BLANDINGS, n° 2166
PAS DE PITIÉ POUR LES NEVEUX, JEEVES, n° 1864
LA PETITE GARÇONNIÈRE, n° 2167
LE PETIT TRÉSOR, n° 2264
LE PLUS BEAU COCHON DU MONDE, n° 1642
SOUS PRESSION, n° 1574
TOUS CAMBRIOLEURS, n° 2025
UNE PLUIE DE DOLLARS, n° 1702
VALEURS EN COFFRE, n° 1701
VERY GOOD, JEEVES, n° 2341

SALLY ENTRE EN SCÈNE

PAR

P.G. WODEHOUSE

Traduit de l'anglais
par Marion GILBERT
et Madeleine DUVIVIER

10|18

« Domaine étranger »
dirigé par Jean-Claude Zylberstein

Si vous désirez être régulièrement tenu au courant
de nos publications, écrivez-nous :
Éditions 10/18
c/o 01 Consultants (titre nº 2868)
35, rue du Sergent Bauchat
75012 Paris

Titre original :
The Adventures of Sally

ISBN 2-264-02423-2

CHAPITRE PREMIER

SALLY DONNE UN DÎNER

I

Sally parcourut du regard la longue table. Elle se sentait tout à fait heureuse. Chacun parlait et riait, et le dîner, après un début incertain, obtenait enfin le succès qu'elle espérait. La contrainte du début, qui se trouvait due — elle ne le savait que trop bien — au gilet blanc de son frère Fillmore, disparaissait, et les habitués de la distinguée pension de famille de Mrs. Meecher redevenaient eux-mêmes.

De son côté de la table, la conversation roulait de nouveau sur ce sujet vital : l'héritage de Sally et la destination qu'elle devrait lui donner. Après la possession des richesses vient le plaisir d'en disposer au nom d'un autre, et les invités de la jeune fille trouvaient une grande satisfaction à équilibrer un budget. La voix publique ayant mis une grosse somme à leur disposition, ils voyaient grand et parlaient en conséquence.

« Laissez-moi vous dire, commença Auguste Bartlett rondement, ce que je ferais si j'étais vous. »

Auguste Bartlett, qui occupait une position inférieure dans la firme Kahn, Morris et Brown, les agents de change de Wall Street, affectait toujours le style bref et incisif qui convient à un homme lancé dans la grande finance.

« Je mettrais deux cent mille dollars dans quelque bonne valeur — nous venons d'en lancer une que vous feriez bien d'examiner — et je spéculerais avec le reste. Quand je dis spéculer, je veux dire risquer quelque chose sur tout ce qui sortirait de bon. L'"Acier Multiple" est intéressant. On me dit qu'il sera à cent cinquante avant samedi. »

Elsa Doland, la jolie fille aux yeux immenses, assise à la droite de Mr. Bartlett, envisageait un autre point de vue.

« Achetez un théâtre, Sally, et sortez de bonnes pièces.

— Et perdez tout ce que vous possédez, dit d'une voix profonde un jeune homme effacé qui se trouvait assis de l'autre côté de la table. Si j'avais quelques centaines de billets, je les mettrais jusqu'au dernier cent sur Benny Whistler, pour le championnat des poids lourds. Je sais de source certaine que Batlling Tuke a été circonvenu et qu'il se laissera tomber au septième...

— Écoutez-moi, interrompit une autre voix, je vais vous dire ce que je ferais avec quatre cent mille...

— Si j'avais quatre cent mille dollars, reprit Elsa Doland, je sais bien ce que je commencerais par faire.

— Quoi donc ? demanda Sally.

— Je paierais ma note de la semaine dernière, échue ce matin. »

Sally se leva vivement et, courant le long de la table jusqu'à son amie, elle lui entoura les épaules de ses bras en se penchant à son oreille.

« Elsa, ma chérie, êtes-vous vraiment fauchée ? Si c'est ça, je... »

Elsa Doland se mit à rire.

« Vous êtes un ange, Sally. Vous donneriez jusqu'à votre dernier cent ! Mais non, je ne suis pas fauchée ! Je rentre de tournée et j'ai mis une vraie fortune de côté. J'ai seulement dit ça pour vous faire marcher ! »

Rassurée, Sally rejoignit sa place pour découvrir que l'assemblée s'était divisée en deux camps. L'élément prudent et conservateur, conduit par Auguste Bartlett, s'était irrévocablement décidé pour trois cent mille dollars de Bons de la Liberté et le reste en une valeur de toute sûreté, tandis que l'autre section, moins importante, mais plus sportive, impressionnée par l'information confidentielle du jeune homme effacé, avait déjà placé la fortune de Sally sur Benny Whistler, après avoir eu soin, toutefois, de la fractionner par enjeux, afin de ne pas affoler le marché. Et la réputation de son adversaire, Mr. Tuke, paraissait si solidement établie dans les milieux compétents que le jeune homme effacé se portait garant — si la chose était faite habilement et sans précipitation — d'un bénéfice de trois cents pour cent.

C'est alors que Sally trouva le moment venu de mettre les choses au point.

« Je ne sais pas où vous prenez vos chiffres, dit-elle, mais je crains qu'ils ne soient faux. J'ai tout juste vingt-cinq mille dollars. »

Cette déclaration jeta un froid. A ces jongleurs de millions la somme mentionnée parut presque trop minime pour retenir leur attention. C'était à peu près celle qu'ils assignaient à l'auto de l'héritière. Pourtant, ils firent un effort pour y adapter leur esprit. Après tout, on peut tout de même faire quelque chose avec une somme de vingt-cinq mille dollars.

« Si j'avais vingt-cinq mille dollars, dit Auguste Bartlett, qui se remit le premier du choc, j'achèterais des "Amalgamées".

— Si j'avais vingt-cinq mille dollars..., commença Elsa Doland...

— Si j'avais eu vingt-cinq mille dollars en l'année mil neuf cent, observa d'un air sombre un gentleman à lunettes, j'aurais pu fomenter une révolution au Paraguay. »

Il parut s'enfoncer dans de noires méditations sur ce qui aurait pu arriver.

« Eh bien, je vais vous dire exactement ce que je vais faire, dit Sally. Pour commencer, un tour en Europe... et spécialement en France ; j'ai entendu dire beaucoup de bien de la France. Je partirai dès que j'aurai mon passeport. Après avoir paressé là-bas quelques semaines, je reviendrai chercher une bonne petite affaire qui voudra bien de mon argent pour me faire vivre dans une honnête aisance. Est-ce que quelqu'un trouve quelque chose à redire à mon plan ?

— Vous pourriez tout de même prendre quelques billets sur Benny Whistler..., protesta le jeune homme effacé.

— Je ne veux pas de votre Benny Whistler, dit Sally, pas même si vous m'en faisiez cadeau. Si j'ai envie de perdre convenablement mon argent, j'irai à Monte-Carlo.

— Monte-Carlo, fit l'homme sombre, se réveillant à l'énoncé de ce nom magique. J'étais à Monte-Carlo en quatre-vingt-dix-sept, et si j'avais eu encore cinquante dollars, seulement cinquante, j'aurais... »

Mais une rumeur se fit entendre à l'autre extrémité de la table. On toussait, une chaise glissa sur le parquet et, lentement, avec cette gracieuse élégance qu'apprenaient les acteurs de l'ancienne école alors que l'art dramatique était ce qu'il était, Mr. Maxwell Faucitt, le plus ancien pensionnaire, se leva.

« Mesdames », dit Mr. Faucitt, avec un salut courtois (et, cessant de saluer, il jeta un regard réprobateur sous ses sourcils vénérables à certains membres masculins de la pension qui semblaient se montrer rétifs), « et Messieurs, je sens que je ne puis laisser passer cette occasion sans dire quelques mots ».

Son auditoire ne parut pas surpris. A vrai dire, il était possible que, dans une grande ville comme New York, un événement se produisît, à propos duquel Mr. Faucitt ne trouvât rien à dire, mais comme la chose n'était jamais arrivée, ils en avaient abandonné l'espoir. Dès le début du repas, on sentait qu'il eût été d'un optimisme débridé de supposer que le vieux gentleman laissât passer le dîner d'adieu de Sally Nicholas sans faire un discours et, l'hospitalité de Miss Nicholas les ayant mis dans un véritable état d'euphorie, ils se préparèrent à écouter avec résignation. Un essai de la part des « Merveilleux Murphy » (de nouveaux arrivés, qui venaient d'inaugurer un numéro d'équilibristes au Buckwick, la semaine précédente), essai tendant à former un parti d'extrême gauche disposé à faire de l'obstruction à l'orateur, céda devant le regard glacial de l'hôtesse. Malgré la brièveté de leurs rapports avec elle, ces deux gentlemen admiraient énormément Sally.

Et c'est le moment de dire que cette admiration n'était point déplacée. Il eût été bien difficile, celui qui n'eût pas été attiré par Sally. Elle était menue et fragile, avec les plus petites mains et les plus petits pieds du monde, le sourire le plus amical et une fossette qui allait et venait dans la rondeur de son menton. Ses yeux noisette disparaissaient lorsqu'elle riait, ce qui arrivait souvent; des cheveux d'un brun doux foisonnaient autour de son petit visage. De plus, elle possédait un air de distinction qui manquait à la majorité des habitués de Mrs. Meecher. Enfin, elle portait sa jeunesse comme un étendard.

« On m'a demandé, continua Mr. Faucitt, de porter un toast à notre charmante hôtesse (applaudissements), ainsi qu'à son frère, notre vieil ami, Fillmore Nicholas. »

Le gentleman auquel il était fait allusion remercia d'un bref signe de tête. Signe de condescendance, à vrai dire, accordé par celui qui, loué par des inférieurs et le sachant, s'efforce de leur rester accessible. Ce que voyant, Sally agita un instant dans son esprit l'idée de jeter une orange à son frère.

A portée de sa main, un fruit d'or était tout prêt et le plastron brillant offrait une cible admirable. Pourtant, elle se retint. Après tout, si une hôtesse cède à ses impulsions primitives, qu'en résulte-t-il ? Le chaos.

Elle se laissa donc aller sur son dossier avec un soupir. La tentation avait été grande. Démocrate dans l'âme, elle ne pouvait supporter la suffisance, et toute son affection fraternelle ne parvenait pas à se dissimuler que, depuis quelques mois, son frère Fillmore devenait insupportablement pompeux. Le jeune Nicholas n'était pas un de ceux — s'il en existe — que la richesse perfectionne. Il semblait se considérer maintenant comme une sorte d'homme du Destin. Et c'était une espèce d'audience qu'il donnait au commun des mortels qui avaient l'honneur de converser avec lui ! Il fallut une heure à Sally pour le persuader de quitter son appartement de Riverside, afin de venir à la pension de famille en cette occasion spéciale. Et, quand il était entré, la perfection de son costume de soirée faisait ressembler le reste des invités à une assemblée de cyclistes. Seul, son gilet blanc, reproche silencieux à l'honnête pauvreté, avait fait régner la gêne pendant le premier et le deuxième service. La plupart des personnes présentes avaient connu Fillmore Nicholas comme un jeune homme impécunieux, qui faisait durer un costume de tweed plus longtemps qu'il n'était possible. Dans ces temps-là on l'appelait Fill, et il n'était pas rare qu'on l'obligeât, dans les moments particulièrement difficiles, par de petits prêts. Mais ce jour-là on regardait le gilet sans rien dire, et on se regardait, médusé.

« Parlant, continua Mr. Faucitt, en qualité de citoyen anglais — car bien que j'aie depuis longtemps obtenu ma naturalisation, c'est en qualité de sujet britannique que je visitai d'abord cette grande contrée — je puis dire que les deux facteurs de la vie américaine qui ont fait le plus d'impression sur moi sont la générosité de l'hospitalité américaine et le charme des jeunes filles d'Amérique. Ce soir, nous avons eu le privilège d'apprécier la jeune fille américaine comme hôtesse, et, je crois pouvoir affirmer, en notre nom à tous, que nous n'oublierons jamais cet événement. Car Miss Nicholas nous a donné, mesdames et messieurs, un véritable banquet. Je ne crains pas de répéter : un banquet. Il y a eu des rafraîchissements alcoolisés. Je ne sais pas d'ou ils venaient. J'en ignore la provenance, mais enfin ils étaient là. Miss Nicholas... »

Mr. Faucitt s'arrêta pour tirer une bouffée de son cigare et reprit :

« Miss Nicholas, messieurs, porte un autre nom, plus doux à ceux qui l'aiment, ceux qui l'admirent, ceux qui l'ont regardée vivre pendant les trois années qu'elle a passées sous ce toit. Ce nom, dit Mr. Faucitt, s'élevant d'un bond dans l'atmosphère, est Sally.

Notre Sally. Pendant trois années notre Sally a lui sur cet établissement comme un rayon de soleil. Pendant trois ans elle a rendu notre vie plus brillante et plus douce. Et maintenant une ascension soudaine aux biens de ce monde — ascension se synchronisant heureusement avec son vingt et unième anniversaire — l'enlève à notre milieu. A notre milieu, mesdames et messieurs, mais non pas à notre cœur. Et je crois que je puis m'aventurer à espérer et même à prédire que, si élevée que soit la sphère qu'elle embellisse, à quelque hauteur du monde social qu'elle atteigne, son cœur d'or conservera toujours une petite place pour les camarades de ses jours de bohème. Mesdames et messieurs, je vous propose de boire à la santé de notre hôtesse, Miss Nicholas, ainsi qu'à celle de notre vieil ami, Fillmore Nicholas. »

Sally regarda son frère se lever et saluer pendant que les bravos crépitaient et mouraient, et son cœur battait un peu plus vite. Fillmore avait la parole facile et passait pour l'un des meilleurs orateurs de la Société de conférences de son collège. C'était pour cette raison qu'elle avait insisté pour l'avoir. Ne devinait-elle pas que Mr. Faucitt, le cher vieux, dirait toutes sortes de choses charmantes sur elle ? Et comment lui répondre quand on ne sait pas parler ? Pourtant, il fallait répondre. Elle connaissait Mr. Faucitt. Ces occasions lui apparaissaient à la façon des scènes d'une pièce, et, comme il jouait son rôle avec une grâce infinie, il ne comprendrait pas qu'on ne lui donnât point la réplique et en éprouverait une peine certaine. Éloquent lui-même, il avait besoin qu'on lui répondît avec la même éloquence, sans quoi sa soirée tout entière serait gâchée.

Nicholas Fillmore effaça un pli sur son gilet et, plaçant une de ses mains épaisses sur la nappe et le pouce de l'autre dans sa poche, il considéra la table de bout en bout, avec des yeux si insolemment fuyants que les doigts de Sally se fermèrent automatiquement sur son orange, tandis qu'elle se demandait si ce ne serait pas le moment...

Il semble que ce soit une des lois de la nature que les jeunes filles les plus attrayantes aient les frères les moins attirants. Fillmore (Nicholas) vieillissait mal. Après avoir été extraordinairement beau à l'âge de sept ans, tout s'était gâté, et, maintenant, à l'âge de vingt-cinq ans, il eût été inutile de nier qu'il était vraiment raté. Pendant les trois années précédant son vingt-cinquième anniversaire, des moyens réduits, joints à un travail continu, lui avaient permis de conserver sa ligne, mais, avec l'argent, vint l'embonpoint, et il présentait maintenant l'apparence de quelqu'un qui se nourrit trop souvent et trop bien.

Pourtant, Sally était prête à pardonner tout cela, si seulement il faisait un joli speech. Elle apercevait Mr. Faucitt, se laissant aller dans sa chaise pour mieux écouter. Car les périodes ronflantes constituaient une véritable nourriture pour le vieux gentleman.

Fillmore parla :

« Je suis certain, dit-il, que vous ne tenez pas du tout à un speech. C'est bien gentil de votre part de boire à notre santé. Merci. »

Et il se rassit.

L'effet de ces mots sur la compagnie fut très marqué mais inégal. La majorité témoigna d'un soulagement sans mélange. L'attitude de Fillmore avait paru à la fois si menaçante et si assurée que les plus pessimistes estimaient ne pas s'en tirer à moins de vingt minutes, tandis que les optimistes lui en accordaient dix. Toutefois, il n'y eut aucune protestation parmi les invités, car le speech de Fillmore leur paraissait l'idéal du genre.

Il en était tout autrement pour Mr. Maxwell Faucitt. Il portait sur sa figure l'expression de surprise et d'horreur d'un homme dont on vient de tirer brusquement la chaise. Et Sally, en le regardant, poussa une exclamation indistincte comme si elle venait de voir un enfant se faire mal en tombant dans la rue. L'instant d'après, elle avait fait le tour de la table et se tenait derrière lui, le bras autour de son cou. Et elle parla ainsi, en quelque sorte, à travers lui :

« Mon frère, balbutia-t-elle, en dirigeant un regard noir vers l'immaculé Fillmore qui, l'évitant, louchait vers son gilet dont il effaçait un autre pli, n'a pas tout à fait dit ce que j'espérais qu'il allait dire... Je ne sais pas faire un discours, mais... (Sally avala sa salive) je vous aime tous et, naturellement, je ne vous oublierai jamais... et... et... »

Ici, Sally embrassa Mr. Faucitt et éclata en sanglots.

« Là, là », dit Mr. Faucitt avec douceur.

Le critique le plus indulgent n'eût pu prétendre que Sally venait d'être éloquente. Et pourtant, Mr. Maxwell Faucitt trouva qu'elle lui avait fort bien répondu.

II

Sally venait de finir de dire à son frère ce qu'elle pensait de sa conduite, et cette réprimande avait eut lieu dans la rue où se trouvait la pension de famille, la fête terminée, lorsque Fillmore, après avoir furtivement récupéré son chapeau et son pardessus, s'était glissé dans la nuit, bientôt rattrapé par sa sœur indignée. Ses reproches, ponctués par intervalles des grognements de l'accusé, avaient duré quelque dix minutes.

Comme elle s'arrêtait pour reprendre haleine, Fillmore parut augmenter comme une balle de caoutchouc sur laquelle on s'est assis. Car, en dépit de cette dignité qu'il portait devant le monde, il n'avait jamais pu s'empêcher d'être intimidé devant Sally lorsqu'elle montrait cette humeur. Il le regrettait fort, car cela contrariait la bonne opinion qu'il avait de lui-même. Sally avait toujours été ainsi. Et leur oncle, devenu leur tuteur après la mort de leurs parents, n'avait jamais non plus, en dépit de sa sévérité, réussi à lutter victorieusement avec Sally.

Dans la dernière scène d'il y a trois ans, après laquelle ils étaient entrés dans le monde dépouillés de tout, la victoire verbale avait été la sienne. Et c'était encore Sally qui, dans l'unique bataille que Mrs. Meecher, sans doute par principe, livrait toujours à ses pensionnaires, pendant la première semaine de leur séjour, avait remporté le succès. Sally, de caractère aimable, était, ainsi que les femmes d'esprit généreux, un cyclone en puissance.

Comme elle semblait avoir fini, Fillmore continua à regagner sa taille normale et il s'aventura à hasarder quelques mots de défense.

« Qu'ai-je donc fait? demanda-t-il d'une voix plaintive.

— Voulez-vous que je recommence?

— Non, non! dit vivement Fillmore. Mais, écoutez donc. Sally, vous ne comprenez pas ma situation. Vous ne semblez pas vous rendre compte que cette sorte de chose, toute cette histoire de pension de famille est à présent reléguée dans le passé. Il faut oublier cela. Soyez juste. Placez-vous à mon point de vue. Je vais devenir un homme important...

— Vous allez devenir un homme gras », dit froidement Sally.

Fillmore s'abstint de discuter ce point. C'était un sensitif.

« Je vais faire de grandes choses, corrigea-t-il. J'ai en ce moment même une affaire en vue qui... mais je ne peux rien dire jusqu'ici, sachez seulement que c'est une très grosse affaire. Eh bien, je veux arriver à ceci, c'est que tout ça (il indiqua d'un geste large la façade du Foyer-pour-ceux-qui-n'en-ont-pas de Mrs. Meecher), c'est fini. Fini et terminé. Ces braves gens étaient très bien quand...

— ... quand vous aviez perdu votre semaine de paye au poker et qu'il vous fallait quelques dollars pour la pension.

— Je les ai rendus ! cria Fillmore.

— C'est moi qui les ai rendus, dit Sally.

— Enfin, *nous* les avons rendus, reprit Fillmore de l'air d'un homme qui n'a pas le temps de couper les cheveux en quatre. Quoi qu'il en soit, je ne vois pas pourquoi, parce qu'on a connu des gens dans une période de l'existence où on était dans l'embarras, on est obligé de les supporter toute la vie. On ne peut pas empêcher les gens de former un club du souvenir, mais, nom d'un chien, on n'est tout de même pas forcé d'assister aux réunions !

— Des amis...

— Oh, *amis* ! dit Fillmore. C'est justement là ce qui me fâche. Ces gens ont le droit de s'appeler mes amis uniquement parce que notre père avait mis dans son testament que je ne pourrais hériter qu'à vingt-cinq ans au lieu de vingt et un comme tout le monde !

Je me demande où je serais si j'avais pu avoir cet argent à vingt et un ans.

— A l'hospice, probablement », dit Sally.

Fillmore fut blessé.

« Ah ! vous ne croyez pas en moi, soupira-t-il.

— Oh ! il ne vous manque qu'une chose pour être tout à fait bien. »

Dans un rapide effort mental, Fillmore passa toutes ses qualités en revue : De l'intelligence ? De l'audace ? De l'envergure ? De l'initiative ? Présent pour tout. Il se demanda où l'imagination de Sally voyait un hiatus.

« Une chose ? dit-il. Et laquelle ?

— Une bonne d'enfant. »

Fillmore parut de plus en plus vexé. Mais n'en est-il pas toujours ainsi ? Les proches d'un homme ne croient à ses capacités qu'au moment où il les a prouvées de façon à ne plus requérir l'usage de la foi.

Pourtant, c'était exaspérant, et la pensée que Napoléon avait traversé la même épreuve ne lui apportait qu'une faible consolation.

« Je trouverai ma place dans le monde, dit-il boudeusement.

— Oh ! vous trouverez bien votre place, en effet, dit Sally, et je viendrai vous voir, vous apporter de la gelée et vous faire la lecture le jour où les visites seront autorisées... Oh ! hello ! »

La dernière remarque s'adressait à un jeune homme qui marchait à bonne allure, depuis Broadway, et venait de s'arrêter en face d'eux.

« Bonsoir Mr. Foster.

— Bonsoir, Miss Nicholas.

— Vous ne connaissez pas mon frère, je crois ?

— Je n'ai pas ce plaisir.

— Il a quitté notre petit monde avant votre arrivée,

dit Sally. Vous ne le croiriez pas à le voir, mais c'était un mangeur de pruneaux, comme vous et moi. Mrs. Meecher le considère comme un fils. »

Les deux hommes se serrèrent la main. Fillmore n'était point petit, mais Gerald Foster semblait le dominer de beaucoup. C'était un Anglais de vingt-cinq ans, rasé, au regard vif, très agréable à regarder. Fillmore qui, afin de se mieux préparer à sa vaste carrière, venait de suivre un de ces cours où l'on apprend à connaître les hommes, en fut impressionné. Il lui parut que Mr. Foster, comme lui-même, était un de ceux qui arrivent. Car, si vous êtes vous-même de ceux-là, vous reconnaissez les autres. C'est une sorte de don.

Après quelques minutes de la conversation décousue qui suit une présentation, Fillmore, ravi de l'occasion, se prévalut de la rencontre pour s'en aller. Il n'avait tiré aucune satisfaction de son entretien avec Sally, et il semblait probable qu'il n'en tirerait pas davantage à le prolonger. De sorte qu'il fut tout heureux de l'apparition de Mr. Foster et que, s'excusant brièvement, il se sépara des jeunes gens pour continuer sa route.

Sally resta un moment immobile à le regarder tourner la rue. Maintenant qu'il était trop tard, elle regrettait de ne pas lui avoir dit encore quelques paroles bien utiles à entendre et bien agréables à prononcer. Il devenait évident que Fillmore n'entendait pas assez souvent ce genre de représentations. Enfin, elle chassa ces pensées et, se tournant vers Gerald Foster, passa son bras sous le sien.

« Jerry, mon chéri, dit-elle. Quel dommage que vous ne soyez pas venu au dîner !...

— Racontez-moi vite tout... »

III

Il y avait exactement deux mois que Sally et Gerald Foster étaient fiancés, mais leur secret avait été si rigoureusement gardé que personne chez Mrs. Meecher ne le soupçonnait. Pour Sally, qui ne détestait rien tant que les cachotteries, tout ce qui ressemblait à un secret était désagréable. Mais Gerald avait montré à ce propos un trait de caractère un peu déroutant. Des fiançailles annoncées compliquaient la vie. Chacun ne songeait qu'à vous surveiller, ou à vous éviter. Tels étaient ses arguments, et Sally, qui lui aurait trouvé des excuses pour une disposition au meurtre ou des penchants de pyromane, les attribuait à sa sensibilité d'artiste. Personne d'aussi sensible qu'un artiste, surtout s'il ne réussit pas. Et quand un artiste n'a pas assez de succès pour pouvoir bâtir un foyer à la femme qu'il aime, nul doute que sa sensibilité ne s'hypertrophie. Se mettant à sa place, Sally se rendait compte que des fiançailles prolongées, connues de tous, constitueraient une sorte de publicité permanente de l'insuccès de Gerald. Elle se résigna donc à cette politique secrète, tout en espérant qu'elle ne durerait pas longtemps. Mais comment penser que Gerald pouvait ne pas réussir ! Il portait en lui, comme Fillmore venait de le percevoir, quelque chose de dynamique. C'était l'un de ces hommes desquels on peut prédire qu'ils réussiront soudainement et rapidement, d'un jour à l'autre.

« La réception, dit Sally, s'est très bien passée. »

Ils avaient dépassé la porte de la pension et descendaient lentement la rue.

« Tout le monde était content, je crois, bien que Fillmore eût fait de son mieux pour gâter les choses en arrivant habillé comme un mannequin de tailleur. Vous n'avez pas vu son gilet ? Il l'a dissimulé. Un cas de conscience, sans doute. D'un blanc éblouissant et plein de boutons de perle et de machins. J'ai vu Auguste Bartlett se tordre comme un ver coupé quand il l'a aperçu. Néanmoins, le temps a arrangé les choses et chacun a pris le dessus après un moment. Mr. Faucitt a fait un discours, et j'ai fait un discours et j'ai pleuré... Enfin, tout ça a été très bien. Il ne manquait que vous.

— J'aurais bien voulu venir. Mais j'ai dû aller à ce dîner. Sally... » Gerald s'arrêta et la jeune fille comprit qu'il vibrait d'excitation rentrée. « Sally, on va jouer ma pièce ! »

Sally poussa une exclamation. Elle vivait ce moment en anticipation depuis des semaines. Ne savait-elle pas que, tôt ou tard, il réussirait ? Elle avait lu et relu les pièces de son fiancé avec la conviction qu'elles étaient admirables. Bien entendu, son opinion était suspecte, mais Elsa Doland les admirait aussi, et l'opinion d'Elsa comptait. C'était encore un de ces êtres qui doivent réussir tout à coup. Le vieux Mr. Faucitt lui-même, juge sévère de l'art dramatique et assez enclin à considérer sa disparition imminente, était persuadé qu'elle arriverait dès que la chance se présenterait.

« Jerry ! dit-elle en lui serrant le bras, mais c'est merveilleux ! Alors, Goble et Kohn ont changé d'avis après tout ? J'en étais sûre ! »

Un léger nuage parut voiler l'humeur radieuse de l'auteur.

« Non, pas celle-là, dit-il avec hésitation. Pas d'espoir de ce côté, je le crains. J'ai vu Goble ce matin et il a dit que ça ne collait pas. Non, celle qu'ils vont monter, c'est *Le Chemin des Primevères*. Vous

vous souvenez ? Il y a un rôle de jeune fille important dedans.

— Naturellement ! Celui qu'Elsa aimait tellement ! Eh bien, elle est aussi bonne. Alors, qui va la jouer ? Je croyais que vous ne l'aviez pas redonnée à lire.

— Eh bien, voilà..., dit Gerald en hésitant encore, le type avec lequel j'ai dîné ce soir, un nommé Cracknell...

— Cracknell ? pas le grand Cracknell ?

— Le grand Cracknell ?

— Celui dont tout le monde parle. L'homme qu'on appelle « le gosse millionnaire ».

— Oui. Vous le connaissez ?

— Il était à Harvard avec Fillmore. Je ne l'ai jamais vu, mais ça doit être plutôt pénible de le rencontrer.

— Oh ! il est comme un autre. Pas beaucoup de cervelle, naturellement, enfin, comme un autre tout de même. Et, en tout cas, il veut faire jouer la pièce.

— Mais c'est splendide ! » fit Sally, sans arriver, toutefois, à mettre dans sa voix l'enthousiasme voulu. Elle avait un idéal pour Gerald, et elle rêvait de le voir investir Broadway triomphalement sous la bannière de l'un de ces grands managers au nom prestigieux, et il lui semblait qu'il y avait quelque chose de pas très digne dans cette association avec un individu qui devait sa réputation (d'après la chronique métropolitaine) au fait qu'il possédait le plus fort stock privé d'alcool.

« Je croyais que vous seriez contente, dit Gerald.

— Oh mais, je le suis ! » dit Sally.

Avec l'optimisme débordant qui ne l'abandonnait jamais longtemps, elle avait déjà commencé à réagir contre cette dépression momentanée. Après tout qu'importait la personne qui finançait une pièce si elle était jouée ? Un manager n'est jamais qu'une machine à payer les notes, et s'il possède de l'argent pour cet usage, à quoi bon lui demander des qualités supérieures ? La seule chose qui importât était de savoir *qui* jouerait le rôle principal, ce caractère si habilement dessiné, qui avait excité l'admiration d'Elsa Doland.

« Qui jouera Ruth ? demanda-t-elle. Il vous faut quelqu'un de très bien. Le rôle demande une femme extrêmement intelligente. Mr. Cracknell a-t-il dit quelque chose là-dessus ?

— Oh oui, nous avons discuté cela, naturellement.

— Eh bien ?

— Eh bien, il semble... »

De nouveau Sally remarqua cet embarras singulier... Gerald paraissait incapable, ce soir-là, de commencer une phrase sans tâter le terrain comme quelqu'un qui avance dans l'obscurité. Elle le remarqua d'autant plus que cela différait tellement de sa méthode directe habituelle. Gerald, en général, ne faisait point partie de ceux qui s'excusent. Il était autoritaire et enclin à la protéger. Ce soir-là il semblait différent.

Il s'interrompit, resta un instant silencieux et commença enfin par une question.

« Connaissez-vous Mabel Hobson ?

— Mabel Hobson ? Je l'ai vue aux « Folies », naturellement. »

Sally sursauta. Un soupçon naissait, mais si monstrueux que son absurdité apparut aussitôt. Et pourtant était-il absurde ? La plupart des potins de Broadway pénétraient dans la pension de famille, en général par l'intermédiaire de l'amateur de sport, le timide jeune homme qui pensait tant de bien du redoutable Benny Whistler, et elle n'ignorait pas que le nom de Reginald Cracknell, toujours uni à quelque autre, avait été accouplé à celui de Miss Hobson. Pour cette fois la rumeur pouvait toucher à la vérité, car la dame appartenait à cette classe de tapageuses beautés blondes qui attirent les Cracknell de ce monde. Pourtant...

« Il paraîtrait que ce Cracknell, dit Gerald, apparemment ce Cracknell... » Il commençait à trouver le regard brillant et plein d'horreur de Sally un peu gênant. « Le fait est que Cracknell croit en Mabel Hobson et... en un mot, il pense que ce rôle lui conviendrait très bien.

— Oh, Jerry ! »

L'aveuglement peut-il aller jusque-là ? Le cœur spacieux d'un Reginald Cracknell dominait-il son tout petit cerveau au point de lui faire confier un rôle comme celui de Ruth, dans *Le Chemin des Primevères*, à une actrice qui, lorsque le metteur en scène de la dernière revue l'avait priée de traverser la scène pour déposer une coupe de roses sur une table, avait refusé, sous prétexte qu'elle n'était pas engagée comme danseuse ? Sûrement même l'infatuation de Reginald ne pouvait lui faire croire que ce n'est point de cette étoffe que sont faites les grandes artistes qui provoquent l'émotion !

« Oh, Jerry ! » dit-elle encore.

Il y eut un silence pesant. Puis ils firent volte-face et se dirigèrent de nouveau vers la pension de famille. Par hasard sans doute, le bras de Gerald s'était détaché de celui de Sally. Elle ressentait une sourde peine voisine d'une douleur physique.

« Jerry, est-ce que ça en vaut la peine ? finit-elle par demander avec véhémence.

— Si ça en vaut la peine ? Mais naturellement. Ce sera joué à Broadway. Voilà tout ce qui importe. Bonté du Ciel, il y a assez longtemps que j'essaie d'avoir une pièce à Broadway, et je ne vais pas renoncer à une pareille chance pour une simple question de distribution !

— Mais, Jerry, Mabel Hobson ! C'est... un meurtre !...

— C'est idiot ! Elle sera très bien. Le rôle se jouera tout seul. De plus, elle a une personnalité et un parti, et Cracknell dépensera tout l'argent du monde pour que ce soit un succès. Et ce sera le départ, quoi qu'il arrive. Je pense que ça en vaut la peine ! »

Fillmore eût été impressionné par ce discours et y aurait reconnu le véritable ton de ceux qui doivent réussir. Il n'eut pas cet effet immédiat sur Sally. Pourtant, son habitude de prendre les choses du meilleur côté, jointe à cet article premier de son credo, que l'homme qu'elle aimait ne pouvait pas se tromper, finit par la réconforter. Bien entendu, Jerry avait raison. Il eût été fou de refuser un contrat parce que toutes ses clauses n'étaient pas idéales.

« Allons, mon chéri, dit-elle en s'attachant une fois de plus au bras vacant de son fiancé pour le presser avec affection, vous avez raison. Je le vois maintenant. J'ai seulement été un peu étonnée au début. Tout va être épatant. Allons, faisons nos comptes. Comment allez-vous dépenser votre argent ?

— Je sais, en tout cas, comment je vais dépenser un dollar, dit Gerald complètement rasséréné.

— Je veux dire la grosse somme. Qu'est-ce que c'est qu'un dollar ?

— C'est le prix d'une dispense des bans de mariage. »

Sally pressa encore son bras.

« Mesdames et messieurs, dit-elle, regardez cet homme. Observez-le. C'est mon associé ! »

CHAPITRE II

ENTRÉE DE GINGER

I

Sally était assise le dos contre une dune de sable doré, regardant de ses yeux mi-clos les citoyens de Roville-sur-Mer vaquer à leurs occupations familières de la matinée. A Roville, comme dans la plupart des stations balnéaires françaises, le matin est le moment où les populations s'assemblent en nombre sur la plage. Des pères de famille moustachus font de vives taches de couleur à l'arrière-plan, tandis que leurs amis et leurs parents se réunissent en groupes sous les gais parasols. Des chiens errent de-ci, de-là, et les enfants creusent industrieusement le sable avec leurs pelles, interrompant parfois leur besogne pour se taper avec ces outils propices. L'un des chiens, un caniche d'aspect militaire, s'approcha de Sally et, découvrant une boîte de bonbons, décida de rester et d'attendre les événements.

Peu de choses sont aussi agréables que l'attente que nous en avons, mais les vacances de Sally faisaient exception à cette règle. Ç'avait été un mois de bonheur et de paresse. Elle allait d'une ville française à une autre, jusqu'à ce qu'enfin le charme de Roville, avec son ciel bleu, son casino, ses hôtels blancs le long de la Promenade, sa lumière et sa gaieté l'eussent amenée à s'arrêter là. Elle y serait restée indéfiniment si la voix de l'Amérique ne l'eût appelée. Gerald écrivait, annonçant que *Le Chemin des Primevères* allait être donné à Detroit, avant de paraître à New York, de sorte que, si elle voulait être là pour la générale, il lui fallait revenir sur-le-champ. C'était une lettre brève, pressée, décevante ; pourtant, Sally ne pouvait l'ignorer. Elle quittait Roville le lendemain. Toutefois, ce jour-là, il lui appartenait encore, et tandis qu'étendue au soleil elle regardait les baigneurs, il lui semblait qu'elle n'avait rien d'autre à faire en ce monde que d'écouter un léger murmure de petites vagues. Le seul inconvénient, elle l'avait découvert, à une matinée sur la plage de Roville, c'était une tendance invincible au sommeil et c'est là une chose dégradante aussitôt après le déjeuner, même si l'on est en vacances. D'habitude, Sally luttait courageusement contre la tentation, mais, ce jour-là, le soleil était si chaud et le murmure des vagues si insinuant qu'elle s'assoupissait, lorsque des voix proches la réveillèrent. Certes, il ne manquait pas de causeurs sur la grève, mais ceux-ci parlaient anglais, une nouveauté à Roville, et le son de cette langue familière ramena brusquement Sally des frontières du sommeil. Quelques mètres plus loin, deux hommes étaient assis sur le sable.

Dès le début de son voyage, Sally avait trouvé l'un de ses principaux amusements à examiner les étrangers que le hasard jetait sur son chemin et à essayer, à la lumière de son intuition, de deviner leur occupation et leur caractère. Et, bien qu'elle n'eût guère cessé de se tromper, elle ne se décourageait pas. Du coin de l'œil, elle inspecta donc les deux hommes.

Le premier de la paire ne l'attira point. C'était un grand homme sombre avec une bouche pincée et des pommettes saillantes lui donnant une apparence vaguement sinistre.

Il avait cette figure foncée des hommes rasés dont la vie est une lutte perpétuelle contre une barbe obstinée. Certainement, il se rasait deux fois par jour et, aussi certainement, il possédait un contrôle suffisant sur lui-même pour ne pas jurer lorsqu'il se coupait. Elle l'imaginait fort bien, souriant désagréablement lorsque cela arrivait.

« Dur, diagnostiqua Sally. Je ne l'aimerais pas. Homme de loi ou quelque chose d'approchant, je crois. »

Elle se tourna vers l'autre et rencontra son regard. Cela parce qu'il n'avait cessé de la dévisager depuis son arrivée, la bouche entrouverte. Il avait l'air d'un homme qui, après bien des désappointements, a enfin trouvé quelque chose à voir.

« Gentil, celui-là », décida Sally.

C'était un garçon solide, bien planté, avec une figure aimable, couverte de taches de rousseur et la chevelure la plus rousse que Sally eût jamais vue. A l'angle de son menton carré, il portait une légère coupure et Sally était convaincue que ce n'était pas avec sérénité qu'il l'avait supportée.

« Mauvais caractère, je parierais, se dit-elle. Susceptible, mais vite réconcilié. Pas très intelligent, mais très chic. »

Elle détourna les yeux, gênée par son regard fascinateur.

L'homme brun, avec les manières compétentes qui devaient être en tout les siennes, venait de réussir à allumer une cigarette contre une forte brise. Il jeta l'allumette et reprit la conversation qui venait sans doute d'être interrompue par leur installation sur la dune.

« Et comment va Scrymgeour ? demanda-t-il...

— Oh, très bien ! » répliqua le jeune homme aux cheveux roux, d'un air absent.

Tout en regardant au loin, Sally sentait encore ses yeux fixés sur elle.

Il y eut une courte pause pendant laquelle la jeune fille donna au caniche attentif un morceau de nougat.

« Écoutez, observa le jeune homme aux cheveux rouges, d'une voix claire et pénétrante : voici la plus jolie fille que j'aie vue de toute ma vie ! »

II

Cette franche révélation de l'opinion personnelle du jeune homme aux cheveux roux surprit Sally plus qu'elle ne lui déplut. Elle était d'esprit assez large pour admettre cette sorte de commentaire sur un sujet d'intérêt général. Au contraire, le compagnon du jeune homme parut nettement choqué.

« Mon cher ami ! fit-il.

— Oh, ça va ! dit le jeune homme à cheveux roux sans s'émouvoir. Elle ne comprend pas. Personne ne sait l'anglais, ici. Cette jeune fille, continua-t-il, revenant au sujet qui occupait son esprit, est vraiment épatante ! Je vous donne ma parole d'honneur la plus sacrée que je n'ai jamais vu personne comme elle. Regardez ces mains et ces pieds. On ne les trouve pas hors de France. C'est vrai que sa bouche est un peu grande », ajouta-t-il comme malgré lui.

L'immobilité de Sally, ajoutée à l'assurance de l'autre sur les déficiences des habitants de Roville quant aux langues étrangères, sembla rassurer l'homme brun. Il respira mieux. Sans doute n'avait-il jamais agi autrement qu'avec la plus scrupuleuse correction lui-même, mais l'idée de se trouver associé, même indirectement, à l'incorrection d'un autre, le consternait.

« Pourtant, soyez prudent ! » dit-il, austère.

Il regarda Sally qui partageait maintenant son temps entre un cabot assez inquiétant et les autres auxquels il s'était joint, et revint au sujet de Scrymgeour.

« Et comment va la dyspepsie de Scrymgeour ? »

Le jeune homme aux cheveux roux ne parut que faiblement s'intéresser aux vicissitudes de l'intérieur de Scrymgeour.

« Remarquez-vous la façon dont ses cheveux frisent sur ses oreilles ? demanda-t-il. Hein ? Vous dites ? Oh ! toujours la même chose, je pense.

— A quel hôtel êtes-vous ?

— Au Normandie. »

Tout en fouillant dans la boîte pour y trouver un chocolat à la crème, Sally eut un imperceptible sursaut. Elle aussi était au Normandie. Sans doute son admirateur venait-il d'arriver, car elle ne l'avait pas encore aperçu à l'hôtel.

« Le Normandie ? (L'homme sombre parut étonné.) Je connais assez bien Roville de réputation, mais je n'ai jamais entendu parler d'un hôtel de Normandie. Où est-il ?

— C'est un petit établissement près de la gare. Mais bon marché. Et la cuisine y est bonne. »

L'étonnement de son compagnon augmenta.

« Que diable un homme comme Scrymgeour fait-il là ? » dit-il. Sally était maintenant saisie d'un ardent désir d'en savoir plus long sur ce Scrymgeour absent. La répétition constante de son nom faisait de lui presque un vieil ami. « S'il y a quelque chose à quoi il tienne...

— Il y a au moins onze cents choses à propos desquelles il fait des embarras, interrompit le jeune homme aux cheveux roux avec désapprobation... Quel vieil idiot susceptible !

— S'il y a quelque chose à quoi il tienne, c'est le genre d'hôtel où il descend. Depuis que je le connais il cherche toujours le meilleur. J'aurais cru qu'il aurait choisi le Splendide. »

Il réfléchit un moment d'un air intrigué à ce problème, puis parut se réconcilier avec l'idée que les excentricités d'un richard devaient être respectées.

« J'aimerais le revoir. Demandez-lui s'il veut dîner avec moi au Splendide, ce soir. Disons à huit heures précises. »

Occupée avec ses chiens auxquels venait de se joindre un terrier taché de noir sur l'œil gauche, Sally ne voyait pas la figure du jeune homme, mais sa voix, lorsqu'il répondit, lui apprit que quelque chose n'allait pas.

Une fausse désinvolture y résonnait.

« Oh ! Scrymgeour n'est pas à Roville.

— Non ? Où est-il donc ?

— A Paris, je crois.

— Quoi ? » La voix de l'homme brun se fit plus coupante, comme s'il questionnait un témoin de mauvaise foi. « Alors, pourquoi n'êtes-vous pas avec lui ? Que faites-vous ici ? Vous a-t-il donné des vacances ?

— Oui.

— Alors, quand le rejoignez-vous ?

— Comment ? »

Et le jeune homme roux ajouta de l'air le plus buté :

« Eh bien, si vous voulez le savoir, le vieux toqué m'a renvoyé avant-hier. »

III

Il y eut un crissement de sable, l'homme brun se levait. Sally, intéressée par le drame qui se déroulait devant elle, donna par erreur au caniche un morceau de nougat qui aurait dû revenir au terrier. Puis, jetant un vif regard de côté, elle vit l'homme brun debout, dans une attitude rappelant assez celle du père courroucé qui, dans le vieux mélo, va maudire sa fille abusée. Le jeune homme à cheveux rouges, impassible en apparence, regardait au loin un baigneur gras revêtu d'un costume orange et qui, après six faux départs, était enfin à l'eau sur laquelle il flottait avec la dignité d'un ballon naufragé.

« Est-ce que vous voulez vraiment dire, demanda l'homme brun, que, après tout le mal que la famille s'est donné pour vous trouver une sinécure avec des possibilités incroyables, vous avez délibérément quitté... ? »

Un geste désespéré compléta la phrase : Seigneur ! vous êtes à piler !

Le jeune homme à cheveux rouges ne répliqua pas. L'autre reprit :

« C'est fou ! Qu'allons-nous faire ? Qu'est-ce que vous pensez que nous allons faire ? Allons-nous passer notre vie à vous chercher des positions que vous ne pourrez pas garder ? Je peux vous assurer que... c'est monstrueux ! C'est dégoûtant ! Bon Dieu ! »

Et sur ces mots, l'homme brun, sentant apparemment, comme Sally le sentait souvent dans la société de son frère Fillmore, la futilité du simple langage, se tourna vivement et se mit à parcourir la grève, la dignité de sa sortie se trouvant toutefois un peu compromise par le fait que son chapeau de paille enlevé par le vent fut piétiné par un enfant qui courait.

Il laissa derrière lui cette sorte de calme chargé d'électricité qui suit la chute de la foudre : ce calme à travers lequel l'air semble frémir d'épouvante. Combien de temps cela eût-il pu durer ? On ne peut le dire car, vers la fin de la première minute, un bruit purement terrestre vint le rompre. Avec une promptitude qu'annonça un seul grondement, la plus belle bataille de chiens de la saison de Roville débuta.

Ce fut le terrier avec la tache à l'œil qui commença. Telle fut, du moins, l'opinion de Sally et tel sera, on le sent, le verdict de cette histoire. Mais il faut être juste, la faute en revenait en réalité à Sally. Absorbée par la scène qui venait de se terminer et extrêmement curieuse de savoir pourquoi le fantomatique Scrymgeour avait cru bon de se passer des services du jeune homme, elle avait donné des caramels au caniche trois fois de suite. Et la troisième fois était de trop pour le terrier.

Il y a, dans une bataille de chiens, une furie instinctive et sauvage qui affecte l'homme moyen d'une sorte d'impuissance semblable à celle qui le saisit devant une explosion des forces de la nature. De toutes les directions de la plage, des chiens de toute taille, de toute race et de toute couleur se précipitaient sur le théâtre des événements. Et, tandis que certains se contentaient d'aboyer à la corde, une proportion considérable d'entre eux se lança immédiatement dans la lutte au nom des principes généraux, satisfaits d'entrer de plain-pied dans l'action sans s'occuper des causes premières. Le terrier maintenait le caniche par la patte arrière gauche, tandis que le chien de race mêlée mettait un terrier de Sealyham au courant de sa manière de voir.

Sally n'était franchement pas à la hauteur de la situation, pas plus que l'assistance accourue du littoral au galop. La jeune fille s'était trouvée paralysée dès le début de l'action. Des projectiles hurlants se jetaient dans ses jambes et roulaient plus loin, mais elle ne bougeait pas. On entendait crier des avis. On voyait des gestes confus, des costumes de bain bien remplis s'agitaient de-ci, de-là. Mais personne ne faisait rien d'utile jusqu'à ce qu'apparût enfin au centre du théâtre de la guerre le jeune homme aux cheveux rouges.

La seule raison pour laquelle les chiens ne continuent pas à se battre éternellement est que la Providence a décidé qu'en chacune des occasions sera toujours présent un maître de l'heure, un de ces magiciens qui, quelle que soit leur infériorité dans les autres batailles de la vie, sont compétents et dominateurs dans cette sphère particulière. A Roville-sur-Mer, c'était le jeune homme aux cheveux rouges. Dès le premier moment de son intervention, le calme commença à se répandre sur la scène. Il produisit le même effet sur les belligérants presque inextricablement entremêlés que, dans la légende médiévale, le Saint-Graal, descendant sur le rayon de Soleil, produisait sur les chevaliers au combat. Il y avait une magie dans ses mains bienfaisantes, un charme dans sa voix, et, dans un temps plus court qu'on ne l'aurait cru possible, chaque belligérant avait été dégagé et calmé jusqu'à ce qu'enfin tout se réduisît à un petit terrier écossais, qui léchait soigneusement sa patte mordue. Le reste des combattants rendus au bon sens se demandait à propos de quoi tout ce bruit et s'éloignait aux mains de leurs propriétaires parmi un concert de reproches.

Lorsqu'il eut achevé ce miracle, le jeune homme se tourna vers Sally. Sa vivacité, pour ne pas dire sa témérité de tout à l'heure avait fait place à une timidité qui n'était pas déplaisante. Il fit enfin cet effort qui annonce au monde qu'un Anglais va parler un autre langage que le sien.

« *J'espère*, dit-il, après avoir pris son élan, afin de parcourir la jungle d'une langue étrangère, *j'espère que vous n'êtes pas* (oh, diable, quel est le mot ?)... *j'espère que vous n'êtes pas blessée.*

— *Blessée ?*

— Yes, *blessée*. Mordue, enfin. *J'espère...*

— Oh, mordue ! dit Sally en anglais, toutes ses fossettes en vue. Oh non, merci beaucoup. Je n'ai pas été mordue et je trouve que c'était joliment brave de votre part de nous sauver la vie ! »

Ce compliment sembla passer par-dessus la tête du jeune homme. Il fixa Sally avec des yeux d'horreur et sur son aimable figure s'étendit une rougeur intense. Sa mâchoire tomba.

« Oh ! ça alors ! » fit-il.

Puis, comme si la situation le dépassait et que la fuite lui parût la seule solution, il fit demi-tour et s'en alla avec une telle rapidité et à une telle allure qu'il s'agissait presque d'une fuite.

Sally le regarda disparaître avec regret. Elle aurait voulu savoir pourquoi Scrymgeour l'avait renvoyé...

IV

L'heure du coucher à Roville semble varier selon la proximité de la mer. Les palaces dorés de la plage ont des heures déplorables et gâtent la nuit jusqu'à l'aurore par d'infatigables morceaux de jazz. Mais dans des *pensions* économiques comme le Normandie, on se couche de bonne heure. Jules, il est vrai, le jeune et solide garçon qui combinait les charges de portier de nuit et de liftier dans cet établissement, était de service dans le hall toute la nuit, mais peu de pensionnaires avaient alors recours à lui.

Sally, en y pénétrant peu avant minuit, le soir du jour où l'homme brun, le jeune homme aux cheveux rouges et leur ami Scrymgeour étaient entrés dans sa vie, trouva le petit hall sombre et silencieux. A travers la cage de fer de l'ascenseur un unique et pâle globe brillait; un autre au-dessus du pupitre situé dans le coin opposé illuminait la partie supérieure de Jules, sommeillant sur une chaise. Jules semblait toujours chargé de faire une chose ou une autre. Comme celui des femmes, son travail n'était jamais fini. Pour le moment, il reposait son organisme et ses tissus par un demi-somme. Sally, qui revenait du casino où elle avait entendu de la musique, après quoi elle avait flâné sur la promenade éclairée par la lune, se sentait coupable d'intrusion.

Comme elle se tenait là, hésitant à troubler le repos

de Jules — car son cœur ouvert, toujours à la disposition des opprimés, sympathisait avec ce serf surmené —, elle fut soulagée en entendant dans la rue des pas qui furent suivis par l'ouverture de la porte d'entrée. Si Jules devait s'éveiller, en tout cas, sa responsabilité s'atténuait. La porte se referma avec un *bang*. Jules remua, bâilla, cligna des yeux, s'assit enfin et Sally, se tournant, découvrit que le nouvel arrivant était le jeune homme aux cheveux rouges.

« Oh, bonsoir ! » dit Sally avec effusion.

Le jeune homme s'arrêta court. Les événements du matin étaient visiblement encore tout frais à sa mémoire. Ou il n'avait cessé de rougir depuis leur dernière entrevue, ou il célébrait leur réunion en rougissant encore, car sa figure était d'un écarlate familier.

« Euh... bonsoir ! » dit-il en se rattrapant, car, dans l'embarras du moment, ses pieds s'étaient trouvés pris l'un dans l'autre. Ensuite de quoi, il laissa tomber son chapeau et marcha dessus en voulant le ramasser.

Cependant Jules, qui naviguait dans une sorte de transe somnambulique dans le voisinage de l'ascenseur, ouvrait la porte avec un bâillement.

« Quel malheur de vous avoir réveillé ! » dit Sally avec commisération en entrant.

Jules ne répondit pas pour l'excellente raison qu'il n'était pas réveillé. Une pratique constante lui permettait de faire cette sorte de besogne dans son sommeil. Son cerveau, si l'on peut dire, travaillait automatiquement. Il avait fermé la barrière et tirait machinalement sur la bonne corde, de sorte que l'ascenseur montait doucement au lieu de s'abîmer dans les fondations, mais Jules n'était pas éveillé.

Sally et le jeune homme aux cheveux rouges s'assirent côte à côte sur le petit siège, regardant les efforts de leur conducteur. Après le premier contact, la conversation languissait. Sally n'avait rien de très intéressant à dire, et son compagnon paraissait être un de ces hommes silencieux et forts dont on parle dans les livres. Un léger ronflement de Jules rompait seul le silence.

Au troisième étage, Sally se pencha et donna un bon coup dans les côtes de Jules. Pendant son séjour à Roville, elle s'était convaincue que, dans ses transactions avec la population autochtone, les actions valaient mieux que les paroles. Quand elle désirait quelque chose dans un restaurant ou un magasin, elle le désignait, et quand elle voulait arrêter un ascenseur, elle cognait doucement sur l'individu responsable. Cela valait une douzaine de livres de vocabulaire français.

Jules arrêta donc sa machine et ce fut à ce moment qu'il aurait dû accomplir l'acte faisant partie de son activité professionnelle, qu'il exécutait vraiment bien : à savoir, l'ouverture de la cage de fer.

Ce soir-là, pourtant, il semblait que cette action même dépassât ses moyens. Au lieu d'insérer sa clef dans la serrure, il restait là dans une attitude d'horreur. C'était un garçon qui prenait la vie assez sérieusement et la difficulté qu'il devait avoir rencontrée là paraissait le dépasser.

« On dirait, dit Sally, se tournant vers son compagnon, qu'il y a quelque chose. Voudriez-vous demander ce que c'est ? Je ne sais pas assez de français, excepté : “Oh là, là !” »

Ainsi provoqué, le jeune homme parut vouloir se mettre à la hauteur de la tâche. Il regarda le mélancolique Jules avec méfiance et toussa, comme s'il s'étranglait.

« *Oh, esker... esker vous...*

— Ne faiblissez pas, dit Sally, je crois que vous le tenez.

— *Esker vous... Pourquoi vous ne... ne vous..., c'est-à-dire quelle est la raison... ?* »

Il s'arrêta, parce que Jules commençait à expliquer. Il expliquait même très rapidement et avec beaucoup de détails. Le fait que ses auditeurs ne comprenaient pas un mot de ce qu'il disait ne paraissait pas l'effleurer.

« Arrêtez-le ! » dit Sally avec fermeté.

Le jeune homme à cheveux rouges prit l'expression d'un citoyen de Johnstown auquel on aurait demandé d'arrêter la célèbre inondation de cette cité.

« L'arrêter ?

— Oui, prenez un sifflet ou quelque chose. »

Des profondeurs de la mémoire du jeune homme un mot surgit, un mot qu'il avait dû entendre ou lire quelque part, un legs peut-être, de son passé d'écolier...

« *Zut !* » aboya-t-il. Et, instantanément, Jules s'arrêta comme quand on tourne un robinet. Il y eut un moment de silence étonnant, comme lorsque dans la chaufferie d'une usine on stoppe tout à coup les machines.

« Vite ! cria Sally, vous le tenez. Demandez-lui de quoi il parle, s'il le sait, ce dont je doute, et dites-lui de parler lentement. Alors, nous saurons quelque chose. »

Le jeune homme fit un signe d'intelligence. L'avis lui semblait bon.

« *Lentement*, dit-il. *Parlez lentement. Pas si* (vous savez ce que je veux dire) *pas si* (diablement) *vite.*

— Ah, ah ! cria Jules attrapant l'idée au vol. Lentement, ah oui, lentement ! »

Alors suivit une longue conversation qui, si elle

n'apprit rien à Sally, parut intelligible au linguiste aux cheveux rouges.

« L'imbécile, put-il annoncer quelques minutes plus tard, a fait une bourde. Il était à moitié endormi quand nous sommes rentrés, de sorte qu'il nous a enfermés dans l'ascenseur et a claqué la porte, oubliant les clefs sur son pupitre.

— Je vois, dit Sally. Ainsi nous sommes enfermés ?

— J'en ai peur. Ah ! ce que je regrette de ne pas bien savoir le français ! Je lui dirais quelques mots, à cet idiot ! Je me demande comment on dit « gaffeur » en français, répondit le jeune homme.

— Nous en sommes réduits aux conjectures, dit Sally. Mais est-ce qu'on ne peut pas faire quelque chose ?

— Qu'est-ce qu'on peut faire ?

— Eh bien, d'abord, nous pourrions appeler tous ensemble. Ça effraierait à mort la plupart des gens de l'hôtel, mais il pourrait y avoir un survivant ou deux qui viendraient voir ce que c'est et nous feraient sortir. »

Le jeune homme chercha ses mots et en trouva sans doute qui exprimèrent la situation d'une façon suffisamment compréhensible pour tirer de Jules un signe d'intelligence empreint de mélancolie.

« Chic ! dit Sally. Maintenant, tous ensemble à trois. Un, deux... Oh ! pauvre petit ! s'interrompit-elle. Regardez-le ! »

Dans le coin le plus reculé de l'ascenseur, l'impressionnable Jules pleurait silencieusement dans le déchet de coton qui lui servait de mouchoir et ses sanglots désolés résonnaient lugubrement dans la haute cage de fer.

V

Dans ces jours d'instruction laïque et obligatoire, où les livres à bon marché nous renseignent sur tout sujet existant sous le soleil, personne encore n'a produit un manuel sur la méthode correcte à adopter quand le garçon d'ascenseur se met à pleurer. En conséquence de quoi, Sally et son compagnon se regardèrent un moment sans rien dire.

« Pauvre chéri ! dit Sally, retrouvant la parole. Demandez-lui ce qu'il a. »

Le jeune homme hésita.

« Vous savez, ça ne me charme pas de m'entretenir avec ce toqué. Je veux dire que c'est un effort. Est-ce que nous ne pourrions pas le laisser pleurer tranquillement ?

— Cette idée ! fit Sally. Est-ce que vous n'auriez pas de cœur ? Seriez-vous un de ces démons à forme humaine ? »

Le jeune homme se tourna vers Jules à regret et parut réviser mentalement son vocabulaire.

« Vous devriez être enchanté de cette occasion, reprit Sally. C'est la seule façon d'apprendre le français et vous prenez une leçon pour rien. Qu'est-ce qu'il a donc dit ?

— Quelque chose qu'il n'aurait plus. Il me semble que j'ai entendu le mot "perdu". »

Il adressa une nouvelle question à l'affligé et écouta attentivement sa réponse.

« Oh ! dit-il en comprenant soudain, votre place ! » Il se tourna vers Sally. « Cette fois j'y suis. L'ennui, c'est que si nous nous mettons à hurler et à réveiller la maison, nous sortirons, mais il perdra sa situation, parce que c'est la seconde fois que la chose arrive et qu'on l'a averti que la prochaine il partirait.

— Alors, il ne faut pas songer à crier, dit Sally d'un ton décidé.

— Ça signifie attendre un bon bout de temps, vous savez. D'après ce que je comprends, il y a une chance pour que quelqu'un rentre encore, auquel cas il pourrait nous délivrer. Mais c'est douteux. Il croit bien que tout le monde est au perchoir.

— Eh bien, il faut essayer. Je ne veux pour rien au monde que ce pauvre type perde sa situation. Dites-lui de descendre l'ascenseur au rez-de-chaussée et nous nous amuserons jusqu'à ce qu'il arrive quelqu'un. Nous avons des tas de choses à nous dire. Nous pourrons nous raconter l'histoire de notre vie. »

Ragaillardi par la tolérance de ses victimes, Jules fit descendre l'ascenseur au rez-de-chaussée où, après un regard de désir aux clefs sur le pupitre éloigné, le genre de regard que Moïse dut jeter à la Terre Promise du sommet du mont Pisgah, il se laissa tomber dans un coin et reprit son somme interrompu. Quant à Sally, elle s'établit le plus confortablement possible sur son siège.

« Vous feriez mieux de fumer, dit-elle, ce sera une occupation.

— Merci mille fois.

— Et maintenant, dit-elle, dites-moi pourquoi Scrymgeour vous a renvoyé. »

Peu à peu, sous l'influence stimulante de cette aventure nocturne, le jeune homme aux cheveux rouges avait perdu cette confusion qui l'avait mis si mal à l'aise au moment de sa rencontre avec Sally dans le hall. Mais à cette question l'embarras revint. Une nouvelle rougeur envahit sa figure, et il balbutia :

« Vraiment, je suis... je suis bien embêté avec ça, vous savez !

— A propos dc Scrymgeour ?

— Vous savez ce que je veux dire. A propos de ma bêtise de ce matin. Je... Je n'aurais jamais cru que vous pussiez comprendre l'anglais.

— Mais je n'ai rien à dire ! Je vous ai trouvé très aimable. Naturellement, je ne sais pas combien vous avez rencontré de jeunes filles dans votre vie, mais...

— Non, je vous en prie !

— Et je suis ennuyée pour ma bouche. Elle *est* grande. Mais je sais que vous êtes un homme juste et que vous vous rendez compte que ce n'est pas ma faute.

— N'abusez pas, pria le jeune homme. En réalité, si vous voulez le savoir, je trouve que votre bouche est absolument parfaite. Je crois, continua-t-il un peu fiévreusement, que vous êtes la femme la plus épatante...

— Vous alliez me parler de Scrymgeour », dit Sally.

Le jeune homme cligna des yeux comme un dormeur qui se réveille. L'éloquence l'avait emporté.

« Scrymgeour ? fit-il. Oh ! ça vous assommerait.

— Pas d'idioties, répliqua Sally. Rendez-vous compte que nous voilà comme des naufragés sur une île déserte. Il n'y a rien à faire jusqu'à demain que de parler de nous. Je veux que vous me parliez de vous et puis je vous dirai mon histoire. Si ça vous ennuie de commencer, alors ce sera moi. Les noms, d'abord. Le mien : Sally Nicholas. Et le vôtre ?

— Le mien ? Ah oui, je vois.

— Je m'en doute. J'ai parlé aussi clairement que possible. Eh bien alors ?

— Kemp.

— Et votre petit nom ?

— Eh bien à vrai dire, fit le jeune homme, j'ai toujours plutôt dissimulé mon petit nom, parce qu'on m'a joué un vilain tour en me baptisant.

— Vous ne pouvez pas me choquer, dit Sally d'un ton encourageant. Le nom de mon père était Ezéchiel et j'ai un frère qui a été baptisé Fillmore. »

Mr. Kemp se rasséréna.

« Eh bien, le mien n'est pas tout à fait si mal que ça. Non, je ne veux pas dire..., s'excusa-t-il, deux noms très chics, bien entendu...

— Allez toujours, dit Sally.

— Voilà. Ils m'ont appelé Lancelot. Et naturellement je n'ai pas l'air d'un Lancelot et je n'en aurai jamais l'air. Mes camarades, ajouta-t-il d'un ton plus enjoué, m'appellent Ginger[1].

— Je ne les blâme pas, dit Sally.

— Peut-être que ça ne vous ennuierait pas de songer à moi comme à Ginger ? suggéra le jeune homme avec difficulté.

— Certainement.

— C'est charmant de votre part.

— Pas du tout. »

Jules s'agita dans son sommeil et grogna. Mais aucun autre bruit ne rompait le calme de la nuit.

« Vous alliez me parler de vous, dit Mr. Lancelot (Ginger) Kemp.

— Je vais vous raconter *toute* mon histoire, non pas que je croie qu'elle vous intéresse...

— Oh, si !

— Non pas, dis-je, que je croie qu'elle puisse vous intéresser...

— Si, je vous assure... »

Sally le regarda froidement.

1. Gingembre.

« Est-ce un duo ? demanda-t-elle, ou est-ce moi qui suis en scène ?

— Je vous demande pardon.

— Bien, je répète pour la deuxième fois, non que je pense que cela puisse vous intéresser mais parce que, si je le fais, vous n'aurez aucune excuse pour ne pas me dire l'histoire de votre vie, et vous ne savez pas comme je suis curieuse. Eh bien, pour commencer, je vis en Amérique et je suis ici en vacances. Et ce sont les premières véritables vacances que j'aie depuis trois ans, depuis que j'ai quitté la maison, en somme. » Sally fit une pause. « Je me suis sauvée, dit-elle.

— Formidable ! fit Ginger Kemp.

— Pardon ?

— Je veux dire que vous avez bien fait.

— Quand je dis la maison, continua Sally, ce n'était qu'une imitation, vous savez, une de ces imitations qui ne valent jamais le vrai. Mon père et ma mère sont morts il y a pas mal d'années, de sorte que nous fûmes déposés, mon frère et moi, sur le seuil de la maison d'un oncle hostile.

— Ah ! les oncles, c'est le diable ! dit Ginger. J'en ai un... mais je vous interromps.

— Mon oncle était notre tuteur et a contrôlé notre fortune jusqu'à mes vingt et un ans et jusqu'aux vingt-cinq ans de mon frère. Mon pauvre père avait une confiance aveugle en lui. Qu'est-ce qui arriva ? Devinez-vous ?

— Seigneur ! Le vieux bougre a tout perdu !

— Pas un centime. N'est-ce pas extraordinaire ? Avez-vous entendu parler d'un oncle parfaitement honnête ? Eh bien, le mien l'était. Mais l'ennui, c'est que, parfait pour garder de l'argent, il n'était pas agréable à vivre. Un homme dur, très dur, aussi dur que... tenez, que ce siège où nous sommes. Il détestait le pauvre Fill.

— Fill ?

— Je vous ai dit tout à l'heure que c'était le nom de mon frère.

— Oh ! votre frère. Ah ! oui.

— Il l'attrapait toujours sur tout. Et je dois dire que Fill lui en donnait l'occasion. Un jour, il y a environ trois ans, il fut renvoyé de Harvard et mon oncle jura qu'il ne voulait plus rien avoir à faire avec lui. Alors j'ai dit que si Fill partait je partais. Et comme mon oncle ne paraissait pas avoir d'objection à un départ en masse, nous sommes partis pour New York où nous vivons encore. Il y a six mois, Fill a eu ses vingt-cinq ans et son argent, et, le mois dernier, j'ai touché le mien. De sorte que, vous voyez, tout a très bien fini. Et maintenant, dites-moi votre histoire.

— Mais, dites donc, vous avez déjà navigué ! Je veux dire, ça n'a pas dû être drôle à New York, hein ? Comment avez-vous pu vous en tirer ?

— Oh ! nous avons trouvé du travail, mon frère a essayé une ou deux choses et finalement il est devenu aide-régisseur dans un théâtre.

« Pour moi, la seule chose que j'étais capable de faire, c'était de danser. De sorte que j'ai dansé. J'ai trouvé une place dans un établissement de Broadway, qui s'appelle "Le Jardin des Fleurs", comme *instructrice*. C'est un titre humoristique. Comme si on pouvait instruire les gens qui viennent là ! Il faut s'estimer heureuse si on n'est pas écrasée à mort !

— Quelle horreur !

— Oh, je ne sais pas. C'était plutôt drôle pendant quelque temps. Pourtant, dit Sally méditativement, je ne sais pas si j'aurais pu tenir encore longtemps, je commençais à flancher. Je suppose que j'ai été plus piétinée par de gros hommes qu'aucune autre jeune fille de mon âge en Amérique. Je ne sais pourquoi, mais chaque poids lourd qui entrait semblait me distinguer immédiatement d'instinct. C'est pourquoi j'aime à rester sur le sable à regarder les Français se baigner. C'est vraiment divin d'être étendue là, de voir arriver un type de cent kilos avec la certitude qu'il ne va pas vous inviter à danser !

— Cela devait être absolument insupportable !

— Eh bien, je vais vous dire une chose. Cela va faire de moi un de ces jours une épouse très raisonnable. Ce n'est pas moi que vous trouverez dans les palaces dorés ! Pour moi, une petite maison à la campagne avec mon tricot et un livre de cuisine, et le lit à neuf heures et demie. Et maintenant, contez-moi l'histoire de *votre* vie. Et qu'elle soit longue, parce que je suis tout à fait certaine qu'il n'y aura pas d'expédition de secours. Je suis sûre que le dernier habitant de cette demeure est rentré il y a des années. Nous sommes bons pour attendre jusqu'au matin.

— Je crois que nous ferions mieux d'appeler...

— Et de faire perdre sa place à Jules ? Jamais !

— Eh bien, naturellement, je suis fâché pour ce pauvre vieux Jules, mais ça m'ennuie de penser que vous...

— Allez, commencez votre histoire », dit Sally.

VI

Ginger Kemp laissa voir quelques-uns des symptômes du jeune marié appelé à répondre aux toasts du repas de mariage. Il remua machinalement les pieds, noua et dénoua ses doigts.

« Je déteste parler de moi, vous savez, dit-il.

— Je le pensais bien, rétorqua Sally, c'est pourquoi je vous ai donné mon autobiographie en premier, afin de vous empêcher de reculer. Ne faites pas la modeste violette, allons ! Nous sommes tous ici des marins naufragés. Je suis follement intéressée par votre histoire. Et, même si je ne l'étais pas, j'aime mieux l'écouter que les ronflements de Jules.

— C'est qu'il ronfle un peu, hein ? Est-ce que ça vous ennuie ? Voulez-vous que je le secoue ?

— Il semble qu'il y ait en vous une veine de brutalité extraordinaire, fit Sally. Vous ne pensez qu'à préparer des offensives contre ce pauvre Jules ! Laissez-le tranquille une seconde et commencez à me parler de vous.

— Par où faut-il commencer ?

— Eh bien... passons sur l'enfance.

— Alors... » Ginger fronça les sourcils pour chercher un début dramatique. « Je suis comme vous, ce qu'on peut appeler un orphelin. Je veux dire que mes parents sont morts.

— Merci de votre explication. Ça m'aide à comprendre.

— Je ne me souviens pas de ma mère. Mon père mourut pendant ma dernière année de Cambridge. A l'université, période épatante. J'ai réussi à rentrer dans l'équipe de rugby et dans l'équipe de boxe et je venais d'être choisi comme demi de mêlée pour jouer contre l'Écosse dans le premier match d'essai — et, entre nous, ç'avait bien l'air de me poser un peu là comme joueur international. »

Sally le considéra les yeux écarquillés.

« Je vois enfin. Ce que vous essayez de me dire, c'est que vous êtes très bon au rugby.

— Oh ! je ne dis pas ça. L'Angleterre était pauvre en demis de mêlée cette année-là.

— Quelle chose affreuse pour un pays ! Tout de même, vous alliez faire partie de l'équipe anglaise quand l'histoire est arrivée. Quelle histoire ?

— Eh bien, voilà. En définitive, on découvrit que mon pauvre cher papa n'avait pas laissé un penny. Je n'ai jamais compris comment. Je croyais que nous étions assez à l'aise, et puis tout d'un coup, plus rien. Je dois dire que ç'a été un coup dur. Il a fallu revenir de Cambridge et entrer dans l'office de mon oncle. Et naturellement j'ai fait un gâchis de premier ordre là-dedans.

— Pourquoi, naturellement ?

— Mais parce que je ne suis pas un type très intelligent, voyez-vous. Je n'ai jamais pu comprendre comment ça marche, ces machins-là. De sorte qu'au bout d'un an, mon oncle, qui en avait par-dessus la tête, me mit à la porte et me trouva une place de professeur que j'ai gâchée aussi. Et, des deux ou trois autres qu'il me procura aussi, je fis un gâchis.

— Vous êtes certainement l'un de nos plus remarquables jeunes gâcheurs, s'étonna Sally.

— C'est vrai », dit Ginger modestement.

Il y eut un silence.

« Et Scrymgeour, là-dedans ? demanda Sally.

— C'était la dernière de mes situations, dit Ginger. Scrymgeour est une espèce de vieil âne pompeux qui s'imagine devenir Premier ministre un de ces jours. C'est une des grosses légumes du barreau et il vient d'entrer au Parlement. Mon cousin était son nègre. C'est comme ça que je l'ai connu.

— Votre cousin était son nègre ?

— C'est mon cousin qui était avec moi sur la plage, ce matin.

— Et que dites-vous qu'il faisait pour Mr. Scrymgeour ?

— Oh, on appelle ça un nègre ! Mon cousin est au barreau une de nos gloires naissantes.

— Je pensais bien qu'il avait quelque chose de l'homme de loi.

— Il est arrivé maintenant. Mais quand il a commencé, il travaillait pour Scrymgeour, il l'assistait, comprenez-vous ? Oh, c'est un type à la hauteur, Bruce Carmyle, vous savez ! Vous en avez peut-être entendu parler ?

— Non, je ne le connais pas.

— Eh bien, c'est lui qui m'a trouvé cet emploi de secrétaire de Scrymgeour.

— Et pourquoi Mr. Scrymgeour vous a-t-il renvoyé ? »

La figure de Ginger se rembrunit et il fronça les sourcils. Sally, qui l'observait, sentit qu'elle ne s'était pas trompée en lui prêtant un caractère assez violent. Il ne lui plut pas moins pour cela, car les hommes faibles n'avaient aucun charme pour elle.

« Je ne sais pas si vous aimez les chiens... dit Ginger.

— Oui, jusqu'à ce matin. Et je suppose que ça me reviendra. Pour le moment, j'ai ce qu'on pourrait appeler une indigestion de chiens. Mais est-ce que vous ne vous égarez pas ? Je vous demandais pourquoi Mr. Scrymgeour s'était séparé de vous.

— Je suis en train de vous le dire.

— Je suis heureuse de l'apprendre. Je ne le savais pas.

— La vieille brute, dit Ginger, fronçant encore le sourcil, avait un chien. Un charmant petit épagneul. Et Scrymgeour est cette sorte de fou auquel on ne devrait pas permettre de posséder un chien.

— Un moment, dit Sally; j'ai l'impression que vous n'aimez pas beaucoup Mr. Scrymgeour. Ai-je raison?

— Oui.

— Je le savais. Intuition féminine. Continuez.

— Il insistait pour faire faire des tours à ce pauvre animal. Les chiens détestent ça, vous savez? Ils sont tellement sensitifs. Eh bien, Scrymgeour avait l'habitude de faire faire des tours à son épagneul, des idioties auxquelles aucun chien qui se respecte n'aurait voulu se prêter. Et le pauvre Billy en a eu assez et a refusé. Il était trop poli pour mordre, mais il a secoué la tête et s'est fourré sous une chaise. Vous auriez cru qu'on en serait resté là? Mais pas Scrymgeour! Pas lui! Le vieil idiot, ce vieux...

— Oui, je sais. Continuez.

— Eh bien, le misérable a tiré le chien de dessous sa chaise et s'est monté peu à peu la tête et, finalement, il l'a battu avec une canne. Ou plutôt, corrigea Ginger dans un souci de stricte exactitude, il a commencé à le corriger avec une canne... » Il réfléchit, sourcils froncés. « Un épagneul, notez bien! Pouvez-vous imaginer quelqu'un battant un épagneul? C'est comme de frapper une petite fille. Enfin, c'est un homme pas jeune, vous savez, de sorte que ça m'a un peu arrêté. Alors, j'ai attrapé sa canne, et je l'ai cassée en onze morceaux environ, et, par bonheur, c'était une canne à laquelle il tenait beaucoup, avec un pommeau en or. Elle lui avait été offerte par ses électeurs ou quelque chose d'approchant. Je l'ai donc mise en miettes, et puis, en même temps, je lui ai dit ce que je pensais de lui. Et puis... eh bien, après ça, il m'a mis dehors et je suis venu ici. »

Sally resta un moment sans parler.

« Vous avez très bien fait », dit-elle enfin, d'une

voix tranquille, bien éloignée de son ironie habituelle. Elle s'arrêta encore. « Et qu'allez-vous faire à présent ? demanda-t-elle.

— Je ne sais pas.

— Vous allez trouver quelque chose ?

— Oh oui, je suppose. Mais la famille va être hors d'elle, naturellement.

— Mais, bonté du Ciel ! pourquoi vous occupez-vous de la famille ? » s'écria Sally. Elle n'arrivait pas à concilier la mollesse et la dépendance du jeune homme avec la vigueur avec laquelle il avait agi près de l'inénarrable Scrymgeour. Sans doute qu'élevé comme le fils d'un homme riche, il en avait subi les conséquences, mais pourtant...

« Ce qui vous empêche de réussir », reprit-elle, « c'est que... »

Sa harangue fut interrompue par ce qui, au Normandie, à une heure du matin, constituait pratiquement un miracle. La porte d'entrée s'ouvrit et un jeune homme en tenue de soirée entra. De telles apparitions étaient rares à cet hôtel qui recueillait principalement des personnes tranquilles, d'âge moyen, et la présence de ce jeune homme était due, s'il faut l'expliquer, au fait que, vers le milieu de son séjour à Roville, une soirée désastreuse au casino avait tellement diminué ses fonds qu'il avait été obligé d'opérer un déménagement précipité de l'hôtel Splendide vers le plus humble Normandie. Sa tardive apparition ce soir-là tenait à son retour du bal au Splendide dans le dessein principal de trouver un ami des temps heureux auquel il pourrait emprunter quelque argent.

Un dialogue rapide comme le feu ayant été échangé entre Jules et le nouveau venu, et les clefs récupérées à travers la grille, la porte s'ouvrit, l'ascenseur fut remis en marche. Quelques minutes plus tard, Sally, sentant tout à coup sa fatigue extrême, éteignit sa lampe et sauta dans son lit. Sa dernière pensée lucide fut le regret de n'avoir pas parlé à Mr. Ginger Kemp de l'esprit d'entreprise, et elle prit la ferme résolution de le chapitrer là-dessus à la première occasion.

CHAPITRE III

SALLY SAUTE DANS LE TRAIN

I

A six heures le lendemain soir, Sally dut se résigner à laisser Ginger vivre sa vie sans lui faire les remarques préparées *in petto*, car elle ne l'avait pas vu de la journée et, une heure plus tard, elle allait quitter Roville par l'express de sept heures quinze qui la mènerait à Paris et, de là, à Cherbourg où elle avait pris une cabine sur le transatlantique à destination de New York.

Gardant un léger espoir de rencontrer Ginger, elle se rendit, à six heures et demie, au casino, après avoir fait porter ses bagages à la gare où un porteur complaisant les prit en charge. L'idée de quitter Ginger sans l'avoir encouragé lui était pénible. Comme cela arrive aux personnes actives et d'esprit vif, elle avait le don de s'intéresser aux affaires des autres (son frère Fillmore disait qu'elle s'en mêlait beaucoup trop). Ginger lui faisait l'effet de mériter qu'on lui donnât un coup de main qui le maintiendrait dans le droit chemin. Aussi fut-elle enchantée d'apercevoir, dès son entrée au casino, une tête rutilante au milieu de la foule qui se pressait autour de la roulette.

Il y a deux casinos à Roville-sur-Mer. L'un, situé sur la Promenade, a pour spécialité la brise de mer et un jeu anodin appelé « la boule », mais c'est le grand casino municipal, place Masséna, qui attire les joueurs sérieux, ceux qui comprennent les affaires. Sally vit clairement, dès son arrivée, que Ginger Kemp jouait sérieusement et même qu'il gagnait. Il jouait très gros jeu et disparaissait derrière une formidable barricade de jetons carrés. Juste à ce moment, un croupier au visage de bois poussait vers lui à travers la table une nouvelle masse de jetons du bout de son râteau.

« Epatant ! » jeta un spectateur intéressé, à côté de Sally, et il retira son coude qui pressait les côtes de la jeune fille afin de gesticuler plus librement. Sally, quoiqu'elle sût mal le français, comprit qu'il s'intéressait passionnément au jeu et s'en réjouissait. Tous les assistants semblaient se réjouir. Il y a sûrement un certain altruisme chez les spectateurs d'un jeu de roulette sur le continent. Ils trouvent un plaisir tout spirituel à voir gagner les autres.

Le croupier releva sa moustache de la main gauche, et lança la roulette de la droite. Le silence s'établit de nouveau. Sally, qui avait changé de place pour être moins poussée, voyait Ginger de face, et, en l'apercevant, elle ne put s'empêcher de rire. Il avait l'air d'un fox-terrier guettant un rat qui va sortir de son trou. Ses cheveux semblaient se hérisser sous l'empire de l'émotion. On croyait voir ses oreilles se dresser !

Au milieu du profond silence qui avait suivi le lancement de la roulette, l'éclat de rire de Sally résonna avec une netteté gênante. Il produisit un effet remarquable sur tous ceux qui l'entendirent. Une sorte d'extase religieuse anime ceux qui suivent une partie de roulette. Si elle s'était esclaffée dans une cathédrale, elle n'aurait pas causé plus de scandale. Les fidèles la dévisagèrent d'un air choqué, et Ginger, se retournant brusquement, l'aperçut et se leva. Au même moment, la bille tomba avec un bruit sec dans la case rouge. Quand on vit que l'heureux gagnant s'était trompé de couleur, un gémissement étouffé parcourut les assistants, pareil à celui qui convulse les pénitents dans les réunions salutistes de nègres. Sally reçut encore des coups d'œil réprobateurs. On sentait en général que son attitude inconsidérée avait fait tourner la chance contre Ginger.

La seule personne qui ne parût pas s'en alarmer, ce fut Ginger lui-même. Il ramassa son gain qu'il mit dans ses poches et joua des coudes pour rejoindre Sally que la foule regardait maintenant d'un mauvais œil. Pour les spectateurs, ce fut comme si une étoile avait quitté les planches au milieu de la grande scène ; une violente querelle, qui s'éleva entre deux joueurs emballés au sujet d'un jeton de cinq francs, put à peine les consoler de cette déception.

« C'est épatant de vous retrouver comme ça, dit Ginger tout en dégageant adroitement Sally de la foule. Je vous ai cherchée partout.

— C'est curieux que vous ne m'ayez pas trouvée, car j'y étais justement. Je vous ai cherché aussi.

— Pas possible ! »

Ginger, l'air ravi, conduisit la jeune fille dans un salon tranquille. Ils s'assirent dans un coin. On était bien là, seuls ; à part le portier en somptueux uniforme qui gardait la porte.

« C'était gentil de votre part de me chercher.

— Je tenais à vous parler avant le départ de mon train. »

Ginger sursauta :

« Votre train ? Que voulez-vous dire ?

— Le chemin de fer, expliqua Sally; je pars ce soir.

— Vous partez ? » Ginger prit un air horrifié. « Vous ne voulez pas dire que vous partez ? Que vous quittez Roville ?

— Mais si.

— Pourquoi donc ? Où allez-vous ?

— Je retourne en Amérique. Mon bateau quitte Cherbourg demain.

— Oh mes aïeux !

— Je le regrette », dit Sally touchée de sa tristesse ; elle avait bon cœur et aimait qu'on l'appréciât, « mais...

— Dites-moi... » Ginger Kemp rougit violemment et regarda fixement le portier qui considérait ce tête-à-tête de l'air indulgent d'un homme qui a passé par là. « Dites, voudriez-vous m'épouser ? »

II

Sally, les yeux écarquillés, considéra la face écarlate de son compagnon. Elle avait compris que Ginger ménageait des surprises à ses amis, mais elle ne s'attendait pas à une surprise de cette envergure.

« Vous épouser !

— Vous me comprenez ?

— Oui, sans doute. Vous parlez de mariage. Oui, je vous comprends.

— Alors, qu'en dites-vous ? »

Sally commençait à se remettre, mais elle voyait le côté comique de la situation. Elle regarda Ginger avec gravité. Lui, évita de rencontrer son regard et contempla derechef le portier qui fredonnait une romance sentimentale. Il ne pouvait entendre ce que disaient les deux jeunes gens, et, les eût-il entendus, qu'il ne les aurait pas compris, mais le langage des yeux n'avait pas de secrets pour lui.

« Mais..., reprit-elle, ne croyez pas que je soulève des difficultés, pourtant... n'est-ce pas un peu brusque ?

— Il le faut bien, répondit Ginger Kemp d'un ton dolent. Je croyais que vous passiez plusieurs semaines ici.

— Mais, bébé que vous êtes, vous n'avez jamais réfléchi au fait que nous nous connaissons à peine ? » Indulgente, elle lui donna une petite tape sur la main, ce qui fit pousser un tendre soupir à l'huissier décoratif. « Je vois ce qui vous arrive, vous me prenez pour une autre, pour une jeune fille que vous connaissez et à qui on vous a correctement présenté. Regardez-moi bien, vous allez vous apercevoir de votre erreur.

— Si je vous regarde bien, je ne peux pas répondre des conséquences, fit Ginger avec chaleur.

— Et c'est à vous que j'allais faire la leçon au sujet de vos entreprises !...

— Vous êtes la femme la plus remarquable que j'aie jamais rencontrée ! dit Ginger, regardant toujours fixement l'huissier. C'est assez soudain, j'en conviens. Je n'y puis rien. J'ai eu le coup de foudre dès que je vous ai vue, voilà !

— Mais !...

— Voyons, je ne suis pas bien séduisant, mais... je viens de gagner des tas d'argent.

— Vous voulez m'acheter avec votre or ?

— Je veux dire que nous aurions de quoi nous mettre en ménage... Bien sûr, je n'ai fait que des gaffes dans ce que j'ai entrepris jusqu'à présent, mais s'il doit y avoir quelque chose que je puisse faire, soyez certaine que je vais m'y mettre. Je veux dire, si vous êtes là pour m'encourager et ainsi de suite, vous savez...

— Vous n'avez pas songé que je pouvais être déjà fiancée à un autre ?

— Oh, mon Dieu, le seriez-vous ? »

Il la regarda en face, pour la première fois, et il y avait dans ses yeux une expression qui toucha Sally et chassa de son esprit toute idée de ridicule. Si absurde que cela pût paraître, cet homme était sincère.

« En effet, je suis fiancée », dit-elle gravement.

Ginger Kemp se mordit les lèvres et garda un instant le silence.

« Voilà qui brise mes espérances », dit-il enfin.

Sally comprit qu'elle ressentait un sentiment trop complexe pour pouvoir l'analyser. C'était de la pitié, mais en même temps cela l'amusait. Son émotion, sans qu'elle s'en rendît compte, avait quelque chose de maternel. Sally aurait voulu consoler Ginger et même l'embrasser. Mais elle ne pouvait pas le regarder comme un homme fait, comme un être raisonnable.

« Vous ne parlez pas sérieusement.

— Pas sérieusement, moi !

— Ce n'est pas possible. Dans la vie réelle, le coup de foudre n'existe pas. On aime d'amour une personne quand on la connaît bien et... » Elle s'arrêta net. Elle venait de songer qu'elle n'était guère qualifiée pour faire un sermon de ce genre. Son amour pour Gerald avait été plutôt soudain, presque instantané. Que savait-elle de Gerald, sauf qu'elle l'aimait ? Ils s'étaient fiancés quinze jours après leur première rencontre. Ce souvenir glaça son éloquence, et elle termina son discours par cette timide assertion : « C'est ridicule ! »

Ginger, plus calme, avait pris maintenant un air mélancolique et résigné.

« Je ne pouvais guère espérer être aimé de vous de toute façon. Je ne vaux pas grand-chose. »

Ces paroles amenaient précisément dans leur conversation la diversion que Sally souhaitait. Elle saisit l'occasion de la faire dévier sur un mode moins sentimental.

« Voilà justement de quoi je voulais vous parler. Je vous ai cherché toute la journée, pour terminer ce que j'allais vous dire dans l'ascenseur, quand on nous a interrompus. Voulez-vous que je vous parle comme une tante... comme une sœur, plutôt ? Le mieux serait de m'adopter comme sœur. Qu'en pensez-vous ? »

Ginger ne parut pas enchanté de cette parenté supposée.

« Parce que je m'intéresse énormément à vous. »

La figure de Ginger s'éclaira.

« Comme c'est gentil de votre part !

— Je vais vous parler raison, Ginger. Pourquoi ne pas vous ressaisir ?

— Me ressaisir ?

— Oui, redresser l'échine, sortir le menton et jouer des coudes, faire quelque chose, enfin. Vous êtes là à vous agiter sans rien faire ; vous comptez sur votre "famille". Pourquoi faut-il toujours vous aider ? Il faut vous aider vous-même. Pourquoi est-il nécessaire qu'on vous trouve du travail ? Trouvez-en vous-même et plus vite que ça. Pourquoi vous faire de la bile au sujet de ce que "la famille" pensera de vous ? Rendez-vous indépendant. Je sais que vous n'avez pas eu de chance, que vous vous êtes trouvé subitement sans un sou ; mais, grand Dieu, tous ceux qui ont fait quelque chose en ce monde ont été sans ressources à un moment donné ! C'est justement cela qui rend la vie intéressante. Vous n'arriverez jamais à rien si vous vous laissez toujours repêcher par "la famille" comme un petit toutou ; si vous acceptez n'importe quelle situation médiocre, parce qu'on vous la propose. Cette situation, il faut la choisir, la trouver vous-même. Réfléchissez à ce que vous pouvez faire, cela doit exister, et puis attachez-vous à ce travail, venez-en à bout, faites-le gaiement. Vous avez réussi à gagner un peu d'argent. Cela vous donne le temps de vous retourner, de voir venir. Et, quand vous aurez vu, faites quelque chose. Tâchez de comprendre qu'il faut vivre sans compter sur "la famille". »

Sally s'arrêta pour reprendre haleine. Ginger resta un moment sans répondre ; ces paroles semblaient l'avoir beaucoup impressionné.

« Quand vous parlez vite, dit-il enfin d'une voix grave et posée, votre nez se tortille, c'est trop drôle ! »

Sally jeta un cri d'indignation :

« Vous n'avez donc pas écouté un mot de ce que je viens de vous dire ?

— Oh si, mon Dieu, bien sûr !

— Alors qu'est-ce que j'ai dit ?

— Vous... hum... vos yeux jetaient des éclairs !

— Il ne s'agit pas de mes yeux. Qu'est-ce que j'ai dit ?

— Vous m'avez dit de trouver une situation, répondit Ginger après avoir réfléchi.

— Oui, en effet. Je l'ai dit bien mieux que cela, mais cela résume tout. Ça va bien, je suis contente de vous... »

Ginger la buvait des yeux tristement, avec une muette adoration.

« Dites..., fit-il en l'interrompant. Me permettez-vous de vous écrire ? Il me semble que cela m'encouragerait beaucoup.

— Mais vous n'aurez pas le temps d'écrire des lettres.

— Si, j'aurai le temps de vous en écrire à vous. N'avez-vous pas une adresse quelconque en Amérique, afin que je sache où les envoyer ?

— Je puis vous donner une adresse permanente. » Elle lui indiqua le numéro et la rue de la pension tenue par Mrs. Meecher, qu'il nota soigneusement sur sa manchette. « Oui, tout bien réfléchi, écrivez-moi, dit-elle, j'aimerais savoir si vous réussissez. Oh, bonté divine ! Cette pendule ne marche pas ?

— Mais si. A quelle heure part votre train ?

— A quelle heure ? Mais il est parti. Ou du moins il part dans deux secondes. » Elle se précipita vers la porte, à l'ébahissement du portier galonné qui ne s'attendait pas à ce brusque départ. « Adieu, Ginger ! Écrivez-moi et souvenez-vous de ce que je vous ai dit. »

Ginger, très alerte quand il s'agissait de fournir un effort physique, avait suivi Sally ; sauter dans un taxi fut pour eux l'affaire d'un instant. Le train s'ébranlait quand les deux amis se précipitèrent sur le quai. Ginger ouvrit la portière du wagon le plus proche, souleva adroitement Sally dans ses bras et la lança dans le train. Elle tomba sur les pieds d'un voyageur qui occupait la place du coin et rebondit vers la fenêtre. Ginger, fidèle jusqu'au bout, trottait le long du train, dont la vitesse s'accélérait.

« Ginger, mon pauvre porteur... donnez-lui un pourboire, j'ai oublié !

— Entendu !

— Et n'oubliez pas ce que je vous ai dit.

— Non, bien sûr !

— Songez à vous-même et zut pour "la famille".

— D'accord ! »

Le train s'éloigna lentement de la gare.

Sally jeta un dernier regard sur son rouquin d'ami qui s'était arrêté et agitait son mouchoir. Puis elle se tourna vers son voisin pour s'excuser.

« Je regrette beaucoup, fit-elle hors d'haleine, j'espère que je ne vous ai pas fait mal ? »

Elle se trouva face à face avec le cousin de Ginger, l'homme brun, avec le héros de l'incident de la veille sur la plage, Bruce Carmyle.

III

Bruce Carmyle ne s'étonnait pas facilement ; mais, en cette occasion, il fut plutôt ahuri, cela se conçoit. Pour lui, Sally était la jeune Française qui avait attiré l'attention de son cousin Lancelot sur la plage. Du moins avait-il décidé a priori qu'elle était française ; aussi fut-il abasourdi de l'entendre parler couramment l'anglais. Comment avait-elle reçu tout à coup le don des langues ? Et par quel hasard se trouvait-elle sur un tel pied d'intimité avec Lancelot, au point de courir avec lui sur un quai de gare et de l'appeler « Ginger » en se penchant à la portière ? La veille encore, elle ne le connaissait pas. Bruce Carmyle savait que les amis personnels de son cousin (ces *minus habentes*) lui donnaient ce nom familier — vulgaire même selon lui —, mais comment cette jeune fille en était-elle venue à en faire usage ?

Si Sally eût été moins jolie, Mr. Carmyle l'aurait

regardée avec désapprobation, car elle venait de secouer rudement son sentiment des convenances. Mais essoufflée par sa course, et toute rougissante, elle lui parut si jolie qu'il parvint à sourire.

« Pas du tout », répondit-il, et cette réponse n'avait qu'un lointain rapport avec la vérité. Son orteil gauche le faisait cruellement souffrir. Le pied mignon d'une jeune fille comme Sally peut faire sentir son poids sur les orteils d'un homme quand elle est lancée avec force par un champion de rugby.

« Je vais tâcher de reprendre haleine », fit Sally en s'asseyant.

Tandis qu'elle soufflait un peu, le train prit de la vitesse.

« Vous l'avez attrapé de justesse, fit Bruce avec amabilité, car son pied lui faisait moins mal. Un peu plus, vous le manquiez.

— Oui, j'ai eu de la chance que Mr. Kemp fût là. Il m'a lancée ici très adroitement, ne trouvez-vous pas ?

— Dites-moi, continua Carmyle, comment connaissez-vous mon cousin ? Hier matin, sur la plage...

— Oh, nous ne nous connaissions pas encore. Mais, comme nous étions descendus dans le même hôtel, nous nous sommes trouvés enfermés ensemble dans l'ascenseur pendant une heure. C'est comme cela que nous avons fait connaissance. »

Un garçon de restaurant pénétra dans le compartiment pour annoncer, en mauvais anglais, que le dîner était servi dans le wagon-restaurant.

« Voulez-vous venir dîner ? dit Carmyle.

— Je meurs de faim », répondit la jeune fille.

Elle se reprocha, tout en suivant le couloir, d'avoir jugé cet homme sur les apparences. Il semblait fort aimable, malgré son extérieur rébarbatif. Elle en conclut qu'il lui plaisait assez au moment où ils prirent place à table.

Une fois installés, cependant, les façons de Mr. Carmyle changèrent. Il cessa d'être aimable. Évidemment, un repas était pour lui une affaire sérieuse et il trouvait nécessaire de s'adresser aux garçons avec sévérité. Une tache sur la nappe le fit frissonner, et, le sourcil froncé, il concentra son attention sur le menu, pendant que Sally traitait en camarade le garçon trop familier, un bon vieux, qui, dès le début, avait décidé, lui, de la traiter comme une fille préférée. Ce garçon ne parlait pas l'anglais, ni Sally le français, néanmoins ils s'entendaient fort bien, tandis que Mr. Carmyle écartait d'une main impatiente le serviteur qui lui suggérait gentiment des idées pour le menu (chose qui ne se faisait jamais au Splendide, hôtel où les garçons ne vous soufflaient pas leurs avis dans l'oreille). Carmyle commanda son dîner sèchement, dans ce dialecte anglo-gaélique qu'emploient les Britanniques en voyage. Le garçon acquiesça d'un air bon enfant et disparut.

« C'est un bon vieux ! dit Sally.

— Beaucoup trop familier ! » répliqua Mr. Carmyle.

Sally s'aperçut qu'au sujet du garçon son hôte et elle ne voyaient pas les choses sous le même angle, et qu'une discussion là-dessus n'aboutirait à rien. Elle changea de conversation. Mr. Carmyle ne lui semblait plus si sympathique que tout à l'heure, mais, en somme, il se montrait courtois en lui offrant à dîner et elle essaya de voir ses bons côtés.

« A propos, dit-elle, je m'appelle Nicholas. Je trouve préférable de commencer par décliner mon nom, et vous ?

— Moi, je me nomme...

— Oh, je sais, Ginger, Mr. Kemp, je veux dire, me l'a appris. »

Mr. Carmyle, qui se dégelait un peu depuis le départ du garçon, reprit sa raideur en entendant nommer Ginger.

« Vraiment? dit-il; vous étiez devenus intimes, apparemment. »

Sally n'aimait pas ces façons. Il la blâmait, c'est certain, et le blâme lui déplaisait de la part d'un étranger. Elle ouvrit des yeux étonnés, et jeta, à travers la table, un regard hostile.

« Pourquoi "apparemment"? Je vous ai dit que nous étions devenus bons amis et je vous ai expliqué pourquoi. On ne reste pas enfermés ensemble, dans un ascenseur, pendant la moitié de la nuit, sans arriver à se connaître un peu. Mr. Kemp m'a semblé très sympathique.

— Pas possible!

— Et très intéressant. »

Mr. Carmyle écarquilla les yeux.

« Ah, vous le trouvez intéressant?

— Oui, j'ai dit intéressant. » Sally commençait à devenir combative. En général, les hommes qui l'approchaient cherchaient à se rendre agréables et la raideur hostile de son compagnon excitait ses instincts batailleurs.

« Il m'a raconté sa vie.

— Et vous avez trouvé cela intéressant?

— Pourquoi pas?

— Eh bien parce que... (Un sourire grimaçant errait sur le sombre visage de Carmyle.) Mon cousin a de grandes qualités, sans doute, il est bon joueur de rugby, et je crois qu'il est considéré comme boxeur amateur, mais je ne l'aurais pas cru amusant. Nous le trouvons plutôt assommant.

— Je croyais que, seuls, les rois disaient “nous”?

— Je veux dire moi et les autres membres de la famille. »

Cette allusion à « la famille » eut le don d'exaspérer Sally. Elle se tut pour se ressaisir et éviter d'être impolie.

« Mr. Kemp m'a parlé de Mr. Scrymgeour », continua-t-elle. Bruce Carmyle regarda un instant la longue flûte de pain que le garçon venait de poser sur la table.

« Vraiment? dit-il. Il ne sait rien garder pour lui. »

Le garçon reparut, apportant le potage, et la conversation cessa. « V'là! » fit-il, de l'air satisfait d'un homme qui vient de réussir un tour de passe-passe. Il eut un sourire à l'adresse de Sally, comme s'il s'attendait à des applaudissements, du moins de ce côté de son public. Mais Sally garda son expression grave et figée. Elle venait d'être rembarrée, et cette impression toute nouvelle lui était désagréable.

« Je crois que Mr. Kemp n'a pas eu de chance, dit-elle.

— Si vous permettez, je préfère ne pas discuter cette question. »

Mr. Carmyle trouvait Sally fort jolie, mais c'était une inconnue, et les affaires de « la famille » ne devaient pas être discutées avec des étrangers, même agréables.

« Mr. Kemp avait tout à fait raison. Mr. Scrymgeour battait un chien.

— Je connais ces détails.

— Alors vous êtes de mon avis?

— Pas du tout. Un homme n'abandonne pas une situation superbe simplement parce que...

— Oh, si vous le comprenez ainsi, je pense qu'il est inutile d'en parler. Pourtant, est-il très indiscret de vous demander ce que vous comptez faire pour Gin... pour Mr. Kemp ? »

Mr. Carmyle redevint glacial.

« Je ne puis vraiment pas discuter de cela... »

Sally, qui bouillait d'impatience, mais qui s'était dominée jusque-là, ne se contint plus.

« Oh, par pitié, dit-elle d'un ton tranchant, tâchez d'être un peu plus humain, et ne rembarrez pas toujours les gens. Vous me rappelez ces portraits du dix-huitième siècle, à figure de bois, qui vous regardent du haut de leurs cadres dorés, avec des yeux de carpes, comme si on était des êtres impossibles.

— Du rosbif ? » demanda le garçon avec bonne humeur, en se dressant tout à coup, à côté d'eux, comme s'il sortait d'une trappe.

Bruce Carmyle attaqua son rosbif d'un air morose. Sally, qui se rendait compte qu'elle aurait honte d'elle-même d'ici peu, mais dont l'humeur batailleuse s'éveillait, garda un instant le silence.

« Je regrette, fit sentencieusement Mr. Carmyle, d'avoir des yeux de carpe. On ne me l'avait jamais fait remarquer.

— Vous n'avez sans doute jamais eu de sœurs, répliqua Sally, elles vous l'auraient dit. »

Mr. Carmyle se tut, l'air offensé, jusqu'au moment où le garçon apporta le café.

Sally se leva :

« Je vais me retirer, dit-elle, je ne prendrai pas de café et, si je restais plus longtemps, je pourrais être impolie. J'espérais pouvoir vous dire deux mots en faveur de Mr. Kemp, mais c'est sans doute inutile.

Adieu, monsieur, je vous remercie de m'avoir offert à dîner. »

Elle s'éloigna, suivie du regard indigné mais admiratif de Mr. Carmyle qui sentait d'étranges sentiments émouvoir son cœur.

CHAPITRE IV

GINGER DEVIENT DANGEREUX

Quelques jours plus tard, Bruce Carmyle rencontra son cousin Lancelot, qui n'avait pu l'éviter, à Piccadilly. Ils étaient revenus de Roville par des routes différentes et Ginger aurait préféré que la séparation continuât. Il allait poursuivre son chemin avec un petit salut, lorsque Carmyle l'arrêta.

« Juste celui que je voulais voir, observa-t-il.

— Oh ! hello ! dit Ginger sans joie.

— Je voulais passer à votre club.

— Oui ?

— Oui. Cigarette ? »

Ginger jeta un coup d'œil au porte-cigarettes ouvert avec l'air soupçonneux de l'homme qui s'est laissé convaincre de monter sur la scène et qui accepte une carte du prestidigitateur. Il se sentait perplexe. Depuis qu'il le connaissait, il ne pouvait se souvenir d'un semblable accès d'amabilité de la part de son cousin. Il s'étonnait même de voir Mr. Carmyle lui parler, car l'*affaire* Scrymgeour était à l'état de blessure fraîche et la famille, Ginger ne l'ignorait pas, délibérait encore là-dessus à l'heure actuelle.

« Il y a longtemps que vous êtes revenu ?

— Un jour ou deux.

— C'est tout à fait par hasard que j'ai su que vous étiez là et que vous restiez au club. A propos, merci de m'avoir présenté à Miss Nicholas. »

Ginger sursauta.

« Quoi ?

— J'étais dans ce compartiment, vous savez, à la gare de Roville. Vous l'avez presque jetée sur moi. Nous sommes convenus d'appeler cela une introduction. C'est une charmante personne. »

Bruce Carmyle n'avait pas encore pris de décision en ce qui concernait Sally. Mais il savait une chose, c'est qu'il ne la laisserait pas disparaître de sa vie, si possible. Son départ subit l'avait laissé en proie à ce sentiment confus de mécontentement qui n'a rien de commun avec l'amour, à première vue, et produit fréquemment les mêmes effets. Elle avait eu, impossible de le nier, le dessus dans leur dernière entrevue, et il désirait fort la rencontrer encore pour lui montrer qu'il y avait autre chose en lui. En un mot, Bruce Carmyle était piqué, et, bien qu'il ne pût décider s'il aimait ou détestait Sally, il était tout à fait certain que l'avenir sans elle serait assez plat.

« Une très charmante personne. Nous avons eu une conversation extrêmement agréable.

— Je comprends ! dit Ginger avec envie.

— A propos, elle ne vous a pas donné son adresse ?

— Pourquoi ? » demanda Ginger, soupçonneux. Son attitude rappelait celle d'un collectionneur qui a acquis une œuvre d'art unique et veut la garder pour lui seul et s'en repaître.

« Eh bien..., je..., euh... j'ai promis de lui envoyer quelques livres qu'elle désirait lire.

— Je ne crois pas qu'elle ait beaucoup de temps pour lire.

— Des livres qui ne sont pas publiés en Amérique.

— Oh, tout est publié en Amérique ! Ou presque, je veux dire.

— Eh bien, ces livres-là ne le sont pas », dit Carmyle sèchement.

Il trouvait la réserve de Ginger assez agaçante et regrettait de n'avoir pas inventé quelque chose de mieux.

« Donnez-les-moi et je les enverrai, suggéra Ginger.

— Mais dites-donc, mon vieux, je suis capable d'envoyer des livres en Amérique ! » jeta Mr. Carmyle avec irritation.

Ginger dut donc révéler le numéro sacré de la sainte rue qui avait le bonheur d'abriter le quartier général de Sally. Il le fit parce qu'on ne pouvait pas échapper à l'insistance d'un type comme son cousin, mais il le fit avec regret.

« Merci », dit Bruce Carmyle en notant l'information dans un ravissant agenda de maroquin avec un porte-mine d'or.

Il y eut une pause. Bruce Carmyle toussa.

« J'ai vu l'oncle Donald ce matin », dit-il.

Toute amabilité superflue avait disparu de ses manières. Il n'aimait pas la prodigalité. Même, il parlait froidement avec une nuance de reproche dans la voix.

« Oui ? » dit Ginger pensivement. C'était l'oncle dans les bureaux duquel il avait fait ses débuts de gâcheur : un homme considérable et hautement respecté au club national-libéral, mais fort peu apprécié de Ginger. Il y avait d'autres oncles et quelques tantes pour compléter la famille, mais l'oncle Donald, manager incontestable de ce corps constitué, équivalait, dans l'opinion bien établie du jeune homme, à un vésicatoire humain.

« Il vous invite à dîner ce soir avec lui chez Bleke. »

La morosité de Ginger s'accentua. Un dîner avec l'oncle Donald n'avait rien de bien gai, fût-ce dans le décor d'un banquet des *Mille et Une Nuits*. On ne sait quoi dans sa personnalité eût exercé une influence calmante sur les orgies de Tibère à Capri. Dîner avec lui dans une morgue comme le café Bleke, qui tirait la raison principale de son existence de clients qui n'avaient pas manqué un dîner depuis un demi-siècle, constituait une épreuve au-dessus de la résistance humaine dans l'esprit de Ginger.

« Ce soir ? dit-il. Oh, vous voulez dire ce soir ? Eh bien...

— Ne faites pas l'idiot. Vous savez aussi bien que moi que vous irez. (Les invitations de l'oncle Donald équivalaient à des ordres royaux dans la famille.) Si vous avez une autre invitation, il faut vous dégager.

— Oh, très bien.

— Sept heures et demie précises.

— Bon », dit sombrement Ginger.

Les deux hommes se séparèrent, Bruce Carmyle allant vers l'est parce qu'il avait des clients à voir dans son étude du Temple, Ginger vers l'ouest parce que Mr. Carmyle allait vers l'est. Il y avait peu de sympathie entre ces deux cousins ; et, pourtant, assez singulièrement, leurs pensées se dirigeaient vers le même objet. Bruce Carmyle, avançant avec adresse à travers la foule de Piccadilly Circus, songeait à Sally et c'est à elle aussi que pensait Ginger se dirigeant vaguement vers Hyde Park Corner, dans une sorte de coma qui le rejetait de piéton en piéton.

Ginger était assez mal en point depuis son retour à

Londres. Il ne dormait guère la nuit et trouvait la journée longue. C'est qu'un amour sans espoir ravageait alors sa personne. Jusque-là, c'était une âme placide. Le krach financier même qui avait changé sa vie ne l'atteignait pas profondément. Son tempérament lui permettait de supporter les flèches de la mauvaise fortune avec philosophie. Mais à présent, tout semblait différent. Des choses l'irritaient violemment que, jusque-là, il acceptait comme inévitables, la moustache de l'oncle Donald, par exemple, et l'habitude de son propriétaire de l'employer comme une sorte d'écluse contre les assauts de la soupe.

« Par saint Georges, pensa Ginger en s'arrêtant subitement devant Devonshire House, s'il se sert de cette damnée broussaille comme tamis à soupe, je le pique avec ma fourchette ! »

Tristes pensées, dures pensées ! Et de plus en plus tristes et dures, car rien ne va plus vite qu'un vent de révolte. La révolte est un feu de forêt qui s'enflamme à travers l'âme. L'étincelle avait été allumée en lui, et, bien avant d'arriver à Hyde Park Corner, il était en feu et pétillait. Lorsqu'il revint à son club, il était devenu une menace pour la société ou, du moins, pour cette section qui comprenait son oncle Donald, ses oncles mineurs George et William et ses tantes Marie, Geraldine et Louise.

Il se trouvait dans les mêmes dispositions en commençant à s'habiller pour les lugubres festivités du café Bleke. Il luttait d'un air morose avec un nœud de cravate obstiné. Impossible de le nier, Ginger était sous pression. Et ce fut à ce moment précis que le sort, comme s'il eût attendu l'instant psychologique, appliqua la touche finale. Après un coup frappé à la porte, un domestique entra, portant un télégramme.

Ginger regarda l'enveloppe. Le pli avait été réexpédié de l'hôtel de Normandie. C'était un radio envoyé depuis l'*Olympic* de la White Star Line et, ouvert, il révéla ce message :

« Rappelez-vous. Zut pour "la famille" !

« S. »

Le chauffeur de taxi qui, à sept heures vingt-cinq, s'arrêta à la porte miteuse du café Bleke, dans le Strand, fut frappé par les façons de son client. « Un drôle de type », tel fut le verdict du chauffeur.

CHAPITRE V

SALLY APPREND DES NOUVELLES

En arrivant à New York, Sally avait l'intention de descendre à l'hôtel Saint-Regis, et d'y jouir de la vie confortable qu'autorisait sa fortune, avant de s'installer dans le petit appartement qui serait son domicile fixe. Mais quand il fut devenu urgent de donner une adresse au chauffeur de taxi, en sortant des docks, ce plan lui parut digne de son frère Fillmore. Il serait temps de s'arracher à la vieille pension qui, pendant trois ans, lui avait servi de foyer, quand elle aurait trouvé son appartement. En attendant, si elle ne voulait pas se voir reprendre par sa conscience, en agissant comme un autre Fillmore, il lui fallait retourner habiter l'admirable établissement de Mrs. Meecher et se mêler à ses vieux amis les pensionnaires. Après tout, notre foyer est là où se plaît notre cœur, même quand les pruneaux figurent trop souvent sur le menu pour flatter les gourmets.

Peut-être était-ce l'inévitable satisfaction du devoir accompli, ou encore l'attente frémissante de sa prochaine rencontre avec Gerald Foster, après ces longues semaines de séparation, qui rendaient si gaies les rues familières. C'était une belle matinée new-yorkaise, avec un ciel bleu et un soleil doré, les boîtes à ordures même avaient l'air engageant. Les tramways débordaient de gens heureux qui s'en allaient joyeusement au travail. Les agents dirigeaient la circulation d'un air affable, et les balayeurs, vêtus de blanc, accomplissaient leur œuvre poétique avec tranquillité mais aussi avec goût. Ces gens ne savaient sans doute pas que Sally était de retour et, pourtant, ils se comportaient comme si c'eût été un jour de fête.

La première note discordante dans ce concert harmonieux fut donnée par Mrs. Meecher qui, après avoir exprimé sa satisfaction en entendant Sally réclamer son ancienne chambre, lui apprit que Gerald Foster avait quitté New York le matin même.

« Il est parti pour Detroit, dit-elle. Miss Doland aussi. » Elle s'interrompit pour gourmander l'homme de peine, qui, armé de la malle de Sally en guise de projectile, endommageait le papier peint du vestibule.

« On va monter sa pièce là-bas, c'est pour lundi, vous savez, reprit Mrs. Meecher, quand le porteur disparut dans l'escalier en se heurtant aux murs. On l'a répétée constamment depuis votre départ. »

Sally fut désappointée, mais la matinée était si belle et New York semblait si merveilleux, après son pénible voyage sur le transatlantique, qu'elle ne se laissa pas démonter. Après tout, elle pourrait aller à Detroit le lendemain. Elle s'en réjouissait d'avance.

« Elsa fait-elle partie de la troupe ?

— Bien entendu, et elle est très bonne dans ce rôle, d'après ce qu'on m'a dit. » Mrs. Meecher se tenait au courant des potins de coulisse (elle était elle-même une ex-actrice de théâtre et avait joué dans *Florodora*).

« Mr. Faucitt est allé à l'une des répétitions, et il a

dit que Miss Doland était admirable. Vous savez qu'il n'est pas facile à contenter.

— Comment va Mr. Faucitt ? »

Mrs. Meecher, qui aimait la tragédie, s'appliqua de nouveau à doucher la joyeuse humeur de Sally.

« Pauvre vieux monsieur, il n'est pas trop bien. Il est allé se coucher hier soir avec un mal de tête ; ce matin j'ai été le voir, et il ne va pas bien. Cette grippe espagnole sévit encore. C'est peut-être cela ? Beaucoup de gens en sont morts, s'il faut en croire les journaux.

— Mon Dieu ! vous ne croyez pas que... ?

— Oh, il n'est pas devenu noir, concéda Mrs. Meecher, d'un air de regret. On dit que les malades deviennent noirs. D'après ce que disent les journaux. Mais ce sera sans doute pour plus tard, ajouta-t-elle, confiante dans l'avenir. Le docteur va venir le voir bientôt. Mais il est très content. Toto est auprès de lui. »

L'inquiétude de Sally augmenta. Comme tous ceux qui passaient quelque temps dans la maison, elle avait de fortes objections contre Toto. Ce quadrupède, qui ternissait la réputation de la race canine tout entière, en affectant d'être un chien, était un petit animal au poil laineux, au jappement continuel et pénétrant. Pénible à supporter pour des gens bien portants, sa présence devait être odieuse à un malade. Le cœur de Sally saigna en songeant à Mr. Faucitt. Mrs. Meecher, d'autre part, restait persuadée que son petit favori avait un effet sédatif, et sept ans de fréquentation n'avaient pas ébranlé sa conviction. Elle pensait qu'en lui accordant la compagnie de Toto, elle faisait tout ce qu'il était possible pour soulager le malade.

« Je veux monter le voir, déclara Sally, pauvre vieil ami !

— Bien sûr, vous savez où est sa chambre. On entend d'ici Toto qui jappe ; il veut un biscuit, voilà ce qu'il demande. Toto aime avoir un biscuit après le déjeuner. »

Les yeux du malade se tournèrent vers la porte au moment où Sally pénétra dans la chambre. En l'apercevant, ils s'éclairèrent d'une lueur de joie indicible. Une visite, quelle qu'elle fût, aurait fait plaisir à Mr. Faucitt en ce moment, car son petit compagnon avait depuis longtemps lassé sa patience ; mais que sa visiteuse fût sa chère Sally, cela tenait du miracle aux yeux du vieillard.

« Sally !

— Un moment, cher monsieur. Ici, Toto ! »

Toto, devenu muet à la vue d'une friandise, sauta en bas du lit et pencha la tête de côté, en regardant le biscuit d'un air interrogateur. Il était méfiant, mais il se laissa attirer dans le corridor. Sally lui jeta le biscuit et se glissa dans la chambre dont elle ferma la porte. Toto, après un ou deux aboiements de reconnaissance ou de dépit, trotta jusqu'en bas de l'escalier et Mr. Faucitt poussa un soupir de soulagement.

« Sally, vous arrivez toujours comme un ange de miséricorde. Notre digne propriétaire, Mrs. Meecher, est pleine de bonnes intentions, et j'atteste qu'elle a très bon cœur, mais elle se trompe en croyant que son damné roquet équivaut à une infirmière doublée d'une potion calmante et d'un séjour à la mer. Elle a insisté pour l'amener ici. Il jappait en entrant, et il jappait encore quand, par une ruse féminine que j'admire, vous l'avez attiré hors d'ici. Chaque aboiement me frappait sur le crâne comme un coup de marteau sur de la tôle. Sally, vous êtes inimitable. Vous brillez comme une bonne action dans un monde pervers. Depuis quand êtes-vous de retour ?

— J'arrive à l'instant du port dans mon carrosse de louage.

— Et vous êtes venue aussitôt voir votre vieil ami !

— Naturellement je suis venue. Vous ne supposez pas qu'en apprenant votre maladie j'allais dire : Ah ! vraiment ! pour continuer ensuite à parler de la pluie et du beau temps ? Allons, qu'est-ce que cela veut dire ? Vous effrayez tout le monde. Cher vieil ami, vous sentez-vous très mal ?

— Mille souris au moins me grignotent l'épine dorsale : et il me faudrait à chaque instant des boissons fraîches. Mais qu'importe ! Votre seule présence me réconforte. Dites-moi, êtes-vous satisfaite de votre voyage à l'étranger ?

— J'ai pris du bon temps.

— Êtes-vous allée en Angleterre ?

— Seulement en passant.

— Mais où avez-vous passé vos vacances ? A Paris ?

— Oui, pendant quelque temps, et le reste de mon séjour s'est passé au bord de la mer. C'était splendide. Je crois que je ne serais plus revenue, si je n'y avais pas été obligée. Mais, naturellement, je voulais vous revoir tous. Je tenais à assister à la première de la pièce de Mr. Foster. Mrs. Meecher me dit que vous êtes allé à une des répétitions.

— A une bataille de chiens qu'on a affublée du nom de répétition. Car on ne répète plus de nos jours.

— Oh, était-ce si mauvais que cela ?

— La pièce est bonne. J'irai plus loin : elle est excellente. Mais qu'elle est mal jouée !

— Mrs. Meecher dit que vous avez trouvé Elsa très bonne.

— Notre digne hôtesse m'a cité fidèlement. Miss Doland a beaucoup de dispositions. Elle me rappelle Mathilda Devine, avec qui j'ai joué pendant une saison, au vieux Théâtre Royal de Londres, il y a bien des années. Elle peut faire de grandes choses, mais ses dons sont gaspillés dans un rôle insignifiant. Il n'y a qu'un rôle dans la pièce. Je veux parler de celui qui est massacré par Miss Mabel Hobson.

— Elle le massacre ! »

Sally en eut le cœur serré. C'est justement ce qu'elle redoutait et cela ne la consolait pas de penser qu'elle avait averti Gerald.

« Est-elle vraiment très mauvaise ?

— Elle a un visage d'ange, mais autant de talent dramatique qu'un plat de nouilles, dans le genre de ceux que l'estimable Mrs. Meecher nous donne le vendredi. Au cours de ma carrière, j'ai vu maintes fois ce que j'appellerai la petite amie transformée en étoile. Mais Miss Hobson les éclipse toutes.

— Oh ! pauvre... pauvre Mr. Foster !

— Je ne partage pas votre pitié pour ce jeune homme, fit sévèrement Mr. Faucitt. Vous le connaissez peu, sans doute, mais dernièrement je l'ai beaucoup fréquenté. C'est un jeune homme, écoutez-moi bien, sur qui le succès, s'il en a jamais, produira le plus mauvais effet. Il me déplaît, Sally, c'est l'être le plus égoïste, le plus personnel que je connaisse. Il me rappelle Billy Fothergill, avec qui j'ai fait pas mal de tournées entre quatre-vingt-cinq et quatre-vingt-dix. Vous ai-je jamais raconté l'histoire de Billy et de l'amateur qui... ? »

Sally ne se sentait pas d'humeur à écouter l'histoire de Mr. Fothergill. Les critiques du vieux monsieur au sujet de Gerald l'avaient profondément blessée. Un désir fugitif lui vint de prendre chaleureusement la défense de son fiancé, mais, en voyant le visage pâle et émacié de Mr. Faucitt, elle y renonça. Il n'avait pas voulu la peiner, après tout. Comment aurait-il su ce que Gerald était pour elle ?

Elle changea brusquement de conversation :

« Avez-vous vu Fillmore pendant mon absence ?

— Fillmore ! oui, chère enfant, je l'ai rencontré dans Broadway, il y a seulement quelques jours. Il paraissait changé, moins guindé et moins distant qu'il ne l'était ces derniers temps. Je le juge peut-être sévèrement, mais, par moments, il devenait un peu prétentieux. Tout cela avait disparu à notre dernière rencontre. Il semblait content de me voir et se montra très cordial. »

Sally reprit son calme. Le sermon fait à son frère le soir de leur dîner d'amis n'avait pas été prononcé en vain. Toutefois, Mr. Faucitt expliquait autrement le changement survenu chez l'homme du Destin.

« J'ai plutôt l'impression, dit-il, que cette influence adoucissante est due à la fiancée du jeune homme.

— Quoi ? Fillmore est fiancé ?

— Il ne vous l'a donc pas écrit ? Je suppose qu'il attendait votre retour pour vous l'annoncer. Mais oui, Fillmore est fiancé. Cette jeune fille l'accompagnait quand je l'ai rencontré. C'est une Miss Winch. Elle fait du théâtre. Il m'a présenté. Je l'ai trouvée charmante et pleine de bon sens. »

Sally secoua la tête.

« C'est impossible, Fillmore ne se serait pas fiancé à une femme de ce genre-là. Avait-elle des cheveux carotte ?

— Non, elle est brune, si je me rappelle bien.

— Et un genre tapageur et une mise excentrique ?

— Au contraire, elle est simple et correcte.

— Vous vous trompez, affirma Sally. Elle ne peut

pas être comme vous dites. Il va falloir que je m'occupe de cela. C'est drôle que je ne puisse m'absenter pendant quelques semaines, sans que tous mes amis tombent malades et sans que mon frère devienne la proie de femmes fatales. »

Un coup frappé à la porte interrompit cette conversation. Mrs. Meecher entra, précédant un aimable petit homme, orné de lunettes et porteur d'une trousse de maroquin noir.

« Voici le docteur, Mr. Faucitt. »

Mrs. Meecher jeta au malade un coup d'œil expert pour surprendre chez lui le symptôme redouté.

« Je lui ai dit que je vous croyais atteint de cette nouvelle grippe espagnole. On annonce encore deux morts dans les journaux de ce matin. Mais que faut-il en croire ?

— Pourrais-je vous demander d'aller me chercher un verre d'eau ? dit le docteur.

— Mais certainement.

— Pas un grand verre, un petit suffira. Faites couler le robinet quelques secondes et veillez à ne pas renverser d'eau en montant l'escalier. Je demande toujours ceci aux dames trop empressées, ajouta-t-il quand la porte fut refermée ; je leur réclame un verre d'eau, cela les intéresse et les occupe hors de la chambre, elles croient que je vais m'en servir pour faire un tour de prestidigitation. Je vais simplement le boire. Maintenant voyons un peu ce malade. »

L'examen ne fut pas long. Quand il l'eut terminé, le docteur parut soucieux.

« Notre amie avait bien deviné. Je donnerais ma main droite pour pouvoir dire le contraire, mais c'est en effet la grippe espagnole. Le cas n'est pas grave. Il faut garder le lit et vous tenir au chaud. Mais vous devriez avoir des soins. Mademoiselle est-elle infirmière ?

— Oh non, elle est simplement...

— Mais oui, je suis infirmière, déclara Sally avec fermeté. Ce n'est pas difficile, n'est-ce pas, docteur ? Les infirmières redressent les oreillers. Je puis faire cela. Y a-t-il autre chose ?

— Le principal devoir d'une garde-malade serait de rester ici et d'empêcher la femme excellente et loquace, qui vient de nous quitter, d'entrer. Il faut aussi qu'elle sache viser, afin de lancer un livre, ou un vieux soulier, à ce petit chien ébouriffé que j'ai vu en bas, s'il faisait mine de s'introduire ici. Si vous êtes capable de faire cela, je vous confierai le malade sans aucune crainte.

— Mais Sally, chère petite, dit Mr. Faucitt soucieux, il ne faut pas perdre votre temps à me soigner. Vous avez des quantités de choses à faire.

— Il n'y a rien que je tienne à faire, sinon de vous aider à guérir. Je sors pour envoyer un télégramme et je reviens tout de suite. »

Cinq minutes après, Sally télégraphiait à Gerald qu'elle ne pourrait arriver à Detroit pour assister à la première représentation de sa pièce.

CHAPITRE VI

PREMIER SECOURS A FILLMORE

I

Ce ne fut que le vendredi suivant que Sally put enfin aller à Detroit. Elle arriva le samedi matin et se fit conduire à l'hôtel Statler. S'étant assurée ensuite que Gerald habitait bien là et lui ayant téléphoné dans sa chambre de venir la rejoindre, elle se rendit à la salle à manger et commanda son déjeuner.

Elle se sentait déprimée ce matin-là. Les soins donnés à Mr. Faucitt et une mauvaise nuit dans le train l'avaient fatiguée. Mais la cause réelle de son coup de cafard était le manque d'enthousiasme de Gerald au téléphone. Il s'exprimait avec indifférence comme si le fait de son retour après toutes ces semaines n'avait aucun intérêt, et elle se sentait à la fois blessée et perplexe.

Une tasse de thé eut un effet stimulant. Les hommes n'étaient-ils pas tous ainsi le matin ? Un Gerald tout différent, secoué et revivifié par une douche froide, allait sans doute bondir dans la salle à manger tout à l'heure. En attendant, le petit déjeuner arrivait et elle en avait besoin.

Elle se versait une seconde tasse de thé lorsqu'un gros jeune homme qu'elle avait déjà aperçu de loin dans le couloir s'arrêta à la porte en paraissant chercher quelqu'un. Sally, intéressée, s'était dit qu'il ressemblait à son frère. A ce moment elle s'aperçut que c'était Fillmore en personne.

Elle s'étonna. Que faisait Fillmore si loin dans l'Ouest quand elle le croyait installé à New York ? Il est vrai qu'un grand homme d'affaires ne reste guère en place. En tout cas, il était là et elle l'appela. Il regarda dans toutes les directions sauf la bonne et l'aperçut enfin.

« C'est vous, Sally ? » dit-il en arrivant à sa table.

Le gros garçon lui parut embarrassé, ce qu'elle attribua à une conscience coupable. N'allait-il pas être obligé de lui apprendre qu'il s'était fiancé sans son approbation fraternelle ? Il continua :

« Que faites-vous ici ? Je vous croyais en Europe !

— Je suis revenue depuis huit jours, mais j'ai soigné le vieux Mr. Faucitt. Il a été malade, le cher vieux. Et je suis venue ici pour voir la pièce de Mr. Foster : *Le Chemin des Primevères*. Est-ce un succès ?

— On ne la joue pas encore.

— Ne faites pas l'idiot, Fill. Remettez-vous. On a commencé lundi.

— Pas du tout. Est-ce que vous ne savez rien ? Ils ont fermé tous les théâtres à cause de cette infernale grippe espagnole. On n'a rien joué cette semaine. Vous avez dû voir ça dans les journaux.

— Est-ce que j'ai eu le temps de lire les journaux ? Oh ! Fill, quelle tuile !

— Oui, c'est assez raide. Toute la troupe est à cran. Oh, j'ai passé par une de ces périodes !

— Mais qu'est-ce que vous avez à faire avec ça ? »

Fillmore toussa.

« Je... euh... oh, ce n'est pas ce que je voulais dire. Je suis en quelque sorte mêlé à la troupe. Cracknell — vous vous souvenez qu'il était au collège avec moi — a suggéré que je vienne ici. Ça ne m'étonnerait pas qu'il me demande d'y mettre un peu d'argent.

— Je croyais qu'il avait tout l'argent du monde?

— Oui, mais ces types-là aiment bien passer une bonne affaire à un copain.

— Est-ce une bonne affaire?

— La pièce est excellente.

— C'est ce que m'a dit Mr. Faucitt. Mais Mabel Hobson... »

La vaste physionomie de Fillmore s'anima.

« C'est une horrible femme, Sally. Elle ne sait pas jouer et elle veut prendre toute la place. L'autre jour, il y a eu une histoire à propos d'un coupe-papier.

— Comment, d'un coupe-papier?

— Un accessoire. Il avait été égaré et, pourtant, ce n'était pas ma faute.

— Mais comment est-ce que ç'aurait été votre faute? » demanda Sally. L'amour semblait avoir les pires effets sur la mentalité de Fillmore.

« Eh bien... euh... vous savez comment ça arrive. Une femme en colère qui blâme la première personne qui lui tombe sous la main... Ce coupe-papier... »

La voix de Fillmore s'éteignit dans un murmure.

« Mr. Faucitt dit qu'Elsa Doland est bonne.

— Certainement, dit Fillmore avec indifférence. Mais — sa figure s'éclaira et sa voix retrouva quelque animation — celle qu'il faut regarder c'est Miss Winch, Gladys Winch. Elle fait la femme de chambre. Elle ne paraît qu'au premier acte et elle n'a pas grand-chose à dire, excepté : “Avez-vous sonné, madame?” et des choses comme ça. Mais c'est la façon dont elle les dit. Sally, cette fille est un génie ! Écoutez bien ce que je vous dis. Vous verrez bientôt son nom à Broadway en lettres électriques. De la personnalité, du charme, de la beauté...

— Ça va, ça va, je suis au courant, Fill. Et voulez-vous avoir la bonté de me dire comment vous avez osé vous fiancer sans me consulter ? »

Fill rougit généreusement.

« Oh, vous savez ?

— Oui, Mr. Faucitt me l'a dit. Eh bien ?

— Eh bien, je suis humain, argua Fillmore.

— J'appelle ça une opinion très raisonnable. Vous êtes devenu modeste, Fill. »

Il avait certainement changé en mieux depuis leur dernière entrevue. C'était comme si on lui avait fait une ponction afin de lui enlever l'emphase et la préciosité de ses propos. Et si c'était dû, comme le disait Mr. Faucitt, à l'influence de Miss Winch, Sally ne pouvait qu'approuver le roman de son frère.

« Je vous présenterai un de ces jours, dit Fillmore.

— J'ai grande envie de la connaître.

— Il faut que je m'en aille, à présent. Je dois voir Bunbury. Je croyais qu'il était là.

— Qui est Bunbury ?

— Le producteur. Je suppose qu'il est en train de déjeuner dans sa chambre. Je ferais mieux d'y monter.

— Allons, Fill. C'est heureux que vous soyez là pour vous occuper de leurs affaires ! »

Fillmore se retira et Sally se remit à attendre Gerald. Elle comprenait maintenant son attitude au téléphone. Pauvre Gerald !

Quelques minutes plus tard, il entrait.

« Oh, Jerry darling, dit Sally, comme il arrivait près de sa table, je suis désolée ! Je viens de tout apprendre. »

Gerald s'assit. L'apparence allait avec la voix du téléphone. Il semblait enveloppé d'une sorte de mélancolie nerveuse.

« C'est bien ma chance ! dit-il sombrement. C'est le genre de choses qui ne peut arriver qu'à moi. Quels idiots ! A quoi sert de fermer les théâtres, même si la grippe est là ? Ils laissent les gens se bousculer toute la journée dans les magasins. Si ça ne leur fait pas de mal, pourquoi ça leur en ferait-il d'aller dans les théâtres ? De plus, je crois que tout ça est une invention infernale. Pour moi la grippe espagnole n'existe pas. Des gens ont un rhume de cerveau et ils croient qu'ils vont mourir. C'est un épouvantail.

— Je ne suis pas tout à fait de votre avis, dit Sally. Le pauvre Mr. Faucitt l'a eue et a été très malade. C'est pourquoi je n'ai pu venir plus tôt. »

Gerald ne parut s'intéresser ni à la maladie de Mr. Faucitt ni au fait que Sally, après un retard, était enfin là. Il enfonça mélancoliquement sa cuillère dans son pamplemousse.

« Nous sommes là à perdre notre temps, jour après jour... La troupe est démoralisée, fatiguée de répéter sans savoir si la pièce sera jamais jouée. Ils étaient tous remontés la semaine dernière, et depuis ça baisse tous les jours et ce sera la mort de ma pièce. Ma première chance ! Perdue à jamais. »

Sally écoutait avec une sensation croissante de désolation. En vain essayait-elle de rester juste, de se souvenir qu'il venait d'éprouver un terrible désappointement et se trouvait sous un nuage noir. Et pourtant ! Plus que toute chose au monde, elle détestait un homme qui s'apitoie sur lui-même. Sa propre vanité aussi était en jeu. Il était clair que son arrivée, au lieu d'agir comme un remède magique, n'avait eu aucun effet. Impossible aussi de ne pas se souvenir — quoi qu'elle en eût — de ce que Mr. Faucitt disait de Gerald. Jamais, jusque-là, elle n'avait remarqué à quel point il était remarquablement égocentrique, mais il semblait se complaire à le lui faire remarquer à présent.

« Cette Hobson commence à faire du vilain, continua Gerald en chipotant ses œufs brouillés avec une sorte de désespoir. Elle n'aurait jamais dû avoir le rôle, jamais ! Elle est incapable de le jouer. Elsa Doland le jouerait mille fois mieux. J'ai écrit quelques répliques à Elsa l'autre jour et la Hobson a sauté en l'air. On ne sait pas ce que c'est qu'une star jusqu'à ce qu'on ait vu un des mannequins des "Folies" essayer d'en devenir une. J'ai mis une heure à l'apaiser et à l'empêcher de nous jeter son rôle à la tête.

— Et pourquoi ne pas la laisser faire ?

— Au nom du Ciel, parlez raisonnablement ! dit Gerald d'un ton geignard. Supposez-vous que ce Cracknell subventionnerait la pièce si elle n'en était pas ? Il lâcherait tout sur-le-champ et alors que deviendrais-je ? Vous ne semblez pas comprendre que c'est une chance énorme pour moi. Je serais fou de la laisser échapper.

— Je vois », dit Sally sèchement.

Jamais de la vie, elle ne s'était sentie si malheureuse. Les voyages à l'étranger, décida-t-elle, étaient une erreur. S'ils vous élargissaient l'esprit, ils vous faisaient définitivement perdre contact avec ceux que vous retrouviez au retour. Elle analysa ses sensations et arriva à la conclusion qu'elle en voulait surtout à Gerald d'essayer d'adopter deux attitudes à la fois. Un homme en difficulté peut, ou bien rester maître de lui-même et repousser la pitié, ou bien être un malheureux qui a besoin d'une femme pour le consoler et le plaindre. Gerald, lui semblait-il, s'offrait comme un objet de commisération tout en élevant une barrière devant elle. Il réclamait sa sympathie, tout en s'en tenant hors d'atteinte. Elle éprouvait la sensation désagréable de se sentir à la porte et inutile.

« A propos, dit Gerald. Il faut que je fasse l'agréable avec elle tout le temps. Alors, pour l'amour du Ciel, n'allez pas dire que nous sommes fiancés. »

Le menton de Sally se dressa tout d'un coup. C'en était un peu trop.

« Si vous trouvez que c'est un handicap d'être fiancé avec moi...

— Ne faites pas la folle ! Bon Dieu, dit Gerald, se réfugiant en plein pathos. C'est dur ! Me voilà mortellement embêté et vous... »

Mais avant que la phrase fût finie, l'humeur de Sally avait subi l'un de ces changements rapides qui faisaient croire parfois qu'elle manquait de caractère. Une pensée réconfortante, très simple, lui était venue, qui changeait entièrement son point de vue. Elle était descendue du train fatiguée et couverte de poussière et son agacement provenait sans doute uniquement du fait qu'elle n'avait pas pris son bain et qu'elle se sentait mal coiffée. Un apaisement merveilleux lui vint tout à coup. Elle posa sa main sur celle du jeune homme en un geste de regret.

« Je suis désolée, dit-elle. C'est stupide. Mais pourtant je vous assure que je vous comprends.

— J'ai eu des moments bien durs, marmotta Gerald.

— Je sais, je sais. Mais vous ne m'avez même pas dit que vous étiez content de me voir.

— Naturellement, je suis content de vous voir !

— Alors, pourquoi ne me l'avez-vous pas dit ? Et

pourquoi ne m'avez-vous pas demandé si je m'étais bien amusée en Europe ?

— Vous êtes-vous bien amusée ?

— Oui, sauf que vous m'avez tellement manqué. Là ! Maintenant nous pouvons considérer comme terminée ma conférence sur les voyages en pays étrangers et vous pouvez continuer à me raconter vos malheurs. »

Gerald accepta l'invite et se remit à faire un développement plus long que varié. Il parut définitivement établi dans son esprit que la Providence avait inventé la grippe espagnole avec le dessein unique de contrecarrer son avenir. Mais il paraissait moins hautain, plus ouvert à la sympathie. Le bref orage avait éclairci l'atmosphère. Sally perdit cette sensation de détachement et d'exclusion qui pesait sur elle.

« Eh bien, dit enfin Gerald en regardant sa montre, je crois qu'il faut que je m'en aille.

— Répétition ?

— Oui, le diable l'emporte. C'est la seule façon de passer la journée. Venez-vous ?

— Je viendrai dès que j'aurai défait mes bagages et que je me serai un peu arrangée.

— Alors, je vous reverrai au théâtre. »

Sally sortit et appela l'ascenseur.

II

La répétition avait commencé quand elle arriva au théâtre. Comme elle entrait dans le noir auditorium, des voix lui parvinrent avec cette résonance particulière aux locaux vides. Elle s'assit dans le fond de la salle et ses yeux, s'accoutumant enfin à l'obscurité, distinguèrent Gerald assis au premier rang des fauteuils d'orchestre à côté d'un homme dont la tête chauve était entourée de cheveux orange et qu'elle prit, avec raison, pour Mr. Bunbury, le producteur. Ici et là, dans la salle se trouvaient des membres de la troupe dont la présence n'était pas nécessaire au premier acte. Sur le plateau, Elsa Doland, très attirante. Elle finissait une tirade lorsque Sally entra.

« Que voulez-vous dire, père ?

— Tra, la, la, et ainsi de suite, fut la surprenante réponse de l'homme au chapeau melon. Ainsi de suite... longue tirade qui finit en "vous me trouverez dans la bibliothèque". Et *exit* », dit encore l'homme au chapeau melon en se préparant à le faire.

Pour la première fois, Sally faisait connaissance avec l'atmosphère chargée d'électricité du théâtre. Mr. Bunbury, qui semblait posséder un tempérament vif, saisit sa canne et la jeta avec quelque violence à travers la scène.

« Sacré nom de nom ! cria-t-il en même temps.

— Qu'est-ce qu'il y a encore ? s'informa le chapeau melon en s'arrêtant au milieu du plateau.

— Dites votre réplique, Teddy, s'écria Gerald, et ne la sautez pas de cette façon idiote !

— Vous ne voulez tout de même pas que je récite mot à mot ? demanda le chapeau melon avec un étonnement indicible.

— Justement.

— Toute cette fichue réplique ? s'informa encore le chapeau melon, luttant contre l'incrédulité.

— Ceci est une répétition ! hurla Mr. Bunbury. Si c'est pour ne pas la faire convenablement, inutile de continuer. »

Cette opinion parut frapper l'acteur égaré : elle n'était peut-être pas raisonnable, du moins était-ce une façon de considérer la question. Il restitua donc la réplique d'un ton vengeur et se retira. Maintenant, Sally percevait la densité de l'atmosphère. Le monde du théâtre est une grande nursery et ses habitants des enfants tout prêts à s'agiter si quelque chose ne va pas. L'attente et l'incertitude, le séjour dans les hôtels inconnus d'une ville étrangère, les lugubres répétitions de répliques mises au point jusqu'à la dernière syllabe plus d'une semaine plus tôt — tout cela avait sapé les nerfs des interprètes du *Chemin des Primevères*, et la démoralisation commençait. Un rien devait produire l'explosion.

Elsa Doland s'approcha de la porte, pressa le bouton d'une sonnette et, prenant un journal sur la table, s'assit sur une chaise près de la rampe. Un moment après, en réponse au coup de sonnette, une jeune femme entra pour être accueillie par un beuglement de Mr. Bunbury.

« Miss Winch ! »

La nouvelle arrivante stoppa et regarda par-dessus la rampe, non à la façon peinée de l'homme au chapeau melon, mais avec la sorte d'indulgence de quelqu'un qui est venu à une réunion d'enfants pour les amuser. C'était une jeune fille un peu carrée, saine, avec une figure à la fois sérieuse et de bonne humeur dont la gravité était contredite par le léger sourire qui semblait voltiger sur les coins de sa bouche. Pas jolie, certes, et Sally, qui l'étudiait avec un intérêt passionné, fut surprise que Fillmore eût pu reconnaître le charme qui se cachait sous cette enveloppe ordinaire. Décidément, tout au fond de Fillmore, une veine insoupçonnée d'intelligence devait se cacher.

« Hello ! » dit aimablement Miss Winch.

Mr. Bunbury semblait en proie à une émotion profonde.

« Miss Winch, vous ai-je ou ne vous ai-je pas priée de ne pas mâcher de chewing-gum pendant les répétitions ?

— C'est vrai, vous l'avez dit, admit Miss Winch d'un ton de bonne camaraderie.

— Alors, pourquoi le faites-vous ? »

La fiancée de Fillmore remua du bout de la langue la friandise incriminée avant de répondre.

« C'est dans l'esprit du rôle, annonça-t-elle enfin.

— Comment l'esprit du rôle ?

— C'est moi qui ai trouvé ça, expliqua Miss Winch de sa voix agréable, un peu traînante. Les femmes de chambre ont toujours du chewing-gum dans la bouche, vous savez. »

Mr. Bunbury ébouriffa ses cheveux orange avec sa main droite d'un air excédé.

« Avez-vous jamais vu une femme de chambre ?

— Oui, monsieur, et elles ont toujours du chewing-gum.

— Je veux dire une femme de chambre dans une maison chic, précisa Mr. Bunbury. Supposez-vous un seul instant que dans une maison comme celle-ci la femme de chambre ait la permission d'entrer au salon en mâchant cette marchandise dégoûtante ? »

Miss Winch considéra ce point de vue.

« Peut-être avez-vous raison. » Sa figure s'éclaira. « Écoutez, j'ai une idée. Mr. Foster pourrait écrire une réplique pour Elsa m'appelant, et une autre me donnant l'occasion de revenir, et puis quelque chose de réellement drôle pour moi et ainsi de suite. Nous pourrions en faire une grande scène comique. Cinq ou six minutes, rire général. »

Cette suggestion ingénieuse eut pour effet de priver momentanément le producteur de la parole. Et, pendant qu'il luttait pour la retrouver, sortit du balcon une personne éblouissante, vêtue de velours bleu et coiffée d'un chapeau si irréprochablement élégant que Sally en éprouva un spasme de pure envie.

« Dites ! »

Miss Mabel Hobson avait été douée par la Nature de presque tous les avantages personnels qu'elle peut donner, à l'exception d'une voix musicale. Sa silhouette était parfaite, sa figure admirable et ses cheveux une masse d'or filé, mais, dans les moments d'émotion, sa voix était celle d'un paon.

« Dites, écoutez-moi un instant. »

Mr. Bunbury se remit de ses transes.

« Miss Hobson, je vous prie...

— Oui, tout ça, c'est très joli...

— Vous interrompez la répétition.

— J'comprends que j'l'interromps ! convint Miss Hobson avec emphase. Et si vous voulez gagner facilement un peu d'argent, pariez donc que je l'interromprai chaque fois qu'il sera question d'écrire des répliques pour un autre rôle que le mien. Écrire des répliques pour les autres ! Non, pas tant que je serai là ! »

Un jeune homme avec des cheveux couleur de beurre frais, qui venait d'apparaître au balcon dans le sillage de la dame offensée, essaya de calmer l'orage.

« Allons, ma chérie.

— Oh, fermez ça, Reggie ! » dit Miss Hobson sèchement.

Mr. Cracknell la ferma avec obéissance. Ce n'était pas un de ces êtres brutaux de l'âge des cavernes. Il se retira dans son très haut faux col et commença à sucer le pommeau de sa canne.

« Je suis la star, résuma Miss Hobson avec véhémence, et si vous croyez qu'on va ajouter quelque chose à un rôle qui appartient à quelqu'un d'autre... laissez-moi rire. Si une seule syllabe est écrite dans le rôle de n'importe qui, je m'en vais sur mes deux pieds. J'irai si vite que vous ne me verrez pas sortir ! »

Mr. Bunbury sauta sur les siens et agita les mains

« Au nom du Ciel ! Répétons-nous ou est-ce une société de conférence ? Miss Hobson, on n'ajoutera rien au rôle de personne. Êtes-vous satisfaite ?

— Elle a dit...

— Oh, peu importe, observa Miss Winch avec calme. C'était une idée en passant. Je ne pensais qu'à l'intérêt de la pièce, je suis comme ça.

— Allons, ma chérie... » plaida Mr. Cracknell, sortant de son faux col à la façon d'une tortue.

Miss Hobson accepta à contrecœur d'être rassurée.

« Eh bien, alors, ça va. Mais n'oubliez pas que je m'occupe moi-même de mes affaires, dit-elle, énonçant ainsi un fait qui n'échappait à aucun de ceux qui avaient le privilège de l'écouter. Encore du travail comme ça et je disparais si vite que ça vous étourdira ! »

Elle se retira, suivie de Mr. Cracknell, et le balcon l'avala.

« Faut-il dire mon long monologue, à présent ? demanda Miss Winch, derrière la rampe.

— Oui, oui ! Continuez la répétition. Nous avons perdu la moitié de la matinée.

— "Avez-vous sonné, Madame ?" dit Miss Winch à Elsa, qui avait lu placidement son journal pendant la scène précédente.

La répétition continua et Sally sentit son cœur se serrer. Tout cela allait très mal. Quelque novice qu'elle fût dans les choses du théâtre, elle le voyait.

Miss Hobson était admirablement belle et aurait donné du lustre à tout rôle ne comprenant qu'un minimum de mots et un maximum de costumes, mais, dans le rôle pivot d'une pièce sérieuse, ses avantages physiques mêmes ne servaient qu'à renforcer son incapacité totale. Le public américain supporte beaucoup de la jeunesse et de la beauté, mais jusqu'à une certaine limite.

Un cri aigu et passionné partit du premier rang et Mr. Bunbury se leva de nouveau. Sally se demandait si les choses allaient mal ce matin-là ou si toutes les journées de Mr. Bunbury se ressemblaient.

« Miss Hobson ! »

L'action du drame venait d'amener cette dame émotive au centre gauche d'où elle s'était dirigée vers le bureau situé de l'autre côté de la scène. Le bureau constituait un accessoire important de la pièce, car il symbolisait l'absorption de son mari dans les affaires qui brisait rapidement le cœur de Miss Hobson. En un mot il aimait mieux ses affaires que sa jeune épouse, et pas une femme ne saurait supporter cet état de chose.

« Oh ! non ! s'écria Miss Hobson, cessant d'être l'épouse accablée pour redevenir la star offensée. Qu'est-ce que c'est encore ?

— J'ai suggéré à la dernière comme à l'avant-dernière répétition et à la précédente que, à chaque réplique, vous saisissiez le coupe-papier pour jouer négligemment avec. Vous l'avez fait hier, et, aujourd'hui, vous l'oubliez encore.

— Mon Dieu ! cria Miss Hobson, blessée au vif. Si ça ne dépasse pas tout ce qu'on peut voir ! Comment est-ce que je puis jouer négligemment avec un coupe-papier quand il n'y a pas de coupe-papier !

— Le coupe-papier est sur le bureau.

— Il n'est pas sur le bureau.

— Pas de coupe-papier ?

— Pas de coupe-papier. Et ce n'est pas la peine de me disputer. Je suis star et non accessoiriste. Si vous voulez disputer quelqu'un, disputez-le, lui. »

L'avis dut paraître bon à Mr. Bunbury car, rejetant la tête en arrière, il se mit à aboyer ainsi qu'un mâtin.

Il y eut une pause puis, du portant de droite sortit, une copie de la pièce à la main, une large silhouette surmontée d'une figure emplie d'appréhension. C'était Fillmore, l'homme du Destin.

III

Hélas, pauvre Fillmore ! Il se tenait au beau milieu du plateau, exposé de toutes parts à la foudre coléreuse du producteur, et Sally, revenant de son premier étonnement, lui envoya, à travers la salle, une vague de commisération fraternelle. Elle ne plaignait pas souvent Fillmore dont la nature avait tendance à s'amollir dans la prospérité et Sally considérait comme excellents et éducatifs les petits malheurs de la vie qu'il venait de supporter pendant ces trois années. C'est sans émotion qu'elle l'avait vu déjeuner de café et de galettes de sarrasin et réprimer, par économie, un goût vestimentaire quelque peu audacieux. Mais ceci était différent et touchait à la tragédie. D'une façon ou d'une autre, un désastre foudroyant avait dû frapper le compte en banque de Fillmore et il était revenu d'où il était parti. Sa présence ne pouvait avoir aucune autre signification.

Elle se souvint de ses paroles au déjeuner et de son intention de financer la pièce. Comme cela ressemblait bien à Fillmore d'essayer de sauver la face par un bluff imprudent, tout en sachant qu'il lui faudrait tôt ou tard révéler la vérité ! Elle comprenait ses sentiments lorsqu'elle l'avait aperçu à l'hôtel. Oui, elle plaignait Fillmore.

Et, tout en écoutant l'éloquence fervente de Mr. Bunbury, elle se rendait compte qu'elle avait toute raison de le faire. Fillmore passait par un mauvais moment. Un des principaux articles de foi des producteurs de théâtre est que, si quelque chose va de travers, c'est la faute de l'accessoiriste. Et Mr. Bunbury professait évidemment là-dessus les vues les plus orthodoxes. Il montrait des dons oratoires de premier ordre. Le coupe-papier semblait l'inspirer. Graduellement, Sally commença à se rendre compte que de cet accessoire anodin et nécessaire provenait la source de tout ce désordre. Après avoir disparu une première fois, il venait de disparaître une seconde. Mr. Bunbury allait-il continuer à lutter dans un univers où de telles choses peuvent se produire ? Il paraissait en douter. Américain à sang rouge, cent pour cent, il essaierait de toute ses forces, mais pariait cent contre un qu'il n'y arriverait pas. Il avait demandé un coupe-papier. Il n'y avait pas de coupe-papier. Où était le coupe-papier ?

« Je vous assure, Mr. Bunbury, bêla obséquieusement Fillmore, que je l'ai placé avec le reste des accessoires après la dernière répétition.

— Ce n'est pas possible.

— Je vous assure que si.

— Et il s'est sauvé sans doute ? » dit Miss Hobson d'un ton de froid mépris, le bâton de rouge figé près de sa lèvre inférieure.

Une voix calme et claire s'éleva.

Miss Winch s'était jointe au groupe. Elle se tenait à côté de Fillmore, mâchant avec placidité son chewing-gum. Il fallait autre chose que des voix furieuses et des gesticulations pour émouvoir Miss Winch.

« Miss Hobson l'a pris, continua-t-elle de sa voix traînante et familière. Je l'ai vue. »

Sensation dans la cour. Le prisonnier, qui semblait se rendre compte de la gravité de son cas, jette un coup d'œil plein de gratitude à son avocate. Mr. Bunbury, en sa qualité d'avocat général, se passe la main dans les cheveux avec embarras, car il regrette d'avoir fait une telle histoire. Miss Hobson, ainsi attaquée par un sous-ordre, se tourne vivement et fait tomber son bâton de rouge, qui est aussitôt rattrapé par l'assidu Mr. Cracknell. Mr. Cracknell n'est point parfait, mais il est assez spécialisé dans le ramassage des bâtons de rouge.

« Qu'est-ce que c'est ? Je l'ai pris, moi ? Je n'ai rien fait de pareil !

— Miss Hobson l'a pris après la répétition d'hier, continua Gladys Winch, s'adressant au monde en général, et l'a jeté négligemment au chat du théâtre. »

Miss Hobson parut prise de court. Et la remarque suivante de Mr. Bunbury n'était pas pour la remettre d'aplomb. Comme le reste de la compagnie, le producteur avait senti le tirage des derniers jours et, bien qu'il redoutât par-dessus tout, en règle générale, ce qui pouvait ressembler à une explication avec la star en titre, cette affaire du coupe-papier manquant l'avait si violemment piqué qu'il se sentait forcé de dire son opinion.

« Dans l'avenir, Miss Hobson, je vous serai obligé, lorsque vous désirez jeter quelque chose au chat, de ne pas choisir un projectile dans la boîte aux accessoires. Bonté du Ciel ! continua-t-il, s'échauffant à la pensée de la façon dont le sort le maltraitait, je n'ai jamais rien vu de pareil ! J'ai monté des pièces toute ma vie et c'est la première fois qu'une chose pareille arrive. J'ai présenté Nazimova. Nazimova ne jetait jamais de coupe-papier aux chats !

— Eh bien, je déteste les chats, dit Miss Hobson comme argument péremptoire.

— Moi, murmura Miss Winch, j'aime le petit minet. Sa fourrure est si douce et si je ne lui fais pas de mal, il ne me...

— Oh ! nom d'un chien ! cria Gerald Foster en bondissant de son siège et prenant, pour la première fois, part aux débats. Allons-nous passer toute la journée à discuter chats et coupe-papier ? Pour l'amour du Ciel, videz le plateau et finissez de perdre du temps ! »

Miss Hobson se décida à prendre cette intervention pour un affront.

« Ne criez pas ainsi en me parlant, Mr. Foster !

— Je ne crie pas.

— Si vous avez quelque chose à dire, baissez la voix.

— Il ne peut pas, observa Miss Winch, c'est un ténor.

— Nazimova n'a jamais... » commença Mr. Bunbury.

Mais aucune réminiscence de Nazimova n'allait faire abandonner à Miss Hobson son thème actuel. Elle n'en avait pas fini avec Gerald.

« Dans les revues où j'ai joué, dit-elle avec mordant, on ne permettait pas à l'auteur de chercher des histoires à la vedette. Dans les revues où j'ai joué, l'auteur restait assis au fond de la salle et répondait quand on lui parlait. Dans les revues où j'ai joué... »

Sally ne tenait plus en place. Cela lui rappelait la bataille des chiens sur les sables de Roville. Elle voulait en être, et ce ne fut que la certitude que c'était là une bataille privée qui l'empêcha de parler. Toutefois, la dispute était trop attirante, et, presque inconsciemment, elle se trouva en route pour approcher du centre brûlant des événements. Ce fut alors que, debout dans la lumière qui venait de l'orchestre, elle attira l'attention errante de Miss Hobson qui, ayant terminé ses remarques sur les auteurs et leur légitime sphère d'action, cherchait quelque autre objet d'attaque.

« Et qui diable, s'informa Miss Hobson, est *ceci* ? »

Sally se trouva aussitôt le centre de la curiosité générale et souhaita d'être restée dans l'obscurité des derniers rangs.

« Je suis la sœur de Mr. Nicholas. » Telle fut la meilleure méthode de défense qui se présenta à elle.

« Qui est Mr. Nicholas ? »

Fillmore dut admettre timidement qu'il était Mr. Nicholas. Il le fit d'ailleurs à la façon d'un accusé plaidant coupable, et la moitié, au moins, des personnes présentes parurent surprises. Jusque-là, Fillmore n'avait été qu'une personnalité anonyme, répondant à l'appel de : « Salut ! »

Miss Hobson reçut l'information avec un rire d'une si excessive amertume que les hommes les plus forts pâlirent et que Mr. Cracknell sursauta si convulsivement qu'il fit presque partir son bouton de col.

« Allons, ma douce ! » pria Mr. Cracknell.

Miss Hobson assura alors que Mr. Cracknell lui donnait des douleurs à l'estomac et lui recommanda de disparaître (ce qu'il fit, dans son col, car il semblait persuadé qu'une fois bien à l'intérieur de son col, il était chez lui et à l'abri des attaques).

« Eh bien, j'en ai assez, annonça Miss Hobson à

laquelle la présence de Sally dut apparaître comme la goutte qui fait déborder le vase. C'est la plus idiote production dans laquelle j'ai jamais joué. Je peux en supporter pas mal, mais quand on en arrive à voir l'accessoiriste remplir le théâtre avec ses sœurs, ses cousines et ses tantes, il est temps de partir !

— Mais, ma douce, plaida Mr. Cracknell, revenant à la surface.

— Oh ! fermez ça », dit sèchement Miss Hobson qui, se détournant comme une panthère bleue, s'en alla. Puis une porte claqua qui sembla rendre à Mr. Cracknell sa faculté ambulatoire. Il traversa à son tour le plateau à toute allure et disparut.

« Hello, Sally ! » dit Elsa Doland interrompant la lecture du journal qu'elle tenait toujours. La bataille qui faisait rage autour d'elle n'avait pu entamer son détachement.

« Quand êtes-vous arrivée ? »

Sally enjamba l'escalier de fortune qui servait de pont au-dessus de l'orchestre.

« Hello, Elsa ! »

Les derniers orateurs formaient des groupes. Mr. Bunbury et Gerald faisaient les cent pas dans l'allée centrale en parlant avec animation. Fillmore s'était laissé tomber sur une chaise.

« Connaissez-vous Gladys Winch ? » demanda Elsa.

Sally serra la main de l'étoile polaire des affections de son frère. Vue de près, Miss Winch possédait de profonds yeux gris et des taches de rousseur. Elle plaisait de plus en plus à Sally.

« Merci d'avoir sauvé Fillmore des fauves, tout à l'heure, dit-elle. Sans vous, ils l'auraient mis en pièces.

— Oh ! croyez-vous ? dit Miss Winch.

— C'était très chic.
— Oh !...
— Je crois, dit Sally, que je vais aller parler à Fillmore. Il me semble qu'il a besoin d'être consolé. »
Elle se dirigea vers cette ruine pittoresque.

IV

Fillmore avait l'air d'un homme qui croyait que le fusil n'était pas chargé. Une expression effarée se lisait sur sa figure et il respirait avec force.
« Allons, du courage ! dit Sally, et Fillmore trembla comme une gelée qu'on frappe. Dites-moi tout, continua-t-elle en s'asseyant à côté de lui. Je vous quitte avec des moyens confortables et je vous retrouve dans le troupeau des esclaves. Comment tout cela est-il arrivé ?
— Sally, dit Fillmore, je serai franc avec vous. Pouvez-vous me prêter dix dollars ?
— Je ne vois pas comment cela constitue une réponse à ma question, mais voilà.
— Merci, dit Fillmore en empochant le billet. Je vous le rendrai la semaine prochaine. Je veux emmener Miss Winch déjeuner.
— Si c'est pour ça, ne le regardez pas comme un prêt mais comme un don avec ma bénédiction en plus. »
Elle regarda par-dessus son épaule la jeune fille qui, toutes préoccupations théâtrales écartées, étudiait des coups de golf avec un parapluie à l'autre bout du plateau.

« Comment avez-vous eu l'intelligence d'en tomber amoureux, Fill ?

— Elle vous plaît ? demanda Fillmore, se réveillant.

— Je l'adore.

— J'en étais sûr. C'est justement la personne qu'il me faut, n'est-ce pas ?

— Certainement.

— Si sympathique...

— Oui.

— Si bonne...

— Oui. Et elle a de l'intelligence pour deux, ce qui est la quantité exacte qu'il faudra à la jeune fille qui vous épousera. »

Fillmore se redressa avec autant de hauteur qu'en peut développer un gros homme assis sur un siège bas.

« Un jour, je vous ferai croire en moi, Sally.

— Ne jouez pas les princes déguisés, mon garçon, dit Sally fermement. Mais contentez-vous d'expliquer comment vous en êtes arrivé là, au lieu de me faire perdre mon temps précieux à me dire ce que vous ferez dans l'avenir. Vous avez perdu tout votre argent ?

— J'ai souffert de certains revers, dit Fillmore avec dignité, qui m'ont laissé temporairement... oui, jusqu'au dernier sou, conclut-il avec simplicité.

— Comment ?

— Eh bien... » Fillmore hésita. « J'ai eu de la malchance, vous savez. D'abord, j'ai acheté des Chemins de fer consolidés à la hausse et ils ont baissé. De sorte que j'ai perdu.

— Oui ?

— Et puis j'ai acheté des roubles russes à la baisse et ils ont monté. De sorte que j'ai perdu.

— Seigneur, mais j'ai déjà entendu tout ça !

— Qui vous l'a dit ?

— Non, je me souviens, maintenant. C'est que vous me rappelez un type que j'ai rencontré à Roville et qui me racontait l'histoire de sa vie et comment il avait tout gâché. Alors ça vous a tout pris, je suppose ?

— Pas tout à fait. Il me restait quelques billets ; je les ai mis dans une entreprise qui avait l'air de toute solidité...

— Et vous avez perdu !

— Ce n'était pas ma faute, dit Fillmore piteusement, toujours ma sacrée guigne. Un type que je connais m'a demandé de me joindre à un syndicat qui avait acheté du whisky. L'idée, c'était de l'introduire par bateau à Chicago dans des barils de harengs. Nous allions réussir avec un gros profit quand un imbécile de détective s'est mis dans sa tête de bois de fourgonner là-dedans avec une barre de fer. Du zèle, quoi ! Ah ! si les barils n'avaient pas été étiquetés "harengs" aussi clairement ! » dit Fillmore avec une honnête indignation. Il frissonna : « J'ai presque été arrêté.

— Mais vous ne l'avez pas été !... Voilà au moins un bonheur. D'ailleurs, les raies ne vont pas à votre genre de beauté[1]. »

Sally lui serra le bras avec affection. Elle aimait beaucoup son frère, bien qu'elle cachât cette affection sous des façons qu'il avait comparées une fois, non sans raison, à celles d'une gouvernante qui avait affligé leur enfance.

« Allons, allons, pauvre martyr. Ne vous en faites pas. Tout ça s'arrangera. Nous vous verrons million-

1. Allusion au costume rayé des prisonniers.

naire un de ces jours. Et alors, ô mon frère, ce que vous serez embêtant ! Je vous vois déjà interviewé et donnant des recettes aux jeunes gens pour réussir. “Mr. Nicholas attribue son succès au seul travail. Il peut poser la main sur son gilet renflé et affirmer qu'il n'a jamais, jamais, même une seule fois, essayé de ces spéculations de nouveau riche où l'on achète à la hausse et où l'on voit les valeurs baisser, où l'on se précipite alors pour acheter à la baisse et où on les voit hausser.” Fill, je vais vous dire ce que je vais faire. On dit toujours que c'est le premier argent qui compte pour bâtir une grande fortune. Je vais vous prêter un peu de la mienne.

— Vrai ? Sally, j'ai toujours dit que vous étiez un as.

— Je ne vous ai jamais entendu. Vous devriez parler plus haut.

— Voulez-vous me prêter vingt mille dollars ? »

Sally lui flatta doucement la main.

« Redescendez lentement sur terre, dit-elle. Deux cents était la somme à laquelle je pensais.

— J'ai besoin de vingt mille.

— Vous feriez mieux de dévaliser une banque. N'importe quel policeman vous en indiquera une.

— Je vais vous dire *pourquoi* j'ai besoin de vingt mille dollars.

— Ce serait le moment, en effet.

— Si j'avais vingt mille dollars, je rachèterais cette production à Cracknell. Il va revenir dans quelques minutes nous dire que cette Hobson s'en va. Et si elle le fait réellement, vous pouvez m'en croire, il lâchera la pièce. Et même s'il arrive à l'amadouer et qu'elle revienne, ça se produira un jour ou l'autre. Et c'est malheureux de laisser tomber un spectacle pareil ! J'y crois, Sally. C'est une pièce diablement bonne. Avec Elsa Doland dans le grand rôle, ça ne peut pas rater. »

Sally sursauta. Sa fortune était trop récente pour qu'elle y fût complètement habituée et elle ne s'était pas encore rendu compte que de grandes choses pouvaient se produire sur un signe de sa baguette magique. Le financement d'une production théâtrale lui avait toujours paru quelque chose de mystérieux, hors d'atteinte de personnes comme elle. Et voilà que Fillmore, ce grand penseur, l'amenait dans les sphères du possible !

« Il vendrait pour moins que ça, bien entendu, mais il faudrait un peu d'argent liquide avant d'arriver à New York. Je vous donnerais dix pour cent, Sally. »

Sally hésita. Le côté prudent de sa nature qui l'avait, jusque-là, dirigée dans la plupart des rapides de la vie, semblait étrangement endormi. Tout en sachant pertinemment que Fillmore n'était pas l'homme auquel on pouvait abandonner le contrôle d'une fortune, elle n'arrivait pas à s'arrêter à cette idée. Car il avait touché son imagination.

« C'est une mine d'or ! »

La prudence de Sally se réveilla à ces mots. Fillmore avait choisi une expression malheureuse. Pour le novice en finances, les mots mine d'or entraînent de malheureuses associations d'idées. S'il y avait une chose dans laquelle Sally ne se proposait pas de mettre son héritage, c'était bien une mine d'or. Car, ce qu'elle désirait, en réalité, c'était l'une de ces petites boutiques de frivolités qu'on appelle « L'Oiseau bleu » ou « Le Bon Coin », ou quelque chose du même genre, dans lesquelles on vend du bric-à-brac exotique à des prix prohibitifs. Elle connaissait deux jeunes filles qui réussissaient admirablement là-dedans. Tandis que Fillmore parlait, « Le Bon Coin » lui parut soudainement plein d'attraits.

A ce moment toutefois, deux choses arrivèrent. Gerald et Mr. Bunbury, dans leurs pérégrinations, passèrent dans la lueur de la rampe, et elle put voir la figure de Gerald, tandis qu'au même instant Mr. Reginald Cracknell apparaissait sur le plateau, avec la figure même du porteur de mauvaises nouvelles.

La vue de Gerald annihila d'un seul coup la prudence de Sally. « Le Bon Coin », qui, un instant plus tôt, étincelait devant ses yeux, pâlit et s'éteignit. Tout devint clair et net. Gerald était malheureux et il était en son pouvoir de le rendre heureux. Il attendait le coup qui allait le frapper et, d'un mot, elle pouvait arrêter ce coup. Elle s'étonna d'avoir hésité.

« Entendu », dit-elle simplement.

Fillmore frissonna de la tête aux pieds. Un puissant choc électrique n'eût pas produit une plus forte convulsion. Il savait Sally avisée et pondérée dans ses jugements. De plus elle était insensible à son éloquence fraternelle. Certes, il ne s'était pas accordé plus d'une chance sur cent.

« Vous feriez ça ? murmura-t-il, retenant sa respiration.

— Oui. »

Alors, l'émotion complexe qui remplissait l'âme de Fillmore trouva son expression dans une vaste exclamation qui résonna dans le théâtre vide comme la trompette du Jugement dernier, alla frapper le mur du fond et éveiller des échos caverneux dans les galeries. Mr. Bunbury, qui conversait à voix basse avec Mr. Cracknell, à travers la rampe, rua comme une mule effrayée. Le regard à la fois plein de menace et de reproche qu'il lança à Fillmore eût contraint ce magnat de la finance à se répondre en excuses une minute auparavant. Mais Fillmore n'en était plus à se laisser intimider par un regard. Il se dirigea vers le groupe près de la rampe.

« Cracknell, fit-il avec un ton d'importance, un instant, j'ai un mot à vous dire. »

CHAPITRE VII

RÉAPPARITION DE MR. CARMYLE... ET DE GINGER

I

Quand Sally quitta Detroit le samedi suivant, accompagnée de Fillmore qui retournait à New York pour quelques jours afin de trouver des bureaux et, surtout, de faire connaître sa présence dans Broadway, elle avait retrouvé son équilibre un peu ébranlé par la soudaineté des événements.

L'excitation des dernières journées avait contribué à cet heureux état d'âme. Detroit, cité des aimables auditoires, avait aimé *Le Chemin des Primevères*. Selon la prédiction de Teddy, le théâtre avait été ouvert le mardi, et une salle comble, affamée de divertissements, après son abstinence forcée, avait fait bon accueil à la pièce et de tout cœur. Les journaux, qui ne sont pas toujours d'accord avec les applaudissements de la première, renforçaient, en cette occasion, le verdict qui, avec une agréable unanimité, saluait en Gerald l'auteur nouveau et en Elsa Doland la nouvelle étoile. Une brève mention saluait même en Fillmore le manager nouveau. Mais, puisqu'il y a toujours une fausse note, le triomphe de Fillmore s'était trouvé presque gâté par le fait que la seule mention de Gladys Winch était faite par un critique (qui écrivait son nom Wunch) dans la liste de ceux que la distribution « comprenait aussi ».

« Une des plus grandes artistes du théâtre ! » avait dit amèrement Fillmore, discutant cette injure avec Sally le matin suivant.

Toutefois, sa nature exubérante lui permit bientôt de se remettre de ce coup. La vie contenait tant de bon qu'il eût été absurde de concentrer son attention sur ce point noir. Les affaires avaient été excellentes durant toute la semaine; Elsa Doland, meilleure à chaque représentation. La réception d'un télégramme long et véhément de Mr. Cracknell qui demandait à racheter la pièce (le temps ayant adouci Miss Hobson) constitua un incident des plus agréables. Et, mieux que tout le reste, le grand Ike Schumann, qui possédait la moitié des théâtres de New York et se trouvait à Detroit où il surveillait une de ses productions musicales, était entré un soir et avait posé sur *Le Chemin des Primevères* le sceau de son approbation.

En conséquence, Fillmore, assis en face de Sally dans le train, irradiait la joie et l'importance.

« Oui, faites-le », dit Sally, après un long silence.

Fillmore s'éveilla de son rêve heureux.

« Hé ?

— Je dis : faites-le. Je crois que dans votre position, vous devez le faire.

— Faire quoi ?

— Acheter une pelisse de fourrure. Est-ce que ce n'est pas à cela que vous songiez ?

— Ne m'embêtez pas », dit Fillmore, rougissant néanmoins.

Il est vrai qu'une ou deux fois, la semaine précédente, il avait négligemment jeté ce sujet dans la conversation. Et pourquoi pas ? Il faut bien se garantir du froid !

« Avec un col d'astrakan, insista Sally.

— Au fait, dit Fillmore, avec l'air d'un grand penseur qui ne doit pas s'attarder à des bavardages, ce qui me préoccupait surtout, c'était quelque chose qu'a dit Ike.

— Ike ?

— Ike Schumann. Il est dans le train. Je viens de le rencontrer.

— Oh ! nous l'appelons Ike !

— Naturellement, je l'appelle Ike ! dit Fillmore vivement. Tout le monde l'appelle Ike !

— Il a une pelisse de fourrure, lui », murmura Sally.

Fillmore laissa voir de l'agacement.

« Je voudrais bien que vous ne continuiez pas là-dessus. Et d'ailleurs, pourquoi n'aurais-je pas de pelisse ?

— Fill ! Comment pouvez-vous prétendre que j'ai dit que vous ne pouviez en avoir ! Mais je suis l'une des plus chaudes partisanes de la pelisse de fourrure. Avec de larges parements. Et quand vous passerez dans la Cinquième Avenue dans votre auto, je vous montrerai du doigt et je dirai : "C'est mon frère. — Votre frère ? Non ! — Mais si, réellement. — Allons, vous plaisantez, c'est le grand Fillmore Nicholas. — Je sais, mais c'est mon frère. Et j'étais avec lui quand il a acheté cette pelisse."

— Laissez-moi tranquille avec cette pelisse.

— Et ce n'est pas seulement la pelisse, dirai-je, c'est ce qui est dessous. »

Fillmore regarda froidement sa montre.

« Il faut que j'aille voir Ike Schumann.

— Nous sommes en consultation fréquente avec Ike Schumann.

— Il veut me voir à propos de la pièce. Il propose de la donner à Chicago avant New York.

— Oh ! non ! cria Sally.

— Pourquoi ? »

Sally se reprit. Elle identifiait tellement Gerald avec sa pièce qu'elle avait supposé un instant que si on commençait par Chicago, ils seraient plus longtemps séparés. Mais, après tout, peut-être ne serait-il pas obligé de rester avec la troupe après le premier ou le deuxième jour.

« Vous pensez que nous devrions nous faire une réputation à New York avant d'essayer Chicago ? C'est possible. Pourtant, une saison à Chicago nous aiderait à New York. Enfin, il faudra que j'y songe, conclut Fillmore avec suffisance, il faudra que j'y songe. »

Il réfléchit, les sourcils froncés.

« Ce n'est pas ça, dit Sally.

— Comment ?

— Pas du tout. » Sally avait les lèvres comprimées et l'index posé avec lassitude contre la tempe. « Vous avez beaucoup à apprendre, Fill.

— Oh ! assez !

— Fillmore Nicholas, dit Sally, si vous saviez quelle peine cela me fait de tourmenter mon propre frère, vous me plaindriez. Mais c'est pour votre bien. Maintenant, courez retrouver Ike qui vous attend, sa montre à la main. "Vous pensez qu'il viendra, Miss Nicholas ?" Telles furent ses dernières paroles comme il montait dans le train. Et quelle supplication dans sa voix, Fill ! "Mais bien entendu, Mr. Schumann, lui dis-je, malgré sa haute situation, mon frère est la bienveillance même. Bien entendu qu'il viendra ! — Si seulement j'en étais sûr ! dit-il avec un soupir. Mais ces managers ont si peu de temps à eux ! Et puis, ils se mettent à rêver à des pelisses de fourrure et oublient tout le reste. — Ne craignez rien, Mr. Schumann, dis-je, Fillmore Nicholas est un homme de parole." »

Elle aurait volontiers continué le dialogue, car elle ne s'épargnait pas lorsqu'il s'agissait d'amuser ses proches, mais Fillmore était dans le couloir, son dos rigide protestant silencieusement contre la légèreté fraternelle. Sally le regarda disparaître, puis ramassa un magazine et commença à lire.

Elle venait de débusquer une histoire d'un grand intérêt dans une jungle de réclames lorsqu'une voix se fit entendre.

« Comment allez-vous, Miss Nicholas ? »

Et, dans le siège qui lui faisait vis-à-vis et que venait de quitter le poids lourd du manager naissant, Bruce Carmyle lui-même s'installait avec cet air de réserve et de déférence qui ne le quittait jamais.

II

Sally se montra extrêmement étonnée. Aujourd'hui, tout le monde voyage et il n'y a rien de bien remarquable à trouver en Amérique quelqu'un qu'on croit être en Europe : pourtant, elle éprouvait une sorte de sensation de rêve, comme si les aiguilles de l'horloge s'étaient mises à tourner à l'envers et qu'un chapitre de sa vie qu'elle croyait terminé se rouvrait.

« Mr. Carmyle ! » s'écria-t-elle.

Si Sally n'avait cessé d'occuper les pensées de Bruce Carmyle depuis qu'ils s'étaient séparés dans l'express de Paris, Mr. Carmyle n'avait que fort peu occupé celles de Sally, si peu, en vérité, qu'elle dut chercher un moment avant de l'identifier.

« Nous nous rencontrons toujours dans des trains, n'est-ce pas ? continua-t-elle en se ressaisissant. Je ne m'attendais pas à vous rencontrer en Amérique.

— Je suis venu, pourtant. »

Sally allait répliquer qu'elle le supposait, mais un embarras subit retint sa langue. Elle venait de se souvenir qu'à leur dernière rencontre elle avait été abominablement impolie envers cet homme. Or, elle n'était jamais impolie envers quelqu'un sans éprouver des remords tardifs. Elle se contenta donc d'un « oui » très ordinaire.

« Oui, dit Mr. Carmyle, il y a bien des années que je n'ai pris de vacances sérieuses. Mon docteur m'a trouvé un peu surmené, de sorte que cela m'a donné une occasion de visiter l'Amérique. Tout le monde, dit Mr. Carmyle d'un ton d'oracle — essayant de se persuader, comme il l'avait fait souvent depuis son départ d'Angleterre, que son voyage n'avait pas pour but unique de revoir Sally —, tout le monde devrait visiter l'Amérique au moins une fois. Cela fait partie de l'éducation personnelle.

— Et quelles sont vos impressions sur notre glorieux pays ? » demanda Sally, à l'aise maintenant.

Mr. Carmyle parut satisfait de commencer une conférence sur un sujet impersonnel. Lui aussi, sans en rien laisser voir, s'était trouvé embarrassé dans les débuts de la conversation. Le son de sa propre voix le rassura.

« J'ai visité Chicago, dit-il en conclusion du bref compte rendu de son voyage.

— Oh !
— Une ville stupéfiante.
— Je n'y suis jamais allée. J'arrive de Detroit.
— Oui, je savais que vous étiez à Detroit. »
Les yeux de Sally s'ouvrirent tout grands.
« Vous saviez que j'étais à Detroit ! C'est formidable ! Mais comment ?
— Je... j'ai été à votre adresse de New York et je me suis informé, dit Mr. Carmyle avec un peu d'embarras.
— Mais comment l'avez-vous trouvée ?
— Mon cousin... euh ! Lancelot me l'a donnée. »
Sally resta un instant sans parler. Elle éprouvait à peu près le sentiment du héros qui, dans un roman policier, s'aperçoit qu'il a été suivi. Même si ce complet étranger n'était pas venu la poursuivre en Amérique, impossible de se cacher le fait qu'il lui portait un intérêt considérable. C'était un compliment que, toutefois, la jeune fille n'était pas très sûre de goûter. Bruce Carmyle, lui, ne l'intéressait en rien et il lui paraissait un peu embarrassant de tenir une si grande place dans ses pensées. Aussi saisit-elle la mention du nom de Ginger pour faire dévier la conversation.
« Comment va Mr. Kemp ? » demanda-t-elle.
La sombre figure de Mr. Carmyle parut s'obscurcir encore.
« Nous n'avons aucune nouvelle de lui, dit-il laconiquement.
— Aucune nouvelle ? Comment ? Vous parlez comme s'il avait disparu...
— Il a disparu.
— Bonté du Ciel ! Quand ?
— Peu après que je vous ai rencontrée.
— Disparu ! »

Mr. Carmyle fronça les sourcils. Sally, qui l'observait, sentit son antipathie renaître. En cet homme, quelque chose lui avait déplu, dès le premier moment, une sorte de dureté.

« Mais où est-il allé ?

— Je ne sais pas. »

Mr. Carmyle fronça de nouveau les sourcils. Le sujet Ginger était visiblement délicat. « Et je ne veux pas le savoir », continua-t-il avec chaleur, tandis qu'une flamme sombre montait à ses joues qu'il devait raser deux fois par jour, Sally en était sûre. « La famille s'en lave les mains. Dans l'avenir, il peut se débrouiller tout seul, je crois qu'il a perdu la tête. »

L'humeur rebelle de Sally était réveillée, mais elle la dompta. Elle aurait passionnément aimé livrer bataille à Mr. Carmyle (tout en se trouvant assez étonnée elle-même de la façon dont elle se faisait le champion de Ginger). Mais elle se rendit compte que si elle voulait en apprendre plus long sur son ami aux cheveux roux, il lui fallait se concilier cet homme.

« Mais qu'est-il arrivé, en somme ? »

Les sourcils de Mr. Carmyle se rejoignirent.

« Il a... insulté son oncle. Notre oncle Donald. Il l'a insulté... grossièrement. Celui entre tous avec lequel il aurait dû s'efforcer de...

— Rester bien ?

— Oui, son avenir en dépendait.

— Mais qu'a-t-il fait ? demanda Sally en essayant de réprimer la joie répréhensible qui allait percer dans sa voix.

— Je n'ai pas de détails. Mon oncle est réticent à raconter ce qui s'est passé. Il avait invité Lancelot à dîner pour discuter ses plans et il paraîtrait que Lancelot l'a défié ! Défié ! Il s'est montré grossier et l'a insulté. Mon oncle refuse de s'occuper de lui désormais. Il semblerait que ce fou a pu gagner quelque argent aux tables de jeu de Roville et cela semble lui avoir complètement tourné la tête. Mon oncle assure qu'il est fou et je suis absolument de son avis. Depuis ce soir-là, on ne sait plus rien de Lancelot. »

Mr. Carmyle s'interrompit pour s'enfoncer à nouveau dans de profondes réflexions et, avant que Sally eût eu le temps de parler, la puissante silhouette de Fillmore obscurcit la lumière. Le nouveau venu jeta un regard interrogatif au mystérieux étranger qui, non content de causer avec sa sœur, s'était approprié son siège.

« Oh, hello ! Fill, dit Sally. Fillmore, c'est Mr. Carmyle. Nous nous sommes rencontrés de l'autre côté de l'océan. Mon frère Fillmore, Mr. Carmyle. »

Après cette présentation, Fillmore parut satisfait de Mr. Carmyle. Son air d'homme arrivé lui plut fort.

« C'est étonnant de vous être rencontrés ainsi », dit-il avec affabilité.

L'employé des wagons-lits qui préparait les couchettes attendait dans le couloir.

« Vous feriez mieux d'aller au fumoir tous les deux, suggéra Sally, je vais me coucher. »

Elle voulait être seule pour réfléchir. L'histoire de Mr. Carmyle à propos de la révolte de Ginger l'agitait.

Les deux hommes se dirigèrent vers le fumoir et Sally trouva un siège vide où attendre que son lit fût fait. Une étrange émotion l'envahissait. Ainsi Ginger l'avait écoutée ! Excellent Ginger ! Elle était fière de lui et ressentait aussi ce sentiment de complaisance (bien proche du péché d'orgueil !) qui vient aux donneurs de conseils qu'on a écoutés. Elle passait par toutes les émotions du créateur car, après tout, n'avait-elle pas créé ce nouveau Ginger ? C'était elle qui l'avait réveillé, elle qui avait brisé sa laisse. En un mot, elle avait changé cet obéissant et falot jeune homme, dépendant de la famille, en un être forcené qui insultait les oncles. Impossible de le nier. C'était un haut fait. C'était une tentative, une réussite et, selon toutes les règles formulées par le poète, une nuit de repos aurait dû s'ensuivre. Et pourtant, Sally, secouée par le train qui, vers l'aube, paraissait avoir inventé un jeu de montagnes russes complètement inédit, dormit mal et vit, à son réveil, le spectre du Doute, livide et interrogateur, à son chevet. Avait-elle, après tout, si bien travaillé ? Avait-elle eu raison d'intervenir dans la vie de ce jeune homme ?

« Qu'en pensez-vous ? » demanda le spectre du Doute.

III

La lumière du jour n'apportant aucune réponse réconfortante à la question ni le déjeuner son optimisme coutumier, Sally descendit du train à la station de Grand Central dans un état de remords et de préoccupation extrêmes. Elle refusa l'offre que lui fit Mr. Carmyle de la conduire à la pension de famille et décida de s'y rendre à pied, espérant que l'air frais du matin lui ferait du bien.

Elle se demanda comment elle avait jamais pu regarder complaisamment cette action inconsidérée. Elle se demanda quel démon l'avait poussée à intervenir à tort et à travers dans la vie des autres pour la bouleverser. Elle se demanda, enfin, comment on la laissait en liberté. Ne constituait-elle pas une menace pour la société ? Voici un estimable jeune homme, visiblement fait pour être aidé à travers sa vie par ses parents, et elle l'encourageait délibérément à détruire ses espérances. Elle rougit violemment du message absurde qu'elle lui avait envoyé du bateau.

Misérable Ginger ! Elle se le représentait, sa petite réserve épuisée, errant dans Londres, les pieds meurtris, cherchant en vain du travail, se forçant à aller trouver l'oncle Donald et précipité du haut des marches par les hautains valets de pied. Puis, dormant sur les quais, regardant les sombres eaux de la Tamise d'un œil désespéré, montant enfin sur le parapet et...

« Non ! » dit Sally.

Elle arrivait à la porte de la pension de famille et Mrs. Meecher la regardait avec ses yeux les plus accueillants, ne se doutant pas que, en intention, elle venait d'assassiner dans sa fleur un jeune homme à cheveux roux, de manières aimables et d'excellente conduite, lorsqu'il n'était pas mal conseillé. Mrs. Meecher se montra amicale et bavarde. *Variétés*, son journal qui, après son chien Toto, était la chose qu'elle aimait le plus au monde, l'avait informée le vendredi matin que la pièce de Mr. Foster avait été portée aux nues à Detroit et que Miss Doland y obtenait un succès énorme. Ce n'était pas souvent que le personnel de la pension de famille entrait ainsi dans le Temple de la Gloire et, selon Mrs. Meecher, il n'était question que de cela dans l'établissement. Ce ruban bleu autour du cou de Toto le décorait en l'honneur de ce triomphe. Il y avait aussi, bien qu'on ne pût le voir, un tas d'os de poulet dans l'intérieur de Toto, suite du festin de célébration.

Et était-ce vrai que Mr. Fillmore avait acheté la pièce ? Un grand homme, Mr. Fillmore ! Tel était le verdict de Mrs. Meecher. D'ailleurs, Mr. Faucitt l'avait toujours dit.

« Oh ! comment va Mr. Faucitt ? demanda Sally, se reprochant d'avoir laissé ses nouveaux soucis chasser de sa mémoire son ancien malade.

— Il est parti », dit Mrs. Meecher avec tant de componction que Sally, dans l'état d'esprit morbide où elle se trouvait, attribua à ces mots un sens négatif. Elle pâlit et s'accrocha à la rampe.

« Parti !

— Pour l'Angleterre », ajouta Mrs. Meecher.

Sally fut soulagée.

« Oh, je croyais que vous vouliez dire...

— Oh non, pas ça », soupira Mrs. Meecher, car elle s'était trouvée désappointée par le vieux gentleman, qui, après avoir donné tant d'espérances comme malade, était retombé dans le terre à terre d'une santé robuste. « Il se porte bien ! Je n'ai jamais vu une personne se mieux porter. Vous pourriez croire, dit Mrs. Meecher, que cette espèce de grippe espagnole est un tonique, de la manière dont le voilà maintenant. Naturellement, ajouta-t-elle, essayant de justifier ce pensionnaire respecté, il a eu de bonnes nouvelles : son frère est mort.

— Quoi !

— Non, je ne veux pas dire que c'étaient de bonnes nouvelles, loin de là, bien qu'il faille toujours être préparé à recevoir une nouvelle de ce genre-là... mais il paraîtrait que ce frère dont on n'avait jamais entendu parler lui a laissé sa fortune et Mr. Faucitt a dû prendre le bateau de mercredi sans perdre un instant pour aller prendre soin de ses intérêts de l'autre côté de l'océan. La succession de la propriété, je crois qu'on appelle ça. Il était pressé, fallait voir. Il vous envoie son souvenir et dit qu'il vous écrira. »

Quand enfin Sally put se dégager, elle monta dans sa chambre. Pendant un bref instant, le plaisir de la bonne nouvelle agit comme un stimulant et elle se sentit presque gaie. Cher vieux Faucitt ! Quelle joie de penser que ses dernières années s'écouleraient dans l'opulence !

Bientôt, pourtant, ses pensées reprirent leur cours mélancolique. Et, fatiguée de sa mauvaise nuit, elle se jeta tout habillée sur son lit.

Mais elle ne put s'endormir. Le remords la gardait éveillée. De plus, elle entendait Mrs. Meecher, sans doute à la recherche de quelqu'un, errer dans la maison en signalant son approche par le gémissement des planchers et les aboiements appliqués de Toto.

Sally se tourna sur son lit et resta immobile un long moment. Elle venait d'apercevoir quelque chose et ce qu'elle avait aperçu aurait suffi à surprendre toute jeune fille retirée dans l'intimité de sa chambre à coucher. Car, de sous son lit, dépassait un soulier indéniablement masculin et six pouces d'un pantalon de flanelle grise.

Sally bondit sur le plancher. C'était une fille courageuse et elle était décidée à tirer cette affaire au clair.

« Que faites-vous sous mon lit ? »

La question était raisonnable et dut paraître mériter une réponse, car un éternuement étouffé se fit entendre et l'intrus commença à ramper pour sortir.

Le second soulier apparut d'abord, puis les jambes, puis un corps vigoureux dans un vêtement couvert de poussière. Et puis enfin apparut aux regards fascinés de Sally une tête si rouge qu'elle ne pouvait appartenir qu'à une personne au monde.

« Ginger ! »

A quatre pattes, Mr. Lancelot Kemp la regarda en clignant des yeux.

« Oh, hello ! » fit-il.

CHAPITRE VIII

GINGER DEVIENT LE BRAS DROIT DU DIRECTEUR

C'est seulement quand elle vit ce jeune homme se dresser devant elle, les cheveux ébouriffés et le nez plein de poussière, que Sally se rendit compte de l'intérêt qu'elle lui portait. Quelle poignante vision elle venait d'avoir de son cadavre glacé flottant abandonné sur les eaux de la Tamise ! Sally avait beaucoup d'imagination et elle la laissait s'exercer sans contrôle ; aussi le soulagement fut-il plus fort chez elle que l'étonnement devant ce fait extraordinaire : la présence de Ginger dans sa chambre et sous son lit. N'ayant jamais de sa vie subi l'assaut d'une telle vague de gaieté, elle éclata d'un rire inextinguible qui, même à ses propres oreilles, rendit un son étrange. Ginger, lui, crut à une crise de nerfs.

« Dites donc, qu'y a-t-il?... » intervint Ginger voyant que cette gaieté folle se prolongeait. Non sans inquiétude d'ailleurs car on sait que cela peut donner un choc nerveux à une jeune fille de trouver quelqu'un caché sous son lit.

Sally se redressa et s'essuya les yeux.

« Oh, que je suis contente de vous voir ! fit-elle haletante.

— Non, vraiment? dit Ginger flatté. C'est épatant. »

Il sentait qu'un mot d'excuse s'imposait :

« Je suis bien fâché de m'être introduit ici. Je n'avais pas la moindre idée que ce fût votre chambre. Je croyais cette pièce inoccupée.

— Oh ! qu'importe. Je n'aurais pas dû vous déranger. Vous faisiez un bon somme, naturellement. Dormez-vous souvent sur le plancher ?

— C'est parce que...

— Si vous portez ça comme ornement en guise de grain de beauté, dit Sally, c'est très bien, mais, au cas où vous ne sauriez pas que vous avez le nez barbouillé de poussière...

— Oh! non, ce n'est pas possible !

— Je ne voudrais pas vous mentir sur un sujet aussi grave.

— Me permettez-vous de me regarder dans la glace ?

— Bien sûr, si cela ne vous effraie pas. »

Ginger se précipita vers la table de toilette

« Vous avez parfaitement raison, constata-t-il, tout en s'essuyant le nez avec son mouchoir.

— J'en étais sûre. Moi, je remarque tout.

— Mes cheveux sont un peu ébouriffés.

— Très dépeignés, en effet.

— Croyez-moi, dit Ginger sérieusement, ne vous couchez jamais sous les lits, ça ne vaut rien.

— Ceci me fait penser que... Vous ne vous offenserez pas de ma question ?

— Non, allez-y !

— Elle est un peu indiscrète.

— Qu'importe !

— Eh bien, que faisiez-vous sous mon lit ?

— Sous votre lit ?

— Oui.
— Je me cachais.
— Vous jouiez à cache-cache ? Cela explique tout.
— Madame... comment donc déjà s'appelle-t-elle ? Beecher ? Meecher ? me poursuivait. »

Sally secoua la tête d'un air sévère :

« Il ne faut pas encourager Mrs. Meecher à se mêler à ces jeux d'enfants. Cela lui fera perdre la tête. »

Ginger passa une main tremblante sur son front.

« C'est parce que...

— Je n'aime pas à vous critiquer continuellement, dit Sally, mais à l'instant, en passant la main sur vos sourcils, vous avez bien laissé une livre de poussière. Vous devez avoir les mains sales. »

Ginger les examina :

« En effet.

— Pourquoi ne pas faire les choses à fond et vous laver ?
— Vous me le permettez ?
— Je vous le demande, même.
— Merci beaucoup. Mais c'est votre cuvette, il me semble que je fais un peu trop comme chez moi.
— Mais non.
— Et pour avoir du savon ?
— Servez-vous du mien. Nous autres Américains, nous passons pour être très hospitaliers.
— Oh merci !
— La serviette est à votre droite.
— Merci encore !
— Et il y a une brosse à habits dans mon sac.
— Merci toujours. »

On entendit alors un bruit d'éclaboussures comme en font les phoques en plongeant.

« Maintenant, reprit Sally, dites-moi pourquoi vous vous cachiez afin d'éviter Mrs. Meecher. »

Une expression d'ennui, un air de bête traquée passèrent sur le visage de Ginger.

« Eh bien, j'ai honte de le dire, moi, un sportif, cette femme me fait peur. On m'avait averti qu'elle rôdait par là, et j'ai cru prudent de me cacher, car elle voulait que je promène son chien.

— Toto ?

— Oui, Toto, dit Ginger, avec un vif ressentiment, ce n'est pas permis d'avoir un chien comme ça. Je crois que personne n'aime les chiens autant que moi, mais cet être qui a l'air d'un rat ébouriffé... Non, j'ai horreur d'être vu avec lui dans la rue.

— Pourquoi n'avez-vous pas refusé, poliment mais fermement, de promener Toto ?

— Ah, voilà ! Vous touchez au point sensible. Je suis en retard pour payer mon loyer, et cela ne me permet guère de parler avec fermeté.

— Mais comment pouvez-vous être en retard ? Je suis partie il y a eu huit jours samedi et vous n'étiez pas encore ici. Donc, vous êtes arrivé il y a une semaine environ...

— En effet, je suis resté juste une semaine ici. C'est cette semaine-là que je dois.

— Mais pourquoi ? Vous étiez presque millionnaire quand je vous ai quitté à Roville.

— Le fait est que je suis retourné, ce soir-là, aux tables de jeu et que j'ai reperdu une bonne partie de mes gains. Et puis, je ne sais comment cela s'est fait, mais, une fois en Amérique, mon argent m'a filé entre les doigts.

— Pourquoi donc êtes-vous venu en Amérique ? » dit Sally, formulant ainsi la question que toute personne raisonnable aurait formulée dès le début.

Ginger rougit, comme cela lui arrivait souvent.

« Oh, cette idée m'est venue comme ça. L'Amérique offre tellement de possibilités !

— Et vous avez déjà profité d'une de ces occasions ?

— Oh, j'ai du travail. Je suis serveur dans un chic petit restaurant de la Deuxième Avenue. Ce n'est pas très bien payé. Mais j'aurais tout de même gagné de quoi régler mon loyer de la semaine dernière, si on ne me faisait pas payer la casse si cher. En somme, ce n'est pas un succès.

— Oh, Ginger, vous ne devriez pas être serveur de restaurant !

— C'est aussi l'avis du patron.

— Je veux dire que vous pourriez faire beaucoup mieux.

— Mais quoi ? Vous ne vous figurez pas comme tous ces types d'ici se passent facilement de mes services. J'ai arpenté la ville dans tous les sens en demandant du travail, mais ils répondent tous qu'ils essaieront de se débrouiller sans moi. »

Sally réfléchit un instant.

« J'ai trouvé !

— Quoi ?

— Je vais dire à Fillmore de vous trouver un emploi. Comment n'y ai-je pas pensé ?

— A Fillmore ?

— Oui, à mon frère. Il pourra vous donner une place.

— Pour faire quel travail ?

— Comme secrétaire... pour être son bras droit.

— Il a donc besoin d'un bras droit ?

— Pour sûr. C'est un jeune homme, il essaye de se faire une situation. Il lui faut quelqu'un pour le seconder.

— Vouiii, fit Ginger, tout songeur. Mais je n'ai jamais été le bras droit de personne.

— Oh, vous vous y mettrez. Je vais aller trouver Fillmore avec vous. Il est descendu à l'hôtel Astor.

— Oui, mais il y a un petit problème.

— Quoi donc ?

— Si je sabote le travail ?

— Mon Dieu, Ginger ! Il doit exister un travail quelconque en ce bas monde que vous ne saboterez pas. Ne discutez pas tout le temps. Etes-vous propre ? Et sec ? Alors partons !

— Ça va. »

Ginger fit un pas vers la porte, mais il s'arrêta net, une jambe levée, comme mû par une influence magique. On entendait un jappement aigu résonner dans le corridor. Ginger regarda Sally, puis il jeta un coup d'œil sous le lit.

« Ne soyez pas si lâche, fit sévèrement la jeune fille.

— Oui mais...

— Combien devez-vous à Mrs. Meecher ?

— A peu près douze dollars.

— Je vais la payer. »

Ginger rougit, très gêné.

« Oh ! non, j'aimerais mieux être pendu ! balbutia-t-il, c'est très aimable de votre part, et je vous en suis fort obligé ; mais, vraiment, je ne peux pas... »

Sally n'insista pas. Elle aimait chez Ginger cette rude indépendance que son frère, en ses jours de gêne, n'avait jamais montrée.

« Très bien, dit-elle, comme vous voudrez. Vous êtes fier. C'est comme moi. Allons, Ginger, du courage ! Montrez-vous un peu plus viril ! J'aurais honte de ma lâcheté à votre place...

— J'en suis bien fâché, mais vraiment ce chien-mouton...

— Qu'importe ce chien. Venez avec moi. »

Ils sortirent dans le corridor au moment où Toto y poursuivait des rats imaginaires. Mrs. Meecher formait l'arrière-garde. Son visage s'éclaira d'une lueur sombre quand elle aperçut Ginger.

« Monsieur Kemp, je vous cherchais... »

Sally l'interrompit avec brio :

« Oh ! Mrs. Meecher, dit-elle, protégeant le jeune homme pour lui faire traverser la zone dangereuse. J'ai été tellement surprise de rencontrer Mr. Kemp ici. C'est un de mes meilleurs amis. Nous nous sommes connus en France. Nous sortons pour causer du bon vieux temps, et je l'emmène voir mon frère.

— Toto !

— Chère petite bête. Il faudrait le sortir un peu. Il fait si beau, aujourd'hui. Mr. Kemp me disait justement qu'il aurait aimé l'emmener, mais nous sommes un peu pressés, et il nous faudra sans doute prendre un taxi. Vous ne pouvez vous imaginer à quel point mon frère est occupé en ce moment. Si nous sommes en retard, il ne nous le pardonnera jamais. »

Elle gagna l'escalier, laissant Mrs. Meecher déçue mais hésitante.

La porte d'entrée se referma avant que la propriétaire se fût ressaisie.

Ginger, s'arrêtant sur le trottoir, poussa un soupir de soulagement.

« Vous êtes épatante, vous savez ! » dit-il avec une admiration non dissimulée.

Sally accepta ce compliment avec beaucoup de calme.

« Maintenant, nous allons relancer Fillmore, dit-elle. Mais il est inutile de nous presser. Nous allons d'abord nous promener, puis nous passerons à l'hôtel Astor, et nous nous ferons inviter à déjeuner. Je veux savoir tout ce qui vous concerne. J'ai déjà eu de vos nouvelles par votre cousin, Mr. Carmyle, qui voyageait avec moi, dans le train, entre Detroit et New York. Saviez-vous qu'il était en Amérique?

— Non, j'ai perdu tout contact avec "la famille".

— C'est ce que Mr. Carmyle m'a fait comprendre. Je me sens terriblement responsable. Car je suis la cause de tout ce qui arrive.

— Oh non!

— Mais si. C'est grâce à moi que vous êtes devenu tel que vous êtes aujourd'hui. Je puis être fière de mon œuvre. Je vous ai tellement rabaissé que j'ai tué votre personnalité, pour ainsi dire. Je sais parfaitement que vous n'auriez jamais songé à vous révolter ainsi contre votre famille, si je ne vous avais pas dit certaines choses à Roville. Ginger, qu'est-il arrivé? Dites-le-moi. Je meurs d'envie de le savoir. Mr. Carmyle dit que vous avez insulté votre oncle.

— L'oncle Donald? Oui, nous avons eu une petite scène ensemble. Il m'a invité à dîner et nous nous sommes disputés. Pour commencer, il voulait que je fasse des excuses au vieux Scrymgeour et j'ai refusé net.

— Brave garçon!

— Qui ça, Scrymgeour?

— Mais non! Vous, bêta!

— Ah!» Ginger rougit «Et puis, il y a eu cette algarade à propos de la soupe, vous savez.

— Que voulez-vous dire? à propos de la soupe? Quelle soupe?

— Enfin, cela n'alla plus à partir du moment où le garçon servit la soupe au cari. C'est une soupe épaisse, vous savez.

— Oui, je sais bien.

— Mon vieil oncle, je ne l'en blâme pas, car c'est son malheur, par sa faute, a une forte moustache, un peu comme un morse, et il a l'habitude de filtrer sa soupe au travers. Je l'ai prié de n'en rien faire. Une simple suggestion. Il s'est fâché et, quand on a servi le poisson, nous commencions à nous dire des aménités. C'est ma faute sans doute. Je ne me sentais pas très bien disposé envers "la famille" ce soir-là. Je venais d'avoir une conversation avec Bruce dans Piccadilly et cela m'avait plutôt exaspéré. Bruce Carmyle me tape toujours sur les nerfs, et puis cette invitation à dîner de l'oncle Donald m'assommait. A propos avez-vous reçu les livres ?

— Quels livres ?

— Bruce m'a dit qu'il voulait vous envoyer des livres. C'est pourquoi je lui ai donné votre adresse. »

Sally le regarda stupéfaite.

« Il ne m'a jamais envoyé de livres.

— Eh bien, il m'a dit qu'il allait le faire, il m'a bien fallu lui dire où les envoyer. »

Sally, un peu songeuse, continua son chemin. Elle n'était pas coquette, mais comment pouvait-elle ne pas s'apercevoir, d'après ce nouveau témoignage, que Mr. Carmyle avait fait un voyage de douze cents lieues, simplement pour reprendre contact avec elle ? Cela importait peu, sans doute, mais cela la troublait. Une jeune fille ne tient pas à être poursuivie par un homme qui lui déplaît.

« Continuez à me raconter votre dispute avec votre oncle.

— Il n'y a plus grand-chose à dire. J'avais justement reçu votre message avant de me rendre à cette invitation, et je ne me sentais pas d'humeur à supporter les observations stupides de "la famille". Enfin, nous réussîmes à atteindre la fin du service de poisson, mais notre accord n'alla pas au-delà du rôti. Un mot en amenait un autre, et ce fut la rupture. Mon oncle me traita de toutes sortes de noms, j'eus grand-peine à les encaisser, et, finalement, je lui dis que je n'avais que faire de “la famille” et que je me débrouillerais bien tout seul. C'est ce que je fis, et me voilà ! »

Sally écoutait ce discours en respirant à peine. Elle sentait de plus en plus sa responsabilité envers son jeune protégé et n'eut plus aucune velléité de confier le reste de sa fortune au financier inconsistant qu'était son frère. Son devoir lui commandait de donner à Ginger le moyen de réussir dans la vie, et Fillmore allait lui être très utile pour arriver à ses fins.

« Nous allons nous rendre à l'hôtel Astor, dit-elle, et je vais vous présenter à Fillmore. Il est directeur de théâtre, il vous trouvera certainement une situation.

— Que vous êtes bonne !

— Ginger, dit Sally, je vous considère comme mon petit-fils. Voulez-vous arrêter ce taxi ? »

CHAPITRE IX

L'OMBRE S'ÉTEND SUR SALLY

I

Pendant les semaines qui suivirent ses retrouvailles avec Ginger Kemp, Sally crut avoir atteint l'âge d'or. La paix et la prospérité régnaient sur toutes les frontières de son petit royaume, et elle s'éveillait chaque matin dans un monde où tout allait comme sur des roulettes, si bien que le plus sombre pessimisme n'y eût rien trouvé à redire.

Gerald, il est vrai, était à Chicago, à des milliers de kilomètres. Il surveillait les répétitions de sa pièce : *Le Chemin des Primevères*, car Fillmore avait obéi aux suggestions de son ami Ike, qui lui conseillait de monter la pièce à Chicago. Gerald y corrigeait, en même temps, l'œuvre dramatique d'un confrère, sur la prière d'un directeur embarrassé. Tout cela devait l'obliger à rester dans cette ville pendant quelque temps. Sally, qui se réjouissait de le voir bientôt revenir à New York, en était fort désappointée, mais sans plus. La vie, en somme, restait belle, on pouvait même dire parfaite sous certains rapports. Les affaires de Fillmore prospéraient. La conscience de Sally ne lui reprochait rien à l'égard de Ginger; elle avait trouvé un appartement, son chapeau neuf lui allait à merveille et *Le Chemin des Primevères* obtenait un succès monstre. La ville de Chicago, aux dires de Fillmore, ne s'intéressait à rien, sauf au *Chemin des Primevères*. Les citoyens ne se préoccupaient plus des problèmes politiques, et les problèmes locaux les laissaient froids. Une seule énigme accaparait leur attention, à l'exclusion de toute autre : « Comment se procurer des places ? » Seule, l'apparition de cette pièce avait secoué Chicago jusqu'en ses fondements, selon Fillmore, depuis le mémorable incendie.

De toutes ces circonstances heureuses, la plus favorable, d'après Sally, était de voir l'avenir de Ginger assuré. Celui-ci travaillait pour le compte de la société théâtrale Fillmore Nicholas et Cie (Fillmore Nicholas, directeur gérant). Ce dernier se serait volontiers attribué un titre plus long, mais la plaque de cuivre ne pouvait en contenir davantage. Ginger, donc, se tenait constamment dans le premier bureau, et ses fonctions consistaient surtout, semblait-il, à lire les journaux du soir. D'ailleurs, il ne connaissait pas au juste ses propres attributions. Parfois, il croyait tenir la barre du gouvernail, à d'autres moments il lui semblait être un petit chasseur monté en grade, et pas à un grade élevé, tant s'en fallait. En somme, il lui fallait surtout empêcher la foule des visiteurs de parvenir jusqu'à Fillmore qui trônait dans le deuxième bureau et y méditait des plans de vaste envergure.

Mais, si Ginger ne se sentait pas bien sûr de ce qu'il devait faire pour gagner les cinquante dollars touchés chaque vendredi, il était certain de vouer une reconnaissance infinie à Sally à qui il devait ce poste. Il tentait de la remercier à chacune de leurs rencontres et elles étaient fréquentes. En effet, Ginger aidait

Sally à installer son nouvel appartement. Pour accomplir cette tâche, il n'épargnait pas sa peine. Il prétendait que cela le maintenait en forme.

« Et je tiens à vous dire, fit Ginger, en posant un fauteuil massif que Sally lui avait déjà fait changer de place trois fois en dix minutes, que si je ne suais pas un peu pour vous aider quand vous m'avez procuré cette situation...

— Assez, Ginger.

— Si, si, c'est vrai !

— Si vous continuez, je vous fais porter ce fauteuil dans la pièce à côté.

— Vous le voulez ? » Et Ginger, après avoir frotté ses mains pleines d'ampoules, souleva de nouveau le meuble encombrant. « Vous n'avez qu'à le dire.

— Bêta, bien sûr que non. Je ne veux de ce gros lourdaud de fauteuil ni dans ma chambre, ni dans la salle de bains, ni dans la cuisine. Pourtant, je crois que la première place choisie était préférable.

— Remettons-le, alors. Quoi ? »

Sally réfléchissait, le sourcil froncé. Cette installation de son appartement la préoccupait beaucoup.

« Non, décida-t-elle, il sera mieux près de la fenêtre. »

Puis elle regarda Ginger avec remords :

« Je vous donne beaucoup de peine ?

— De la peine ! fit Ginger, tout en trébuchant sous le poids du fauteuil. Je ne l'envisage pas de cette façon. » Il essuya la transpiration qui perlait à son front, sur les taches de son. « Je vous dois cette situation et je...

— Assez !

— Bon, ça va. Pourtant, c'est grâce à vous que... »

Sally, assise dans son fauteuil, s'étirait. Quelle fatigue de regarder travailler Ginger ! Elle examina la chambre avec fierté. La pièce commençait à avoir l'air confortable. Les tableaux étaient bien suspendus, le tapis soigneusement étalé, les meubles à peu près en ordre. Pour la première fois, Sally éprouvait l'impression du chez-soi. Pendant les années passées dans une pension de famille, elle avait tant soupiré après un asile fixe, un endroit où elle pourrait s'enfermer et rester seule. Son appartement, bien qu'il fût petit, représentait, certes, un havre. Elle regarda autour d'elle, et vit que rien n'y manquait, mais tout à coup elle eut l'impression qu'un objet avait disparu.

« Tiens ! où est donc passée ma photographie ? Je suis sûre de l'avoir mise sur la cheminée hier. »

Sans doute ces exercices violents avaient-ils fait monter le sang au visage de Ginger. Il examina de près la cheminée.

« Non, il n'y a pas de photographie là-dessus.

— Je le sais bien, mais elle y était hier. Du moins, je sais que j'avais l'intention de l'y mettre, j'ai peut-être oublié. Vous n'avez jamais rien vu d'aussi beau. Ça ne me ressemble pas du tout, mais qu'importe ? C'est retouché sur le cliché, vous savez. J'y tiens, parce que c'est comme cela que je voudrais être, si possible.

— Je n'ai jamais eu de belle photographie, dit Ginger gravement, avec un air de regret.

— Tâchez de vous en consoler.

— Oh, ça m'est égal, je voulais dire que...

— Ginger, dit Sally, excusez-moi si je vous interromps, vos observations sont très judicieuses, mais ce fauteuil n'est pas bien placé. Il serait mieux à l'endroit qu'il occupait tout d'abord. Reprenez, une fois encore, votre rôle de baudet, s'il vous plaît. Ensuite, je vous ferai du thé. Du moins s'il y a du thé ici, ainsi que du lait et des tasses.

— Il y a des tasses. Je le sais parce que j'en ai cassé deux avant-hier. Voulez-vous que j'aille jusqu'à la crémerie du coin pour chercher du lait ?

— Oh ! certainement, allez jusque-là. Tout ce travail de force m'a beaucoup fatiguée. »

Le thé une fois servi, Sally se montra curieuse :

« J'ai bien de la peine à comprendre, dit-elle, comment votre travail (ces occupations que j'ai eu la générosité de vous procurer comme vous alliez justement le dire), comment ce travail vous laisse tant de loisirs. Vous passez votre temps précieux — ou plutôt celui de Fillmore — à jongler avec mon mobilier tous les jours que Dieu fait.

— Oh, je puis m'absenter de temps en temps !

— Mais ne vaudrait-il pas mieux être à votre poste, occupé à faire votre travail ? A propos, que faites-vous donc ? »

Ginger, tout en remuant son thé, s'appliqua à répondre à cette question.

« Oh, je bricole, vous comprenez ? Je reçois des gêneurs et je leur dis que votre frère est sorti ; je prends leur nom et leur adresse, et ainsi de suite...

— Fillmore vous demande-t-il des conseils ?

— Il me laisse lire quelques-unes des pièces qu'on lui envoie, des absurdités, en général. Parfois, il me donne un billet pour aller au théâtre.

— Pour vous distraire ?

— Pour voir spécialement un acte, vous comprenez. Au cas où il y trouverait une idée pour sa revue.

— Quelle revue ?

— Vous ne saviez donc pas qu'il va monter une revue ? C'est une affaire épatante. Nous allons damer le pion aux "Folies dramatiques".

— O Seigneur ! » s'écria Sally alarmée. Cela ressemblait bien à Fillmore de se lancer dans ces expériences coûteuses au lieu d'agir avec prudence et d'exploiter les petits succès déjà obtenus. Toute sa vie, il compterait par millions quand les gens sensés se bornent à compter par centaines. L'optimisme ruisselait de lui comme l'eau d'une source.

« Il est bien ambitieux, dit-elle.

— Oh oui, c'est un type ambitieux que votre frère.

— Il faudra que je lui dise deux mots », reprit Sally d'un air décidé.

Fillmore lui causait là une vive contrariété. Les choses marchaient si bien, tout le monde était content, leurs affaires prospéraient, elle n'avait aucun sujet d'anxiété, et voilà que son frère allait tout gâter. Les ennuis l'accableraient de nouveau.

« Oh, les revues rapportent beaucoup, plaida Ginger. Là-bas à Londres, les directeurs ramassent l'argent à la pelle. »

Sally secoua la tête.

« Cela ne peut pas continuer ainsi, dit-elle, et il y a autre chose qui ne doit pas rester comme cela, c'est ce fauteuil. Il est évident qu'il faut le placer près de la fenêtre. Vous le voyez bien vous-même.

— Mais certainement », dit Ginger, se préparant à entrer de nouveau en action.

II

Les inquiétudes de Sally à l'égard du bouillant Fillmore ne se calmèrent pas à la réception du télégramme suivant émanant de Miss Winch de Chicago :

« Suis inquiète pour Fillmore.

Gladys Winch. »

Sally ne se targuait certes pas de comprendre entièrement sa future belle-sœur, cependant ce message éveillait des idées tellement sinistres qu'elle voulut se renseigner sur-le-champ, et, s'arrachant aux délices de l'ameublement, elle se rendit sans tarder au siège social de la société théâtrale Fillmore Nicholas et Cie.

Elle s'aperçut, dès son arrivée, que Ginger n'occupait pas son poste habituel dans le premier bureau. Un tendre jouvenceau, au visage fleuri de boutons, le remplaçait. Il se départit d'une réserve hautaine et voulut bien se dégeler, quand Sally se nomma. Il la pria d'entrer chez le directeur, ce qu'elle fit sans tarder, pour trouver Fillmore, les pieds appuyés sur un bureau en désordre, en train d'étudier des modèles de costumes.

« Ah, Sally ! » fit-il de cette voix lasse qui décèle de profondes préoccupations. Hélas, la prospérité marquait déjà de sa griffe l'espoir du théâtre américain.

En quittant Detroit, Fillmore avait la figure pleine, maintenant, il portait un double menton. Il laissait son gilet neuf déboutonné.

« Je suis assez occupé, poursuivit-il, ça me fait plaisir de vous voir, mais j'ai vraiment beaucoup à faire. J'ai des centaines d'affaires à examiner.

— Eh bien, examinez la mienne. Cela ne fera jamais que cent une. Qu'est-ce que j'apprends, Fill, vous montez une revue ? »

Fillmore prit l'attitude d'un écolier surpris au moment où il chipe un pot de confitures. Quand ses idées tournaient au noir, il se demandait comment Sally accueillerait ce projet, tout en espérant qu'elle n'apprendrait rien avant que les préparatifs fussent trop avancés pour lui permettre d'intervenir. Il aimait beaucoup sa sœur, mais elle montrait en tout une prudence exagérée, et cela la pousserait à le critiquer.

Comment un homme d'affaires peut-il travailler entouré de femmes qui critiquent tout ce qu'il fait ?

Il prit une plume, puis la posa. Il boutonna son gilet pour le déboutonner aussitôt, enfin il se gratta l'oreille avec une des gravures du costumier.

« Ah oui, la revue !

— Ce n'est pas la peine de faire l'étonné. Vous savez parfaitement que cette idée est absurde.

— Vraiment ? Ces questions d'affaires, vous voulez vous en mêler ?

— Je ne tiens pas à intervenir dans vos affaires, mais j'y ai mis de l'argent ; je suis donc votre associée, en quelque sorte, et je crois avoir le droit de pousser un cri d'agonie quand je vous vois le risquer...

— Veuillez m'excuser, fit son frère avec hauteur, permettez-moi de m'expliquer. Les femmes n'entendent jamais rien aux affaires. Votre argent est investi uniquement dans la comédie *Le Chemin des Primevères*, qui a un succès énorme. Vous n'avez pas à vous tourmenter au sujet de mes autres entreprises.

— Je ne m'inquiète pas de mon argent, je m'inquiète de vous. »

Un sourire de condescendance éclaira les bajoues de Fillmore.

« Ne vous faites pas de souci. Pour moi tout va bien.

— Non, tout ne va pas bien. Vous n'avez pas besoin, vous qui débutez comme directeur, de vous lancer dans une entreprise aussi considérable. Vous n'avez pas les reins assez solides.

— Ma chère enfant, comme j'ai déjà eu l'honneur de vous le dire, les femmes ne comprennent rien à ces questions-là. Un homme dans ma situation peut toujours obtenir de l'argent pour tenter une nouvelle entreprise.

— Non, vous n'avez pas trouvé quelqu'un d'assez inconscient pour mettre de l'argent là-dedans ?

— Si, et ce n'est pas un secret. Votre ami Mr. Carmyle a commandité quelques-unes de mes futures entreprises.

— Quoi ? »

Jusqu'alors, Sally se tourmentait ; maintenant, elle était atterrée. Elle ne s'attendait pas à cela. Bruce Carmyle s'imposait à elle avec la force d'une marée montante, il n'y avait pas moyen de l'éviter. Où qu'elle se tournât, il apparaissait, et elle n'y pouvait rien, malgré sa rage impuissante. La situation devenait impossible.

Fillmore se méprit en entendant le ton effrayé de sa voix.

« Oh ! tout va à merveille, fit-il pour la rassurer, il est très riche. Il a une fortune personnelle, outre ses gains considérables. Même si les choses tournaient mal... »

Il s'arrêta net. Comment expliquer cela à Sally ? Et, pendant qu'elle s'irritait de cette nouvelle complication qui bouleversait sa vie si bien ordonnée, des éclats de voix arrivèrent du bureau voisin. Le suppléant de Ginger semblait s'évertuer à convaincre quelqu'un. Il disait que le grand patron était occupé, qu'on ne pouvait pas le déranger, etc. D'ailleurs, ses tentatives furent vaines, car la porte s'ouvrit avec fracas devant Miss Winch.

« Fillmore, pauvre vieux, que vous êtes bête ! » dit-elle, car Miss Winch qui rédigeait des télégrammes plutôt obscurs s'expliquait très clairement de vive voix. « Allons, cessez de vous gratter la tête. Écoutez-moi, vous êtes fou ? »

Lors de sa dernière rencontre avec la fiancée de son

frère, Sally avait remarqué le calme imperturbable de la jeune fille. Il semblait que rien ne pouvait l'exaspérer. Le fait de s'être départie de cette sereine placidité parut significatif à Sally. Ce ne pouvait être un fait banal qui révoltait à ce point la calme Gladys.

« Ah, vous voilà ! » s'écria Fillmore. Il s'était dressé avec indignation, tel un lion forcé dans son antre, quand la porte avait cédé, mais il s'était calmé en reconnaissant l'intruse.

— Oui, me voilà ! fit Miss Winch, se laissant tomber avec désespoir sur un fauteuil pivotant, tout en mâchant du chewing-gum pour se remettre. Fillmore, mon chéri, il n'y a pas d'homme plus charmant que vous, je vous aime. Mais si vous vous présentiez en ce moment à Bloomingdale[1], on vous donnerait certainement l'appartement d'honneur.

— Ma chère enfant...

— Qu'en pensez-vous ? demanda Miss Winch en s'adressant à Sally.

— Je lui disais, justement, répondit celle-ci, heureuse de trouver une alliée, qu'il me semblait absurde, au point où en sont les affaires, de monter une revue à grand spectacle.

— Une revue ! » Miss Winch cessa de mâcher son chewing-gum. « Quelle revue ? » Elle leva les bras au ciel. « Il va me falloir avaler ce chewing-gum. On ne peut pas mâcher quand la tête vous tourne. Vous montez donc aussi une revue ? »

Fillmore boutonnait et déboutonnait son gilet, il avait l'air d'être aux abois.

« Certainement, certainement, répliqua-t-il fébrile. D'ailleurs, je voudrais bien que vous me laissiez diriger mon affaire, vous autres jeunes filles.

1. Asile d'aliénés.

— Il déraille, reprit Miss Winch, son adresse est : “Cabanon 1, asile d'aliénés.” Elle fit pivoter de nouveau son siège, pour se tourner vers Sally.

« Écoutez : il faut empêcher cela, créons une association, et mettons ce garçon à la porte. Qu'est-ce qu'il me propose ? Devinez un peu ? Je vous le donne en mille. Mais non, vous ne trouveriez jamais. Ce pauvre égaré s'est mis dans la tête de me produire comme étoile dans une pièce nouvelle. Moi ! Étoile !... »

Fillmore étendit la main en signe de protestation.

« Selon mon propre jugement...

— Oui, trancha Gladys sans prendre garde à cette interruption. Voilà le tour qu'il se prépare à jouer à un public sans méfiance. J'étais assise tranquillement dans ma chambre, en train de déjeuner ; je mangeais des œufs brouillés en lisant le journal, quand la sonnerie du téléphone retentit. Un monsieur attendait en bas ; il désirait me voir. “Priez-le d'attendre”, répondis-je. J'enfile quelques vêtements, je prends l'ascenseur. Le corridor semblait illuminé comme au soleil levant.

— Que voulez-vous dire ?

— Ce monsieur s'ornait d'une chevelure rousse, il fallait le voir pour y croire, expliqua Miss Winch, il éclairait littéralement le corridor ! Le gérant avait coupé l'électricité par économie. Ce rouquin était un Anglais du nom de Kemp. Un assez gentil garçon.

— Ginger est donc à Chicago ? fit observer Sally. Cela m'étonnait de ne pas le voir sur son fauteuil dans le premier bureau.

— J'ai envoyé Kemp à Chicago pour voir la pièce, dit Fillmore. C'est ma méthode, quand je ne puis faire mon inspection moi-même, de me faire représenter.

— A d'autres, ces contes de la mère l'Oye ! trancha Miss Winch, interrompant cet exposé des "méthodes" de Fillmore. M. Kemp a pu être chargé de voir la pièce, mais il est venu à Chicago surtout pour me dire de rappliquer à New York, où je serais reçue en souveraine. Fillmore me réclamait, afin de me présenter ici même, dans ce bureau, les autres acteurs de la troupe. A moi ! Est-ce possible ?

— Vraiment ? fit Sally avec hésitation.

— N'en dites rien, je le sais aussi bien que vous, c'est trop triste.

— Vous persistez à sous-estimer votre talent, Gladys, lui dit Fillmore d'un ton de reproche. J'ai une certaine expérience des choses du théâtre. J'ai vu jouer pas mal d'artistes, et je vous assure que pour la comédie de caractères, vous... »

Miss Winch se leva vivement, elle embrassa Fillmore avec transport et s'en fut se rasseoir. Puis, sortant de son sac une autre tablette de chewing-gum, elle secoua la tête et mit la gomme dans sa bouche.

« Mon chéri, que vous êtes gentil de dire cela. Je suis désolée de vous réveiller quand vous faites de si beaux rêves, mais vraiment, Fillmore, sortez un peu de votre cabanon, et parlons raisonnablement. Je sais exactement quelle idée vous avez mise dans votre tête, pauvre tête égarée ! Vous avez été chercher Elsa Doland, qui jouait un petit bout de rôle, et vous en avez fait une étoile en une seule soirée. Elle part pour Chicago où tous les critiques et le grand public en deviennent fous. Le fait est qu'on ne peut se rendre compte, à moins de l'avoir vue dans ce rôle, de son éclatant succès. Il est vraiment sensationnel. Tout le monde s'accorde à dire qu'elle est sans rivale. Très bien. Que dit alors Fillmore ? Le pauvre garçon se frappe le front et s'écrie : "Parbleu, ce que j'ai fait, je puis le refaire. Un type comme moi fabriquerait une étoile même avec un ver de terre", et il jette son dévolu sur moi !

— Mais, ma chérie...

— Or, il y a une difficulté. Elsa a du génie, et si Fillmore ne l'avait pas lancée, quelqu'un d'autre l'aurait découverte. Mais la petite Gladys ! Voyons !... C'est autre chose. »

Elle s'adressa à Sally :

« Vous m'avez vue à l'œuvre et je faisais de mon mieux. Qu'on me confie un rôle de femme de chambre, avec un plateau à porter au premier acte, deux répliques du genre "oui, madame" au deuxième, et ça me connaît. Ellen Terry et Sarah Bernhardt n'auraient pas su porter un plateau mieux que moi. Je suis prête à le parier, je ne risque pas grand-chose. Ceux qui ne sont pas de mon avis y perdront des tas d'argent. Entre nous, ce que je fais vraiment bien, c'est la cuisine.

— Ma chère Gladys ! s'écria Fillmore, révolté.

— Je suis née cuisinière et je ne crains pas de le proclamer à la face du monde. Je puis faire un poulet à la casserole si succulent qu'on abandonnerait père et mère pour y goûter. Et mes pâtés de porc à l'anglaise donc ! Un de ces jours, quand j'aurai un après-midi libre, je vous en ferai un. Ce sera une surprise. Mais jouer la comédie !... oh non, je ne sais pas. Je ne suis montée sur les planches que pour m'amuser, et ce n'est pas amusant d'être étoile, et de voir tous les critiques vous menacer au premier rang des fauteuils. Et puis, je pense à tout ce que cela coûte à Fillmore. Cet argent devrait rester sur son compte, pour payer un jour notre petite maison, avec une buanderie. Voilà, Fillmore, mon chéri. Il fallait bien vous le dire. »

Sally en fut peinée pour son frère ; il restait là, tout triste, le menton dans la main, regardant droit devant lui, comme Napoléon à l'île d'Elbe. Évidemment, son projet d'élever à toute force Miss Winch jusqu'à l'empyrée théâtral lui tenait à cœur.

« Si c'est votre sentiment, Gladys, dit-il d'une voix brisée, je n'ai rien à ajouter.

— Mais si, parlons un peu de cette fameuse revue. Elle est dans le lac ? »

Fillmore, se levant brusquement, frappa du poing sur son bureau. Il n'en pouvait supporter davantage.

« Mais non, elle n'est pas dans le lac ! Grand Dieu, en voilà assez. Je n'admets pas qu'on intervienne ainsi dans mes affaires. Je ne veux pas être ligoté et contrecarré. Je vois grand, moi ! Oui, je vois grand. Je fais des projets, et quand j'ai formé de vastes desseins, voilà mon bureau envahi par une troupe de jeunes filles, au moment où j'essaie de concentrer mes idées... non, je ne le supporterai pas. Je veux bien des conseils, je n'admets pas qu'on m'en impose. Veuillez vous en souvenir. »

Il sortit en faisant claquer la porte. On l'entendit traverser le premier bureau comme un tourbillon, enfin le bruit de ses pas s'éteignit dans le corridor.

Sally, abasourdie, regarda Miss Winch. Elle n'avait jamais vu son frère aussi exaspéré. Miss Winch reprit son paquet de chewing-gum d'un air pensif.

« Est-il gentil ! J'espère qu'il n'en choisira pas des mous, murmura-t-elle tout en mâchant pensivement.

— Des mous ?

— Oui, il va revenir tout à l'heure avec une boîte de bonbons, sans doute des fondants crémeux, mollasses, pourtant je lui dis toujours que je préfère les caramels durs. Enfin, ce qui est certain, c'est qu'il est emballé pour cette revue, ce sera difficile de le ramener à des idées raisonnables. »

Miss Winch poussa un léger soupir et reprit :

« Je voudrais seulement qu'il reste dans son bas de laine de quoi payer la première année de loyer quand les cloches sonneront pour notre mariage. Évidemment, cela importe peu, je serais tout aussi contente avec un logement de deux pièces et une cuisine, pourvu que Fillmore soit auprès de moi. Vous n'avez pas idée du béguin que j'ai pour lui. J'en suis intoxiquée. Et le plus drôle, c'est que je l'admire, tout en voyant fort bien qu'il a une tête de bois. C'est justement ce que j'aime chez lui. Les hommes stupides font les meilleurs maris. Quand vous vous marierez, Sally, tâchez d'en découvrir un. Frappez-lui le front, et, s'il rend un son mat, n'hésitez pas. Tous les mariages malheureux viennent de ce que les maris ont trop de cervelle. Un homme n'a pas besoin de ça. Cela ne sert qu'à le déséquilibrer. »

Elle s'arrêta court et regarda attentivement Sally.

« Qu'est-ce que vous faites à votre peau ?

— Ma peau ? Mais je la porte partout avec moi.

— Eh bien, fit Miss Winch avec envie, je voudrais réussir à faire ressembler mon satané teint au vôtre.

« Le diable, c'est que j'ai des taches de son ; à huit ans, j'en avais la plus belle collection des États du Centre, et depuis j'en ai beaucoup ajouté. On dit que le jus de citron les efface. Les miennes absorbent le citron et en redemandent. Il n'y a qu'un moyen de s'en débarrasser, c'est de se faire guillotiner.

— Mais pourquoi vouloir vous en débarrasser ?

— Pourquoi ? Parce qu'une femme éprise, qui espère conserver l'affection de son mari, ne tient pas à avoir l'air d'un vieux tableau.

— Quelle absurdité ! Fillmore adore les taches de son.

— Il vous l'a dit ? demanda vivement Miss Winch.

— Il ne me l'a pas dit positivement, mais cela se voit dans ses yeux.

— Enfin, quand il m'a demandé de l'épouser, il les avait bien vues, je dois en convenir. Et de plus, je crois que la beauté féminine ne signifie pas grand-chose aux yeux de Fillmore, autrement il ne m'aurait pas choisie. Cependant, cela vous donne un choc, vous l'admettrez, quand on lit une annonce de crème pour le visage, ainsi conçue : *Votre mari vous montre une certaine froideur. Peut-on l'en blâmer ? Avez-vous essayé de vous débarrasser de ces taches disgracieuses ?* Comme les miennes... Pourtant, je n'ai pas constaté que Fillmore me marquât de la froideur, c'est donc que cela n'a pas d'importance. »

III

Quand, à son retour de Chicago, quelques jours plus tard, Ginger se présenta chez Sally, il la trouva résignée. Il lui semblait, en songeant à la scène de la veille, que les choses allaient de mal en pis. Cette revue absurde, qu'elle regardait auparavant comme un accès de folie isolé, semblait être un spécimen des folles entreprises méditées par son frère.

Fillmore, elle n'en doutait plus, allait appliquer ses conceptions grandioses sur une vaste échelle et elle ne pouvait l'en dissuader. Quelle humiliation ! Depuis tant d'années, elle s'était habituée à dominer son frère et cette révolte contre son autorité la laissait impuissante et désarmée. Elle ne se sentait plus sûre d'elle-même.

Et Bruce Carmyle commanditait Fillmore ! Elle ne pouvait s'empêcher de penser que, s'il perdait son argent (ce « si » montrait beaucoup d'optimisme), elle aurait des obligations envers lui comme si elle était cause de ce désastre financier. Or rien ne lui serait plus odieux que d'avoir des obligations envers Mr. Carmyle.

Ginger déclara qu'il ne faisait que passer afin de jeter un coup d'œil sur les meubles au cas où Sally désirerait les changer de place. Elle lui assura qu'elle les trouvait bien placés comme cela et que des questions plus importantes la préoccupaient. Après quoi elle fit asseoir Ginger dans le fauteuil et commença de lui confier ses peines. Quel soulagement de lui parler ! Dans ce monde qui retournait au chaos après une brève période de paix, elle le trouvait ferme et optimiste.

« A votre place, je ne me tourmenterais pas », fit observer Ginger, aussi calme que Miss Winch, quand Sally lui eut décrit l'attitude de son frère et les coûteuses revues qu'il rêvait de monter.

Sally faillit le secouer.

« C'est très bien de dire : "Ne vous inquiétez pas." Mais comment puis-je faire autrement ? Fillmore est un enfant, il a complètement perdu la tête et il fait des sottises. Je ne puis l'en empêcher, c'est terrible. Autrefois je n'avais qu'à le regarder et il devenait comme un chien obéissant, mais il semble que j'aie perdu toute influence sur lui. Il rugit comme un fauve qui tournerait autour de moi, la gueule enflammée. »

Ginger essaya encore de montrer le bon côté de la situation.

« Vous exagérez les choses. Il est probable qu'il a trouvé quelque type bien argenté qui lui a ouvert son portefeuille Ces choses-là arrivent. On lit dans les journaux qu'untel, directeur de théâtre, a monté une pièce, quand le type qui fournit les billets de mille reste anonyme dans la coulisse.

— C'est ce qui s'est produit, en effet, mais voilà qui est pire : C'est votre cousin, Mr. Carmyle, qui fournit les fonds. »

Cela parut intéresser Ginger qui se redressa brusquement :

« Oh là là ! s'exclama-t-il.

— Oui », dit Sally toujours agitée, mais contente tout de même de le voir quitter son air détaché.

Ginger fronçait le sourcil.

« C'est un peu fort !

— C'est assez mon sentiment.

— Je n'aime pas beaucoup ça.

— Moi non plus.

— Voulez-vous mon avis ? » dit Ginger, qui allait toujours droit au but et plongeait délibérément au milieu des sujets les plus délicats.

« Cet animal-là est amoureux de vous. »

Sally rougit en entendant ces mots. Certes, elle était arrivée à la même conclusion dans le mystère de sa pensée, mais c'était gênant de l'entendre exprimer si clairement.

« Je connais Bruce, continua Ginger, et, croyez-moi, ce n'est pas lui qui se dérangera jamais sans motif sérieux. Évidemment, il a un tas d'argent. Son vieux papa était le fameux Carmyle de la firme Carmyle, Brent et Cie — mines de charbon au pays de Galles, etc. — et je suppose qu'il a laissé près d'un demi-million[1] à Bruce. Il n'aurait pas du tout besoin de travailler. Mais surtout, cette sorte de travail n'est

1. De livres sterling.

pas son genre. Il n'a jamais fait cela, car il n'aime pas les risques. Il a ameuté toute "la famille" contre moi une fois, parce qu'on avait appris que j'avais placé une ou deux livres sur un cheval au Grand National. S'il s'est résigné à mettre de l'argent dans une affaire aussi risquée qu'une revue, ça veut dire quelque chose, je vous en donne ma parole. Et je ne vois pas ce que cela pourrait signifier, sauf... enfin, je vous le dis, est-ce probable qu'il risque cela simplement pour se faire bien voir de votre frère et devenir son copain ?

— Non, certainement, accorda Sally, mais n'en parlons plus. Racontez-moi votre voyage à Chicago.

— Volontiers, mais pour en revenir à notre bonhomme, je ne vois pas en quoi il peut vous gêner. Vous êtes fiancée à un autre, et quand Bruce Carmyle se présentera pour vous dire : "Consentez-vous ?" vous lui direz simplement que la place est prise et qu'il veuille bien disparaître. Vous lui tendrez son chapeau et il prendra la porte. »

Sally eut un rire énervé.

« Vous trouvez cela simple, vous ? Vous vous imaginez peut-être que les jeunes filles prennent plaisir à ce genre de sport. A quoi sert-il d'en parler ? C'est très pénible et tout ce que nous dirons n'y changera rien. Parlons d'autre chose. Aimez-vous Chicago ?

— Assez, la ville est plutôt malpropre.

— C'est ce qu'on m'a dit. Mais cela vous est égal, à vous qui êtes Londonien.

— Oh, cela ne me fait rien. J'ai passé mon temps assez agréablement. J'ai vu une ou deux pièces, à l'œil, naturellement, en qualité de représentant de votre frère, ce qui m'allait fort bien. Par parenthèse, c'est curieux comme on rencontre des gens quand on voyage.

— Vous parlez comme si vous aviez trotté par les

rues en fermant les yeux. Avez-vous rencontré quelqu'un de connaissance ?

— Un type que je n'avais pas revu depuis des années. Nous étions camarades d'école. Un garçon du nom de Foster. Mais je suppose que vous le connaissez au moins de nom. Il a écrit la pièce de votre frère. »

Le cœur de Sally se mit à battre.

« Ah ! vous avez rencontré Gerald Foster ?

— Je me suis trouvé nez à nez avec lui un soir au théâtre.

— Vraiment, vous étiez dans le même collège ?

— Oui, nous faisions partie de l'équipe de rugby pendant ma dernière année d'études. »

Ginger, qui allumait une cigarette avec la plus grande insouciance, se mit à développer sa thèse :

« C'est curieux, au collège, quand un type est bon joueur de rugby ou de cricket, il est presque toujours populaire. Mais ce Foster, je ne sais pourquoi, n'était pas très goûté. Il avait bien quelques amis personnels, mais la plupart des élèves lui battaient froid, peut-être parce qu'il se montrait hautain et cassant. Pour moi, je l'évitais, parce que je ne le trouvais pas franc. On ne s'en apercevait pas tout d'abord, mais nous étions logés dans la même maison et... »

Sally parvint à raffermir sa voix qui tremblait un peu.

« Il faut que je vous dise (et son accent seul aurait révélé son trouble à Ginger s'il eût été moins occupé), Mr. Foster est pour moi un véritable ami. »

Mais Ginger s'appliquait à allumer sa cigarette (délicate opération car la brise soufflait à travers la fenêtre ouverte). La tête penchée, il cachait à demi son visage dans ses mains

« Si vous m'en croyez, grommela-t-il, vous le laisserez tomber : on ne peut pas compter sur lui. »

Il parlait d'un ton traînant, l'air distrait, et Sally ne put se contenir davantage. L'indignation la faisait trembler.

« Peut-être cela vous intéressera-t-il d'apprendre, fit-elle, jetant les mots comme des balles à travers ses dents, que Gerald Foster est mon fiancé. »

Le visage de Ginger émergea lentement de la coupe formée par ses mains croisées. Ses yeux exprimèrent une stupeur mêlée d'horreur. La cigarette restait collée à ses lèvres. Il ne dit rien, tout d'abord, se contentant de regarder Sally d'un air atterré. Enfin, l'allumette lui brûla les doigts et, sursautant, il la jeta. La douleur parut le réveiller, ses paupières battirent.

« Vous plaisantez, dit-il à voix basse, d'un air soucieux. Ce n'est pas vrai ! »

Sally, irritée, repoussa sa chaise du pied. Elle vit dans ces paroles un blâme insolent... Comment, il osait la critiquer ?...

« C'est absolument vrai.

— Mais... » Le visage enjoué de Ginger exprima la souffrance et presque le désespoir. Il hésita, puis, comme s'il faisait appel à tout son courage pour accepter une épreuve cruelle, mais inévitable, il continua d'une voix rauque ; ses yeux d'abord fixés sur les yeux de Sally s'abaissèrent sur l'allumette tombée sur le tapis, elle rougeoyait encore et, machinalement, il l'éteignit du bout du pied.

« Foster est marié, dit-il d'un ton bref. Il s'est marié la veille du jour où j'ai quitté Chicago. »

IV

Ginger eut l'impression que le silence s'étendait dans la chambre comme un être vivant, les bruits de la rue s'éteignirent, un charme parut les séparer, Sally et lui, du monde extérieur. Seule, la petite pendule placée sur la cheminée faisait un tic-tac, tic-tac, semblable aux battements précipités d'un cœur.

Ginger regardait droit devant lui. Une étrange rigidité le pénétrait. Il se sentait incapable de faire un mouvement comme lorsqu'on est sous l'influence d'un narcotique. Tous les trésors de l'Amérique n'auraient pu le décider à lever les yeux sur le visage de Sally. Il voyait ses mains crispées sur les bras du fauteuil, leurs jointures avaient pâli.

Il se reprochait sa maladresse. Avec quelle brutalité il avait lâché cette nouvelle ! Et pourtant, chose curieuse, il éprouvait au milieu de ses remords une espèce d'orgueil. Jamais il ne s'était senti si proche d'elle. Il semblait qu'une barrière se fût abaissée entre eux.

Quelque chose remua... les mains de Sally se détendaient lentement. Ses doigts desserrèrent leur étreinte, se crispèrent de nouveau, puis, comme à regret, s'ouvrirent encore. La circulation se rétablit.

« Votre cigarette est éteinte », dit-elle.

Ginger tressaillit. Cette voix, rompant brusquement le silence, l'avait comme souffleté.

« Oh, merci ! »

Il s'obligea à gratter une autre allumette. Elle craqua bruyamment au milieu du calme ambiant. Quand il l'eut soufflée, le silence retomba.

Il fumait machinalement. Pendant une seconde, il aperçut le visage de Sally, ses joues pâles, ses yeux brillants, son menton dressé d'un air de défi.

Son humeur changea. Toutes ses émotions firent place à une rage froide, futile et impuissante dirigée contre un homme éloigné de mille six cents kilomètres.

Sally reprit la parole. Sa voix faible semblait distante et étrangement grave.

« Il est marié ? »

Ginger jeta sa cigarette par la fenêtre et fit un signe affirmatif.

« Qui a-t-il épousé ? »

Ginger toussa. Quelque chose lui obstruait la gorge et gênait sa parole.

« Une personne du nom de Doland.

— Oh, Elsa Doland ?

— Oui.

— Elsa Doland ! » Sally tambourina du bout des doigts sur les bras du fauteuil. « Oh, Elsa Doland. »

Le silence se rétablit, la petite pendule continua son bruyant tic-tac. En bas, dans la rue, les autos klaxonnaient. Dans le lointain, le roulement d'un train se faisait entendre. Ces bruits familiers frappaient l'oreille de Sally comme si elle les percevait pour la première fois. Il semblait qu'on l'eût emportée dans un autre monde où tout était nouveau, bizarre et horrible, *tout*, excepté Ginger, dont la présence familière lui donnait du courage.

Elle se rendit compte tout à coup que son ami se comportait très bien. Elle observait cette scène d'un point de vue objectif, froidement critique, et il lui parut évident qu'au milieu de ce bouleversement Ginger montrait un tact parfait. Il ne prononçait pas des paroles de banale sympathie et même il évitait de la regarder. Or elle sentait qu'en ce moment la sympathie eût été une torture et qu'elle n'eût pas pu supporter un regard !

Cet esprit curieux et détaché qu'elle venait d'acquérir lui permit d'examiner Ginger avec impartialité. Il était étonnant et la gratitude gonfla son cœur.

Il restait là, sans parler, sans bouger, comme s'il savait que la seule chose qui pût la retenir dans ce monde d'épouvante était la vue de sa chère tête aux cheveux de flamme. Elle sentait, en le regardant, qu'il lui restait un appui, que tout ne l'abandonnait pas.

Ginger ne fit pas un mouvement. L'obscurité envahissait la pièce et la lueur d'un réverbère brilla tout à coup à travers la fenêtre.

Sally se leva brusquement. Peu à peu le nuage étouffant qui l'accablait se dissipa. Elle se sentait revivre. L'heure sinistre passée, elle reprenait contact avec le monde des vivants. Une douleur cruelle, déchirante, la torturait presque au-delà de ses forces, mais elle sentait confusément qu'elle venait de traverser une épreuve pire que la douleur même. Grâce à la présence de Ginger, elle en avait triomphé.

« Allez dîner, Ginger, dit-elle, vous devez mourir de faim. »

Ginger parut s'éveiller comme l'un des courtisans de la Belle au bois dormant. Il se leva et secoua ses membres engourdis.

« Oh non, dit-il, je n'ai pas faim du tout. »

Sally alluma l'électricité, ce qui le fit cligner des yeux. Maintenant, elle pouvait supporter qu'on la regardât.

« Allez donc dîner, reprit-elle, et faites bonne chère, vous l'avez bien gagné. » Sa voix trembla pendant une seconde. Elle tendit la main à son compagnon.

« Vous êtes un vrai ami, Ginger », dit-elle.

Quand il fut parti, elle s'assit et se mit à pleurer

mais, au bout d'un instant, elle s'essuya les yeux d'un air énergique.

« Là, Miss Nicholas, se dit-elle. Vous n'auriez pu faire cela il y a une heure. Je vais vous cuire un œuf à la coque pour votre dîner, nous verrons si cela vous convient. »

CHAPITRE X

SALLY FAIT UNE FUGUE

Si on avait demandé à Ginger Kemp d'énumérer ses bonnes qualités, il n'en aurait pas fait une très longue liste. Il se serait d'abord déclaré plein de bonnes intentions, mais ensuite il aurait mordillé son crayon en se livrant à de profondes méditations, et, s'il avait ajouté une ou deux vertus à son catalogue, le tact et la délicatesse n'y auraient pas figuré.

Et, cependant, le fait de ne pas revoir Sally pendant les jours qui suivirent montrait de sa part beaucoup de délicatesse. Il lui était pénible de se priver de la voir, mais il fit ce sacrifice. Agissant d'après ses propres idées, il pensait que, dans les moments d'angoisse, celui qui souffre aspire à la solitude. Naguère, il avait eu, lui aussi, ses heures d'épreuve et, dans ces cas-là, il demandait surtout qu'il lui fût permis de réfléchir dans la solitude, de livrer seul ce combat personnel.

Cependant, le samedi suivant, il songea qu'il était temps d'agir, ce jour de congé servirait à renouer des liens détachés. Il ne devait pas aller au bureau, et, de plus, il venait de toucher sa semaine. Il est vrai que Mrs. Meecher y avait opéré un prélèvement, mais il lui en restait assez pour offrir à Sally des consolations d'un genre princier. L'idée lui vint de louer une auto et d'emmener la jeune fille déjeuner dans une élégante auberge sur la route de Boston. Plus il examinait ce plan, plus il le trouvait séduisant.

Il faisait un temps splendide et cela le décida tout à fait. Dernièrement, Ginger avait beaucoup joui de cet été prolongé qui règne en Amérique et qu'on a qualifié là-bas d'été indien. Comme il se tenait sur le toit en terrasse de la pension Meecher le dimanche matin sous un soleil merveilleux, il lui parut qu'il ne pouvait mieux employer une si belle journée qu'à emmener Sally faire une excursion en auto décapotable.

La maison Meecher, gratte-ciel élevé, dans l'une des rues transversales du bas de l'avenue, offrait du haut de sa terrasse une vue étendue à travers la forêt de linge pendu sur des cordes au-dessus des maisons voisines. A gauche s'étendait Washington square, plein d'Italiens somnolents et d'enfants qui s'exerçaient au patinage à roulettes; à droite s'offrait un spectacle qui intriguait toujours Ginger : les hautes cheminées d'un paquebot Cunard descendaient lentement le fleuve dépassant le faîte des maisons, comme si le navire suivait la Neuvième Avenue.

Ce jour-là, on distinguait quatre cheminées, ce qui lui fit reconnaître le *Mauretania*. Comme ce steamer l'avait amené d'Angleterre, Ginger lui gardait une certaine tendresse. Il suivait des yeux sa course majestueuse, jusqu'au moment où les gratte-ciel le lui cachèrent; alors il traversa les files de linge étendu, et gagna sa chambre pour y prendre son chapeau. Un quart d'heure après, il pénétrait dans le vestibule de la maison de Sally, où il put contempler, avec un dégoût mal déguisé, le dos vêtu de serge de son cousin Carmyle qui questionnait le domestique en salopette.

Un prospecteur qui rencontrerait inopinément un serpent à sonnette en traversant le désert mongol n'éprouverait pas un changement d'humeur plus radical que Ginger à ce spectacle odieux. Même dans leur Piccadilly national, il lui était désagréable de se heurter à Mr. Carmyle ; quant à le rencontrer ici, cela lui donnait la nausée ! Une seule raison pouvait amener Bruce à cet endroit. Évidemment, il venait voir Sally. Le cœur de Ginger se serra quand il songea à l'étincelante et coûteuse voiture qui attendait devant la porte. Il n'était pas le seul, hélas ! à avoir eu l'idée d'emmener Sally faire une promenade par cette splendide journée.

Il restait planté là. Quand Mr. Carmyle fit demi-tour, son visage sombre et contracté disait assez que les réponses du concierge ne lui plaisaient guère. La vue de son cousin n'eut pas le don de le rasséréner.

« Ah ! vous voilà ! dit-il.

— C'est vous ! » répondit Ginger.

Un silence pénible succéda à ces gracieuses paroles.

« Êtes-vous venu pour voir Miss Nicholas ?

— Oui, en effet.

— Elle n'est pas chez elle », dit Mr. Carmyle. Le fait d'annoncer cette mauvaise nouvelle à quelqu'un parut le réjouir.

« Pas chez elle ?

— Mais non, apparemment. » La moue de Bruce Carmyle exprima le mépris que ressent toujours un homme sensé devant l'absurdité d'un autre. « Apparemment, car, pour quelque raison inexplicable, elle s'est mis dans la tête de partir précipitamment pour l'Angleterre. »

Ginger chancela, accablé par ce coup inattendu. Il suivit son cousin comme dans un rêve. Bruce s'adressa au chauffeur de la luxueuse automobile :

« Je n'aurai pas besoin de la voiture. Vous pouvez la reconduire au garage. »

Le chauffeur, assez grognon, ouvrit l'œil à demi et cracha par terre. C'est ainsi que Rockefeller devait cracher au moment de résoudre quelque délicate opération financière.

« Il faudra payer quand même, fit-il observer, en ouvrant l'autre œil pour donner plus d'importance à ses paroles.

— Je paierai, bien entendu, jeta Mr. Carmyle avec irritation ; combien est-ce ? »

L'argent changea de main et l'auto s'éloigna.

« Elle est partie pour l'Angleterre ? dit Ginger tout étourdi.

— Oui, pour l'Angleterre.

— Mais pourquoi ?

— Comment diable puis-je le savoir ? » Bruce Carmyle eût été excédé par son meilleur ami à ce moment-là. Ginger l'irritait physiquement avec son air ahuri. « Je sais juste ce que le domestique vient de me dire : elle a embarqué ce matin sur le *Mauretania*. »

L'ironie tragique de ce fait frappa Ginger. Et dire qu'il avait suivi du haut de la terrasse la course du paquebot descendant le fleuve !

Il adressa un signe de tête indifférent à Mr. Carmyle et s'éloigna. Il n'avait plus rien à lui dire. Le soleil ne le réchauffait plus et la vie lui semblait dénuée de tout intérêt. Il se sentait morose, désaxé.

Même l'idée que son cousin, si économe d'habitude, avait payé la location d'une auto pour toute une journée sans pouvoir en profiter ne lui apportait aucun soulagement. Il rôdait sans but par les rues. Le parc l'ennuyait, les rues l'assommaient, toute la ville l'excédait. Une ville sans Miss Nicholas était une sombre et triste cité et toute la lumière du soleil n'y pouvait rien changer.

La nuit vint enfin et Ginger reçut une lettre. Ce fut la première chose agréable qui lui arriva en cette journée maussade et fastidieuse. L'enveloppe portait l'en-tête du noble navire *Mauretania*. Il s'en empara brusquement dans la case réservée à la correspondance et l'emporta dans sa chambre.

En général, les chambres de la pension Meecher n'offraient rien de luxueux. Mrs. Meecher ne faisait pas concurrence aux décorateurs élégants. Elle pensait que d'ajouter un fauteuil Morris aux meubles indispensables d'une chambre c'était aller aussi loin que possible dans la voie du luxe, surtout pour des pensionnaires à trente-sept francs par jour. D'ordinaire, l'austérité de son mobilier glaçait Ginger quand il allait se coucher. Ce soir-là — tant il est vrai qu'une lettre émanant d'une personne chère a quelque chose de magique — il se sentait presque gai. Il y a des moments où même des textes bibliques placés au-dessus du lavabo ne peuvent nous assombrir.

Ginger mettait très peu de hâte et beaucoup de cérémonie à se préparer à lire sa correspondance. Il agissait un peu comme les écoliers en présence d'une glace à la vanille, qui jubilent avant d'y goûter pour faire durer le plaisir. Son premier mouvement fut de fouiller dans sa poche de veston et d'en tirer cette photographie de Sally qu'il avait traîtreusement dérobée. Il la regarda longuement, avec le plus grand sérieux, puis il la posa sur la toilette à portée de sa main.

Ensuite, il retira son veston, son faux col et ses souliers, bourra sa pipe et l'alluma, puis il plaça sa blague à tabac et des allumettes sur le bras du fauteuil Morris qu'il tira vers le lit afin de pouvoir y poser ses pieds.

S'étant ainsi mis à l'aise, il ralluma sa pipe et prit la lettre. Il regarda le cachet et l'écriture de l'adresse, ainsi que le timbre de la poste. Il soupesa la lettre : elle était volumineuse.

Il reprit la photographie sur la toilette et la contempla de nouveau. Puis il ralluma sa pipe, se carra dans les profondeurs du fauteuil et ouvrit l'enveloppe :

« Mon cher Ginger »

Ayant lu ces mots, il trouva urgent de reprendre la photographie et de l'étudier avec une nouvelle application. Il la contempla pendant de longues minutes, et, l'ayant posée, il ralluma sa pipe et continua sa lecture.

« Mon cher Ginger,

« Je crains que cette lettre ne vous cause une surprise désagréable. Je me sens très coupable. Je m'évade sans même vous dire adieu. C'est de la faiblesse, je le sais ; je suis lâche, mais je ne puis m'en empêcher. J'ai essayé de supporter cela pendant un jour ou deux, et j'ai vu que je n'y parviendrais pas. (Merci de m'avoir laissée seule, de n'être pas venu me voir.) Vous seul étiez capable de faire cela, mais aussi jamais personne ne m'a comprise comme vous. »

Arrivé là, Ginger se sentit forcé de regarder de nouveau le portrait. La lettre continuait ainsi :

« A New York, tout me rappelait mon chagrin. C'est là l'inconvénient d'être heureuse dans une ville. Quand les choses se gâtent, on se trouve entourée de fantômes. Je ne pouvais supporter cela. J'ai essayé, je n'ai pas pu. Je m'en vais pour me guérir, si c'est possible. Mr. Faucitt est en Angleterre, et, quand je suis passée chez Mrs. Meecher pour prendre ma correspondance, j'ai trouvé une lettre de lui. Vous savez que son frère est mort et qu'il a hérité. De quoi, croyez-vous? D'une élégante maison de couture dans Regent's Street. Son frère dirigeait la maison Laurette et Cie. Je suppose qu'il revendra le commerce dans quelque temps, mais, pour le moment, le vieux bonhomme est abasourdi et ne se rend pas compte de ce qui lui arrive. Dans sa lettre, il me répétait sans cesse combien il regrettait que je ne fusse pas là pour l'aider. Cela m'a tentée, et j'ai sauté dans le bateau. N'importe quoi pour échapper aux idées noires qui m'obsèdent, et faire quelque chose. Je crains de ne pas me sentir beaucoup mieux en Angleterre, mais, au moins, je ne rencontrerai pas des souvenirs à chaque coin de rue. Ne soyez jamais heureux nulle part, Ginger, on y risque beaucoup trop.

« Il y avait aussi une lettre d'Elsa Doland débordante d'affection. Nous avons toujours été très bonnes amies. Naturellement, elle ignorait mes fiançailles avec Gerald. J'ai prêté à Fillmore la somme nécessaire pour commanditer la pièce de Foster. Ce fut, pour Elsa, le premier sourire de la Fortune, aussi m'a-t-elle voué une grande reconnaissance. Elle dit que, si elle a jamais l'occasion de me rendre service... Que les choses sont donc embrouillées ici-bas !

« Il y avait également une lettre de Gerald. Je m'y attendais sans doute, mais... qu'auriez-vous fait à ma place, Ginger ? L'auriez-vous lue ? Je restai à regarder l'enveloppe, pendant une heure je crois, et puis... à quoi bon la lire ? Je devinais exactement ce qu'il m'écrivait, cela m'aurait fait plus de mal de le savoir, voilà tout. C'était fini, à quoi bon des explications qui ne servent à rien ?... Je l'ai brûlée, Ginger, j'ai brûlé la dernière lettre que j'ai reçue de lui. J'en ai fait un brasier dans la salle de bains. Elle s'est consumée, elle a noirci, a jeté quelques flammes, de temps en temps je la rallumais, enfin ce ne fut plus qu'un tas de cendres noires, une tache sur le carrelage, du gâchis, c'est tout !

« Ginger, brûlez aussi cette lettre. Je verse tout ce poison dans votre cœur, espérant que cela me soulagera. Vous voulez bien, dites ? Oh ! je sais bien que oui. Si jamais quelqu'un s'est montré mon ami, un ami véritable...

« Quelle terrible chose que la séduction, Ginger, on est fasciné et l'on reste sans défense. On est tellement sensé, si raisonnable, quand il s'agit des affaires sentimentales des autres ! Quand je travaillais dans ce dancing, dont je vous ai parlé, j'ai connu une jeune fille qui s'est éprise d'un odieux individu. Il avait une bouche abjecte, des cheveux noirs laqués rejetés en arrière, personne ne se trompait sur la qualité du monsieur. Mais cette jeune fille ne voulut rien écouter. Je la raisonnai pendant des heures. Je souris maintenant quand je songe au bon sens et à la froide raison qui me dictaient toutes ces paroles. Mais elle ne m'écoutait pas. Quelque raison mystérieuse l'attirait vers cet homme et elle l'épousa puisqu'il fallait qu'elle suivît sa malheureuse destinée.

« Si l'on pouvait diriger sa vie comme on dirige celle des autres... Si toute cette malheureuse histoire était arrivée à une autre, comme je lui aurais prouvé que cela valait mieux ainsi, qu'un homme, s'il se conduit comme Gerald, ne vaut pas un regret. Mais voilà, quoi qu'il fasse, Gerald est toujours Gerald et Sally est toujours Sally, et quand je raisonnerais jusqu'à demain, je ne puis sortir de là. Tout ce que je puis faire, c'est de crier ma peine à mon ami aux cheveux roux. Je sais cependant qu'une jeune fille courageuse aurait la dignité de garder ses chagrins pour soi-même, et serait trop orgueilleuse pour laisser voir qu'elle souffre.

« Orgueilleuse ! Voilà le mal, Ginger, mon orgueil a été réduit en miettes, brisé en autant de morceaux que la canne de Mr. Scrymgeour entre vos mains. Quelles pitoyables créatures nous sommes, nous autres jeunes filles ! Car je suppose que beaucoup de jeunes filles me ressemblent. Si Gerald était mort, et que je l'eusse perdu ainsi, je ne sentirais pas ce que je ressens maintenant. J'aurais le cœur brisé, mais ce ne serait pas la même chose. C'est mon orgueil qui souffre. Je fus toujours une petite créature tyrannique, sûre d'elle-même, dressée sur ses ergots comme un jeune coq, et maintenant je le paie ! Oh ! oui, Ginger, je le paie. Je me demande si ce voyage va me faire du bien. Peut-être, si Mr. Faucitt peut me donner beaucoup de travail.

« Je sais parfaitement comment tout cela est arrivé. Elsa est jolie et séduisante, mais surtout, elle a du succès, or le succès, c'est le côté faible de Gerald. Il adore le succès. Elsa va suivre une carrière triomphale et elle peut aider Gerald à triompher aussi. Il écrira les pièces qu'elle interprétera en artiste. Que pouvais-je offrir d'équivalent, moi ? Je sais quelle bassesse, quel méprisable esprit je montre en disant cela, Ginger. Je devrais être au-dessus de ces choses, n'est-ce pas, et parler comme pour un concours d'éloquence... mais je n'ai plus de fierté !

« Là, je me suis confessée, et, vraiment, je me sens un peu mieux. Ça ne durera pas, naturellement, mais une minute c'est déjà quelque chose, Ginger, mon cher, je ne vous reverrai pas avant longtemps, si toutefois nous nous revoyons jamais. Rappelez-vous, cependant, que je pense beaucoup à vous. Je me sens responsable à votre égard. Vous êtes mon bébé. Vous avez un emploi, maintenant, il faut vous y tenir. Je vous en prie, Ginger, ne sabotez pas votre travail, faites cela pour moi. Adieu. Je n'ai pas retrouvé cette photographie que nous avons cherchée un jour chez moi, sans quoi je vous l'aurais envoyée. Alors, vous l'auriez placée sur votre cheminée, et quand le désir vous serait venu de saboter quelque chose, je vous aurais adressé un regard sévère pour vous retenir.

« Adieu, Ginger, il faut que je m'arrête, on emporte le courrier.

« Je reste votre camarade partout où je suis.

« SALLY. »

Ginger posa la lettre et poussa une exclamation étouffée, un soupir ou un juron, qu'en savons-nous ?

Il se demanda s'il ne ferait pas bien de se rendre à Chicago pour casser la tête à Gerald Foster. Mais il abandonna ce projet comme impraticable. Et, ne voyant pas ce qu'il pourrait bien faire, il ralluma sa pipe et se mit à relire la lettre de Sally.

CHAPITRE XI

QUELQUES LETTRES ADRESSÉES À GINGER

Laurette et Cie, Regent's Street,
Londres (ouest), Angleterre.

Le 21 janvier

« Mon cher Ginger,

« Je me sens mieux. Comme je vous ai écrit pour la dernière fois il y a trois mois, vous pensez sans doute que je serais une triste créature, sans force morale, si je n'allais pas mieux. En trois mois on devrait surmonter n'importe quel souci à mon avis. Par malheur, je n'y ai pas entièrement réussi, mais, du moins, suis-je parvenue à mettre mes soucis de côté, je ne les traîne plus constamment après moi pour les admirer. C'est déjà quelque chose, convenez-en.

« Je devrais vous dire mes impressions sur Londres, mais je suis tellement habituée à cette capitale qu'elles n'ont plus de fraîcheur à présent. Il me semble que je suis ici depuis des années.

« Vous voyez par l'adresse ci-dessus que Mr. Faucitt n'a pas encore vendu son héritage. Il compte le faire bientôt, me dit-il. Il déjeune souvent avec un homme opulent, au regard aigu, qui porte des favoris ; d'importantes transactions se préparent donc. Cher vieil ami, il a hâte de se retirer à la campagne, pour y élever des canards et autres animaux.

« Je suis assez occupée chez Laurette et Cie, Dieu merci. Je ne suis pas forte en français — vous souvenez-vous de Jules ? — et j'ai cru d'abord que Cie était le nom d'un second associé. Je me réjouissais de faire sa connaissance. ("Miss Nicholas, dirait Mr. Faucitt, je vous présente mon jeune associé, Mr. Cie, il vous admire beaucoup.") Je remplis ici le même poste que vous à la société théâtrale Fillmore Nicholas. C'est-à-dire que je suis aussi un "bras droit", mais féminin cette fois. Je vais et je viens, j'accueille les clientes à leur arrivée en leur disant : "Quelle belle journée, Madame !" (ce qui est, en général, un mensonge flagrant) ensuite, je les envoie aux vendeuses qui se chargent du travail sérieux. Je remplirais volontiers cet emploi pendant quelques années, mais Mr. Faucitt est décidé à vendre. Je ne sais si vous êtes comme cela, mais presque tous les Anglais que je rencontre ont l'ambition de posséder une maison de campagne dans le Hampshire ou le Wiltshire. Leur seule idée, semble-t-il, est de gagner de l'argent pour racheter la "vieille maison" qu'on avait vendue au premier acte, pour régler les dettes de jeu du fils aîné.

« Mr. Faucitt, au temps de son enfance, vivait dans un petit village du comté de Gloucester, près d'un endroit appelé Cirencester, dont vous ignorez l'existence, je parie. Après l'avoir oublié pendant près de quarante ans, il a été pris du désir d'y finir ses jours, entouré de porcs et de poulets. Il m'a emmenée l'autre jour pour me montrer le domaine. O Ginger ! Cette campagne anglaise ! pourquoi habitez-vous la ville ? Je n'y comprends rien. De vieilles, très vieilles maisons de pierre grise, avec des meules de paille jaune, de ravissantes avenues, un peu boueuses, aux beaux arbres vigoureux, et des collines bleues dans le lointain. Quelle paix dans tout cela ! Si jamais je vends mon âme, j'insisterai pour que le diable me laisse vivre quarante ans dans la campagne anglaise, en échange.

« En suivant Piccadilly l'autre jour, sur l'impériale d'un omnibus, j'ai aperçu un passant dont la silhouette m'a semblé familière : Mr. Carmyle. Il est donc de retour en Angleterre ? Il ne m'a pas vue, heureusement. Je ne tiens pas en ce moment à rencontrer quiconque me rappelle New York.

« Merci de m'avoir donné des nouvelles, mais, je vous en prie, ne m'en envoyez plus. Je vous demande de me laisser vous écrire, Ginger, parce que cela me soulage, mais ne me répondez pas, voulez-vous ? Je suis sûre que vous le comprenez.

« Alors, Fillmore et Gladys Winch sont mariés ? D'après ce que j'ai pu juger, c'est une heureuse chance pour mon frère. Gladys est parfaite. Je vais écrire à Fillmore.

« SALLY. »

Laurette et Cie, Londres.

Le 12 mars.

« Cher Ginger,

« J'ai vu dans un journal hebdomadaire que *Le Chemin des Primevères* a été joué à New York avec beaucoup de succès. J'en suis ravie, mais les journaux ont tort de publier de telles louanges, cela trouble l'esprit des intéressés.

« Le lendemain, j'ai fait une chose bizarre, comme on est porté à en faire quand on se sent seule et loin de tous les siens. Je me suis présentée à votre club, où j'ai demandé à vous voir. Un vieux très bien, en livrée, assis au bureau, m'a répondu d'un air paternel que vous ne veniez plus au club depuis quelque temps et qu'à son avis vous n'étiez pas à Londres. Mais que je veuille bien m'asseoir pendant qu'il s'informerait. Il appela alors un petit chasseur, en livrée également, et l'enfant s'éloigna en chantonnant sur un ton aigu : "Monsieur Kemp ! Monsieur Kemp !" Cela me faisait un drôle d'effet d'entendre votre nom résonner au fond du corridor. J'étais honteuse de leur donner tant de mal. Quand le petit garçon revint, je lui glissai quatre sous dans la main, ce qui doit être contraire aux usages, mais cela parut lui faire plaisir.

« Mr. Faucitt a vendu sa maison de commerce, et s'est retiré à la campagne, aussi je me sens un peu déroutée... »

Monk's Crofton,
Much Middleford, Shropshire,
Angleterre.

Le 18 avril.

« Cher Ginger,

« A quoi bon ? A quoi bon vraiment ? Je fais tout ce que je peux pour m'évader de New York, et New York me poursuit jusque dans mon exil. Il y a environ une semaine, je suivais le Strand en marchant sans but, qui rencontrai-je tout à coup, devinez ? Fillmore et Mr. Carmyle bras dessus bras dessous. Je n'ai pu m'esquiver. D'abord Mr. Carmyle m'avait vue, ensuite il faut de la place pour échapper à Fillmore maintenant. J'en rougis pour lui, Ginger, là, au milieu du Strand, j'en rougissais. Jamais, dans mes plus affreux cauchemars, je ne me l'étais figuré si énorme. Qu'est-ce qu'il mange donc, notre malheureux Fillmore, pour engraisser comme cela ? Pauvre Gladys, quand elle le regarde, elle doit croire qu'elle a deux maris !

« Fillmore est toujours enclin à faire de vastes projets. Il parlait négligemment d'acheter de nombreuses comédies anglaises. Il est venu à Londres pour y faire jouer *Le Chemin des Primevères*, et il est descendu au Savoy avec Bruce Carmyle. Ils m'ont invitée à déjeuner dans cet hôtel, avec une explosion de joie, comme s'ils retrouvaient un agneau égaré. C'est ce qui pouvait m'arriver de plus fâcheux. Fillmore parlait de Broadway sans arrêt. Quand on eut servi l'entremets, et qu'il reprit haleine (un peu bruyamment) en attendant le café, le mal du pays me possédait à un tel point que j'aurais éclaté en sanglots, si je n'avais craint de me faire remarquer. Ce fut absurde de ma part d'aller au Savoy, c'est une annexe de Broadway. Des Américains occupaient toutes les tables. J'aurais aussi bien pu être à l'hôtel Astor.

« Enfin, si la Destinée tient à amener New York en Angleterre pour ma confusion, je suppose qu'il faut m'en accommoder. Je me suis conformée aux circonstances et je vais à la dérive. Il y a deux jours on m'a amenée ici. Mr. Carmyle a invité Fillmore — qu'il aime beaucoup — avec moi à Monk's Crofton (c'est sa propriété). Je n'ai pas trouvé la moindre excuse pour refuser. Je vous écris donc dans une immense chambre à coucher, avec un feu de bois, des fauteuils, et beaucoup de luxe. Fillmore joue au golf.

Il s'embarque pour New York samedi sur le *Mauretania*. Je suis épouvantée d'apprendre qu'il ajoute à ses vastes projets l'organisation d'un combat de boxe pour le championnat des poids légers à Jersey City, et qu'il garantit des sommes énormes aux concurrents. Cela ne sert à rien de discuter avec lui. Quand on essaie, il cite des chiffres pour vous prouver que certaines gens ont gagné des fortunes de cette façon-là. D'ailleurs, pour cette fois, il est trop tard. D'après ce que je comprends, le combat doit avoir lieu dans une semaine ou deux. Mes cheveux se dressent sur ma tête quand j'y pense.

« Enfin, rien ne sert de se tourmenter, je suppose. Parlons d'autre chose. Connaissez-vous Monk's Crofton ? Non, sans doute, car j'ai entendu dire que ce domaine est une nouvelle acquisition. Mr. Carmyle l'a acheté à un lord quelconque qui avait perdu sa fortune en jouant à la Bourse. J'espère que vous ne connaissez pas l'endroit, car je tiens à vous le décrire en détail. Je veux faire du sentiment à ce propos. Ginger, qu'a donc fait l'Angleterre pour posséder des paradis de ce genre ? Dans mon ignorance, je trouvais la campagne de Mr. Faucitt à Cirencester très jolie, mais elle ne peut rivaliser avec celle-ci. L'autre est une simple maison de campagne ; ici, c'est un domaine. Monk's Crofton est un de ces endroits qu'on décrit dans les romans anglais : "Le soleil couchant éclairait les murailles du château de G... dans le comté de B... Non loin du pittoresque village de H... et distant d'un jet de pierre du hameau de J... etc., etc." Je puis me figurer Maud, l'héroïne de Tennyson, vivant ici. C'est une des splendides demeures de l'Angleterre. Qu'elles sont majestueuses ! J'en suis folle d'enthousiasme !

« On arrive de la gare en auto. Après une course de

trois milles environ, on atteint une haute grille encadrée par des piliers de pierre ornés d'animaux sculptés. A côté de la grille s'élève une jolie petite maison, un vieux bonhomme en sort pour vous saluer. Ce n'est que la loge ; vous croyez être arrivé et vous vous préparez à sauter à terre. Non pas. L'auto continue à travers des bois de hêtres remplis de lapins, et parmi des prairies où s'ébattent des chevreuils, pendant cinquante milles au moins ! Enfin, quand vous croyez que la course ne finira jamais, il y a un tournant brusque et la demeure apparaît. On ne l'aperçoit pas avant, tant les arbres sont épais. Elle est très vaste, assez basse, et de forme carrée, avec une tourelle sur un côté et un porche monumental orné de créneaux. Je suppose qu'au bon vieux temps on montait là-dessus pour verser du plomb fondu sur la tête des assaillants. Il y a tout autour des pelouses merveilleuses, des bosquets et un lac qu'on aperçoit au loin dans un pli de terrain. Ce n'est pas encore la saison, mais au mois de juin il y aura environ un million de roses en fleur dans la roseraie à gauche de la maison. Un mur élevé de vieilles briques rouges sépare la roseraie du potager que j'ai exploré ce matin. Il est immense et comprend des serres et toutes les installations nécessaires. Au fond, on découvre une ferme adroitement placée avec une cour pleine de jeunes chiens dont la gentillesse vous ravit. Un gros chat dort au soleil et ne se fâche pas quand les toutous lui montent sur le dos. Tout est délicieusement calme, il semble qu'on entende les plantes pousser. Des grives, des merles gazouillent dans les branches. Ginger, c'est tout simplement divin !

« Mais il y a un "mais". Je comprends maintenant pourquoi vous ne vous entendiez pas avec "la famille". Car je les ai tous vus. Ils sont ici. Oui, l'oncle Donald et les autres. Est-ce une habitude, dans votre famille, de se réunir par bandes, ou me suis-je trouvée par hasard dans une réunion hebdomadaire de vieux parents ? Quand je suis descendue pour dîner, le premier jour, le salon était plein à craquer — pas seulement à cause de Fillmore, mais de vos tantes et de vos oncles en nombre infini. Je me sentais comme un petit lion dans la fosse. Je sais exactement ce que vous entendez par ce mot de "famille". Ils vous dévisagent ! Pour moi, qui suis blanche comme la blanche hermine, ça n'a pas d'importance, mais je puis imaginer ce que vous ressentiez avec votre conscience coupable. Ce devait être terrible !

« Par parenthèse, ce sera plutôt compliqué de mettre cette lettre-ci à la poste — un peu comme de porter une dépêche à travers les lignes ennemies pendant la guerre civile. On laisse d'habitude le courrier sur la table du hall et quelqu'un l'emporte à la poste du village à bicyclette. Mais si je fais de même pour ma lettre, un oncle ou une tante la verra sûrement, et je deviendrai un objet de mépris. Ce n'est pas une plaisanterie, mon ami, d'être pris en flagrant délit de correspondance avec un être douteux comme vous. J'en serais flétrie socialement. Du moins c'est ce que j'en conclus, d'après l'accueil fait à votre nom, quand on l'a prononcé hier à dîner. Quelqu'un a parlé de vous et aussitôt on aurait cru une bande d'inquisiteurs prêts à vous livrer au bûcher, l'oncle Donald en tête. J'objectai timidement que je vous connaissais, et qu'à mon avis vous étiez tout de même un être humain ; un silence profond accueillit cette déclaration, puis ils se mirent tous à me démontrer que j'avais tort, que ma naïveté de jeune fille m'induisait en erreur. Une créature innocente comme moi est absolument incapable, paraît-il, de soupçonner l'infamie d'un tel rebut de la société. Vous n'êtes pas digne d'adresser la parole à mes pareilles, n'étant qu'une verrue sur la face de l'humanité. Je vous dis cela pour que vous ne vous imaginiez pas être populaire dans "la famille", car vous ne l'êtes pas.

« Il me faudra donc la prudence du serpent pour expédier cette missive en cachette. Je la porterai moi-même au village si je puis m'échapper. Mais ce sera plutôt difficile, car, pour une raison quelconque, je suis un centre d'attraction. Sauf quand je me réfugie dans ma chambre, il ne se passe guère un moment sans qu'une tante ou un oncle ne surgisse pour causer longuement avec moi. On croirait, par moments, qu'ils me mettent dans la balance pour me peser. Qu'ils me pèsent, après tout, si cela peut leur faire plaisir !

« Il est temps de s'habiller pour le dîner. Adieu !

« Votre SALLY (sur la balance). »

« P.-S. — Vous aviez raison au sujet des moustaches de l'oncle Donald, mais je ne pense pas comme vous que ce soit son malheur. Je crois qu'il le fait exprès. »

(Pour un moment encore.)
Monk's Crofton, Much Middleford,
Wiltshire, Angleterre.

Le 20 avril.

« Cher Ginger,

« Je pars aujourd'hui, votre Sally est en disgrâce ! "La famille" m'adresse des regards sévères et glacés. Un silence pénible règne dans la maison. L'oncle

Donald et moi, nous ne sommes plus camarades. J'aurais dû le deviner. Évidemment, cela se préparait depuis le début. Fillmore n'en sait rien encore, et j'ai décidé de retourner à New York. Je cesse de fuir devant les événements. C'est lâche de me cacher comme je le fais ici. De plus, je me sens beaucoup mieux, et je puis braver les fantômes. En tout cas, je veux essayer. Je vous arriverai en même temps que cette lettre. Je vais l'expédier de Londres et je suppose qu'elle prendra le même bateau que moi. Ce n'est presque pas la peine d'écrire, mais je suis montée dans ma chambre pour y attendre l'auto qui va m'emmener à la gare, et c'est une occupation. J'entends des voix étouffées. "La famille" parle de moi, sans doute. On dit qu'en réalité on ne m'aimait pas.

« Parbleu !

« Bien à vous,

« Je marche avec dignité vers la porte,

« SALLY. »

CHAPITRE XII

GINGER DÉCOUVRE SA VOCATION

I

De retour à New York, huit jours plus tard, Sally déjeunait dans son petit appartement lorsque le téléphone sonna à côté d'elle ; elle décrocha le récepteur :

« Allô ?

— Allô !

— Ginger ! s'écria Sally, ravie.

— Je suis enchanté que vous soyez de retour. Je n'ai reçu votre lettre que ce matin. Je l'ai trouvée à la pension où je suis passé par hasard et...

— Ginger, l'interrompit Sally, votre voix est une vraie musique, mais je voudrais vous voir. Où êtes-vous ?

— Dans une pharmacie, en face de chez vous. Je me demandais si...

— Une pharmacie ! Pourquoi ? Enfin, venez.

— Vous permettez ? J'allais vous le demander.

— Misérable ! Pourquoi n'êtes-vous pas encore venu me voir ?

— Voilà, je ne suis guère sorti ces jours derniers, dit la voix avec embarras.

— Alors dépêchez-vous. »

Il y eut un court silence au bout du fil.

« Dites...

— Eh bien ?

— Je ne suis pas beau à voir, vous savez.

— Vous ne l'avez jamais été. Mais tout de même avez-vous abîmé vos restes ? »

Mais on avait raccroché. Elle attendit quelque temps, puis des pas résonnèrent dans le corridor et s'arrêtèrent devant la porte. Sally y courut et l'ouvrit toute grande, mais elle recula consternée.

« Oh, Ginger ! »

Il avait dit vrai en affirmant qu'il n'était pas beau.

Il la contemplait avec admiration de son œil droit resté intact, mais l'autre était complètement caché par une enflure fortement violacée. Une large meurtrissure marbrait sa joue droite, et ses lèvres gonflées ne lui permettaient de parler qu'avec difficulté.

« Oh, ça va, assura-t-il.

— Ça ne va pas du tout, c'est affreux ! Mais qui est-ce qui vous a arrangé comme ça ?

— Je vais vous expliquer, dit Ginger avec embarras, mais vous avez peut-être vu dans les journaux qu'il y a eu avant-hier une grande réunion sportive à White Plains pour la rencontre de Bugs Buttler et de Lou Lucas. Alors comme Lou avait besoin d'un type pour boxer avec lui... Vous comprenez, *se laisser boxer* par lui, je me suis offert, car ce n'était pas mal payé...

— Comment, fit Sally, vous avez fait ça ?

— C'était le seul travail disponible à ce moment-là, dit Ginger en s'excusant. J'ai toujours pratiqué la boxe. J'étais très en forme. Il m'a semblé qu'il fallait profiter de l'occasion. Cela me rapportait de quoi vivre, et c'est une vie plutôt gaie.

— Gaie ! d'être martelé comme ça ?
— Oh, on s'y fait. J'ai toujours aimé la lutte et quand votre frère m'a congédié... »

Sally s'exclama :

« Que c'est extraordinaire ! Et pourquoi vous a-t-il laissé partir ?
— Pourquoi il m'a laissé partir, dites-vous ? Vous voulez dire que... oh, il y a eu une sorte de malentendu.
— Qu'est-il arrivé ? »

L'attitude gênée de Ginger trahit son embarras. Il regarda tout autour de lui d'une façon bizarre.

« Ça ne vaut pas la peine d'en parler.
— Mais si, ça en vaut la peine. J'ai le droit de savoir. C'est moi qui vous ai recommandé à Fillmore.
— Ah, cela, dit Ginger, c'était gentil de votre part.
— Ne m'interrompez pas. Je vous ai adressé à Fillmore, et il n'aurait pas dû vous laisser partir sans m'en avertir. Qu'est-il arrivé ? »

Ginger, fort embarrassé, croisait et décroisait ses mains.

« Évidemment, j'ai eu de la déveine, vous savez que sa femme... Est-ce que vous la connaissez ?
— Naturellement.
— Oh oui, bien sûr, c'est la femme de votre frère, fit Ginger très logique. Quoique, en fait, il y ait des belles-sœurs qui ne peuvent se voir en peinture. Je connais un type...
— Ginger, dit Sally, c'est inutile d'éviter de me répondre en détournant la conversation sur d'autres sujets. Je suis décidée et inexorable, et je vous arracherai cette histoire, quand je devrais me servir d'un tire-bouchon. Vous disiez que la femme de Fillmore... ? »

Ginger, bien à regret, revint à ses moutons.

« Eh bien, un matin elle est venue au bureau, et nous avons commencé à nous chamailler.

— A vous chamailler ?

— Oui, à nous poursuivre.

— Vous poursuivre ?

— Du moins, je la poursuivais.

— Quoi ?

— Enfin, je courais après elle. »

Sally le regardait, ahurie.

« Qu'est-ce que vous voulez dire ? »

L'embarras de Ginger redoubla.

« Voilà : elle s'est glissée dans le bureau très doucement, juste à l'instant où je regardais quelque chose, et je n'ai pas remarqué sa présence, jusqu'au moment où elle s'en est saisie tout à coup.

— Saisie de quoi ?

— De cette chose... Cette chose que je regardais. Elle l'a prise, l'a mise dans son sac, enfin elle me l'a enlevée et ne voulait pas me la rendre. Alors, j'ai essayé de la poursuivre et je l'ai rattrapée au moment même où votre frère entrait. Je suppose qu'il l'accompagnait au bureau et qu'il était resté une minute ou deux à parler à quelqu'un... naturellement cela l'a vexé de me voir faire du jiu-jitsu avec sa femme. Il y avait de quoi contrarier un homme quand on y pense, ajouta Ginger, toujours équitable. Il n'a rien dit sur le moment, mais, dans la journée, il m'a fait appeler et m'a signifié mon congé. »

Sally secoua la tête.

« Cette histoire me semble très bizarre. Quel est cet objet que Mrs. Nicholas vous a pris ?

— Oh... quelque chose. »

Sally frappa sur la table d'un coup sec.

« Enfin, dit Ginger, poussé dans ses retranchements, il s'agissait d'une photographie.

— De qui ?

— Eh bien... de vous, pour dire la vérité.

— De moi ? » Sally ouvrit de grands yeux. « Mais je ne vous ai jamais donné ma photographie. »

Le visage de Ginger offrait une excellente étude en écarlate et cramoisi.

« Vous ne me l'avez pas exactement donnée, balbutia-t-il. Je veux dire que...

— Mais sapristi ! fit Sally qui comprenait tout à coup, cette photographie que nous avons cherchée partout quand j'ai emménagé ici, vous me l'aviez donc volée ?

— Ma foi oui, je vous l'ai chipée.

— Menteur, farceur ! Et vous faisiez semblant de m'aider à la chercher. » Elle le regarda presque avec respect. « Je ne vous savais pas si rusé, ni si dissimulé. J'en apprends de belles sur votre compte. »

Il y eut un silence. Après cette confession, Ginger se sentait soulagé.

« J'espère que vous n'êtes pas trop dégoûtée de moi. J'ai pensé qu'il me fallait cette photo et je n'ai pas eu l'aplomb de vous la demander.

— Ne vous défendez pas, dit Sally gentiment. Vous me faites un beau compliment. Alors, je suis de nouveau la cause de votre chute ? Je suis votre mauvais génie, évidemment. Je me fais l'effet d'une salière renversée, d'un miroir brisé et d'un couvert mis en croix. Premièrement, je vous ai poussé à insulter votre famille — par parenthèse, je tiens à vous remercier à ce sujet. Maintenant que je connais votre oncle Donald, je comprends votre révolte. J'ai détruit vos espérances de ce côté-là, et maintenant ma fatale beauté photographique vous a conduit à la ruine. C'est à moi de vous trouver une autre situation, je vois cela.

— Non, ne vous tourmentez pas. J'arriverai bien à...

— C'est mon devoir. Voyons, qu'est-ce que vous savez faire en réalité ? Du cambriolage, naturellement, mais ce n'est pas un métier honnête. Vous avez essayé d'être serveur de restaurant, boxeur professionnel et bras droit de mon frère, aucun de ces métiers ne vous convenait tout à fait. Avez-vous une idée ? »

Ginger secoua la tête.

« Je bricolerai toujours quelque chose, je l'espère.

— Oui, mais quoi ? Il faut que ce soit quelque chose de bon, cette fois. Je ne tiens pas à vous rencontrer un jour dans Broadway sous la casquette d'un balayeur, ou bien à vous voir arriver quand je demanderai un commissionnaire. Je préférerais, si un jour je demande deux minutes d'entretien au directeur de ma banque, vous trouver dans son bureau trônant dans un grand fauteuil. Y a-t-il quelque chose de sérieux et de suivi que vous puissiez faire et qui vous permettrait de ne pas finir vos jours à l'asile de vieillards ? Réfléchissez.

— Bien sûr, si j'avais un petit capital...

— Ah, voyez-vous cet homme d'affaires ! Et que feriez-vous, Mr. Pierpont Morgan, si vous aviez un petit capital ?

— J'ouvrirais un machin pour chiens.

— Qu'est-ce que c'est que ce machin-là ?

— Je veux dire un de ces établissements, comme des types en montent, pour produire et élever des chiens de race, gagner des prix dans les concours, etc. Il y a beaucoup d'entreprises de ce genre.

— Oh, un élevage de chiens ? une clinique canine ?

— Oui, c'est ça, un élevage.

— Quel esprit bizarre vous avez, Ginger ! Vous ne

pouviez pas dire tout de suite : un élevage ? Si on vous demandait où vous avez déjeuné, vous répondriez : Oh, dans un machin à côtelettes de mouton, au lieu de dire : au restaurant. Mais, Ginger, mon ami, ça, c'est une idée. Pour la première fois depuis que je vous connais, vous venez de dire une chose raisonnable. Pour les chiens, vous vous y connaissez.

— Je m'intéresse à eux et je les ai étudiés. Sans me vanter, il y a peu de choses que j'ignore au sujet des chiens.

— Bien entendu. Vous êtes vous-même, je crois, une espèce de chien honoraire. Je l'aurais deviné rien qu'à la façon dont vous avez arrêté cette bataille de chiens à Roville. Vous vous êtes précipité au beau milieu d'une masse hurlante de chiens de toutes espèces, et rien qu'en leur disant un mot vous les avez calmés. Plus on examine votre idée, plus elle semble excellente. Je crois que c'est la seule chose où vous auriez certainement du succès. Cela rapporte beaucoup, je crois ?

— Ça rapporte cent pour cent sur la première mise de fonds, à ce qu'on m'a dit.

— Cent pour cent ? Ça ressemble trop aux évaluations de Fillmore pour être rassurant. Disons quatre-vingt-dix-neuf et soyons prudents. Ginger, vous avez trouvé le filon. N'ajoutez rien. Vous serez le roi des chiens, le plus grand éleveur du pays. Mais comment allez-vous mettre cela en train ?

— Voilà... Quand j'étais à White Plains, j'ai rencontré un homme qui possède un établissement de ce genre et qui désire le vendre. C'est ce qui m'en a donné l'idée.

— Il faut commencer aujourd'hui ou demain matin.

— Oui, dit Ginger, mais il y a un obstacle.

— Lequel ?

— Le capital, il est indispensable. Cet homme-là ne voulait pas vendre son affaire moins de cinq mille dollars.

— Je vous les prêterai.

— Non », dit Ginger.

Sally le regarda d'un air exaspéré.

« Ginger, j'ai envie de vous battre. Il y a de quoi devenir folle à vous voir mêler les sentiments aux affaires. »

Comment, parce que Ginger était un homme et qu'elle était une femme, il lui serait interdit de placer de l'argent dans une entreprise sérieuse ? Si Christophe Colomb avait eu de ces scrupules à l'égard d'Isabelle de Castille, il n'aurait jamais découvert l'Amérique.

« Je ne peux pas vous prendre cinq mille dollars, dit Ginger avec fermeté.

— Qu'est-ce qui vous parle de me les prendre ? gronda Sally. Ne pouvez-vous pas oublier une minute votre métier de cambrioleur ? Ce n'est pas la même chose que de voler les photographies de pauvres jeunes filles sans défense. Il s'agit d'affaires. Je crois qu'un élevage de chiens dirigé par vous aurait beaucoup de succès. Vous admettez que vous vous y connaissez, alors pourquoi faire des objections oiseuses ? Pour quelle raison ne placerais-je pas de l'argent dans une affaire qui me semble bonne ? Vous ne voulez donc pas que je m'enrichisse ? »

Ginger n'y voyait plus bien clair dans cette question-là. La discussion n'était pas son fort.

« Mais cela fait beaucoup d'argent.

— Pour vous, peut-être. Pas pour moi. Je suis une ploutocrate. Cinq mille dollars, qu'est-ce que cela ? Je jetterais facilement cette somme par les fenêtres ! »

Ginger se plongea pendant un bon moment dans de profondes réflexions. C'était un esprit scrupuleux, et il ignorait complètement quels étaient les moyens financiers de Sally. Il savait seulement qu'elle venait de faire un héritage au moment de leur première rencontre. De plus, l'opulence de Fillmore l'impressionnait vivement. Les Nicholas avaient de la fortune, c'était évident.

« Je n'aime pas cela, dit-il.

— Qu'importe que vous l'aimiez ou non, répondit Sally ; l'essentiel est que vous le fassiez. »

Une idée réconforta Ginger.

« Vous me laisserez vous payer des intérêts ?

— Si je vous *laisserai*... mais il faudra me les payer ! Ce n'est pas une partie de colin-maillard, il s'agit d'affaires.

— Ça va, alors, dit Ginger soulagé. Voulez-vous vingt-cinq pour cent ?

— Ne dites pas d'absurdités. Je veux trois pour cent.

— Non, c'est idiot ! protesta Ginger. Trois pour cent est un taux ridicule. Je vous en offre vingt.

— Si vous insistez, je dirai six, pas davantage.

— Alors dix.

— Cinq !

— Supposons, insinua Ginger, que je vous propose sept pour cent.

— Je n'ai jamais vu un pareil marchandage. Écoutez ! Je dis six pour cent. C'est mon dernier mot.

— Six ?

— Six. »

Ginger fit un rapide calcul mental.

« Mais cela ne ferait que trois cents dollars par an. C'est insuffisant.

— Qu'en savez-vous ? Comme si je n'avais pas

traité des affaires de ce genre toute ma vie ! Six pour cent, êtes-vous d'accord ?

— Je pense que oui.

— Alors, c'est entendu. Cet homme dont vous parliez est-il à New York ?

— Non, il est à Long Island, dans un village de la rive sud.

— Mais pouvez-vous le joindre par téléphone et conclure l'affaire ?

— Oh oui, je connais son adresse, et son numéro doit être dans l'annuaire.

— Alors, allez vite vous entendre avec lui, avant que quelqu'un aille le relancer. Ne perdez pas une minute. »

Ginger s'arrêta à la porte.

« Vous êtes bien d'accord là-dessus ?

— Bien entendu.

— Je voulais dire que...

— Mais allez donc ! » répondit Sally.

II

La fenêtre du petit salon de Sally donnait sur une rue qui n'était pas une des grandes artères de la ville, mais qui offrait néanmoins un spectacle assez divertissant à un observateur. Quand Ginger l'eut quittée, la jeune fille posa son journal sur l'appui de la fenêtre et se disposa à partager son attention entre la troisième lecture du combat de boxe et le spectacle du dehors par cette journée magnifique.

Sally n'occupait pas son observatoire depuis bien

longtemps, quand un taxi s'arrêta devant l'immeuble. Surprise et intéressée, elle vit son frère Fillmore en descendre. Il paya le chauffeur et le taxi s'éloigna, laissant Fillmore projeter une vaste ombre sur le trottoir. Sally allait l'interpeller, mais elle s'arrêta, surprise par l'étrange manège de son frère. Fillmore avait l'air d'un homme qui étudie une danse nouvelle. D'abord, il se dirigea d'un air décidé vers la porte principale de l'immeuble; puis, s'arrêtant brusquement, il revint sur ses pas. Il répéta ce mouvement par deux fois. Après quoi il resta plongé dans de profondes réflexions avant de s'élancer de nouveau vers la porte. Ce mouvement se termina de même par un arrêt brusque, comme si Fillmore se fût heurté à un obstacle invisible. Finalement, il fit demi-tour, descendit la rue d'un pas rapide et disparut.

Sally n'y comprenait rien. Si Fillmore avait pris la peine de venir en taxi pour la voir, ce qui semblait évident, pourquoi renonçait-il à cette idée sur le seuil même de sa maison? Elle essayait de percer ce mystère quand la sonnerie du téléphone retentit. La voix de son frère résonna, un peu rauque, à son oreille.

« Sally !

— Allô, Fill. Comment allez-vous l'appeler?

— Appeler quoi ?

— Cette danse que vous répétiez devant la maison, tout à l'heure. Est-elle de votre invention?

— Vous m'avez donc vu?

— Bien sûr. J'en ai été éblouie.

— Je... je venais vous parler, Sally. »

La voix de Fillmore baissa d'un ton.

« Alors pourquoi n'êtes-vous pas entré? »

Il y eut un silence; si la voix de Fillmore trahissait bien ses sentiments, il était mal à l'aise. Évidemment quelque chose contrariait cet esprit supérieur.

« Sally..., dit-il enfin, et une toux creuse fit résonner le récepteur.

— Oui.

— J'ai... j'ai demandé à Gladys... elle va aller vous voir. Serez-vous à la maison ?

— Mais oui, j'y resterai. Comment va Gladys ? Je désire beaucoup la revoir.

— Elle va très bien. Elle est plutôt bouleversée.

— Bouleversée, pourquoi donc ?

— Elle vous le dira quand elle ira chez vous. Je viens de lui téléphoner, elle y va tout de suite. » (Il y eut un nouveau silence. « Je crains qu'elle ne vienne vous annoncer de mauvaises nouvelles...

— Quelles nouvelles ? »

On ne répondit pas.

« Quelles nouvelles ? » répéta Sally un peu brusquement, car elle détestait les mystères. Elle se sentait intriguée et anxieuse. Mais Fillmore avait raccroché. Cependant, comme cela ne servait à rien de se tourmenter, elle porta les tasses du déjeuner à la cuisine et tenta de se distraire en les lavant. Bientôt, la sonnette de la porte d'entrée retentit, elle alla ouvrir, et se trouva en face de sa belle-sœur.

Le mariage, en l'associant à l'espoir du théâtre américain, n'avait pas beaucoup changé l'ex-Miss Winch. Mrs. Nicholas était toujours la même bonne et affectueuse créature. Elle serra Sally dans ses bras avec vigueur, puis elle entra dans le petit salon.

« Ce voyage vous a fait du bien, dit Mrs. Nicholas en l'examinant, vous êtes plus jolie que jamais. »

Cependant, Sally remarquait chez sa compagne une gravité inaccoutumée. Elle n'avait plus cet air insouciant qui était la caractéristique de Miss Winch et que

Mrs. Nicholas semblait avoir abandonné. Ses yeux si limpides devenaient troubles.

« Quelles sont ces mauvaises nouvelles ? demanda brusquement Sally pour combattre ses appréhensions. Fillmore m'a dit au téléphone que vous alliez m'en apporter. »

Mrs. Nicholas gratta le tapis du bout de son ombrelle, mais sans répondre à cette question.

« Sally, qui est donc ce Mr. Carmyle que vous avez rencontré en Angleterre ?

— Fillmore vous a parlé de lui ?

— Il m'a dit que, là-bas, un homme très riche s'était épris de vous, qu'il vous a demandée en mariage et que vous avez refusé. »

Sally, que ces questions ennuyaient, songea que son frère ne pouvait faire autrement que de mettre sa femme au courant de ces questions.

« Oui, répondit-elle, c'est exact.

— Vous ne pourriez pas lui écrire que vous avez changé d'avis ? »

Cette suggestion contraria de nouveau Sally dont l'indépendance n'admettait, on le sait, aucune intrusion dans ses affaires personnelles.

« Je suppose que je pourrais écrire cela, si j'avais changé d'avis, mais, comme ce n'est pas le cas... Est-ce que Fillmore vous a chargée de me circonvenir ?

— Oh ! je ne cherche pas à vous circonvenir. Dieu sait que je serais la dernière à pousser une personne à se marier si cela lui déplaisait ! J'ai vu trop de mariages tourner mal pour faire cela. Voyez Elsa Doland, par exemple. »

Le cœur de Sally sauta dans sa poitrine comme si on lui eût touché un nerf.

« Elsa ? balbutia-t-elle, son mariage n'a pas réussi ?

— Il est à vau-l'eau, dit Mrs. Nicholas d'un ton bref. Vous vous rappelez qu'elle avait épousé Gerald Foster, l'auteur de la comédie : *Le Chemin des Primevères* ? »

Sally retint à grand-peine un éclat de rire convulsif.

« Oui, je m'en souviens.

— Eh bien ce mariage n'a pas réussi. Je vous raconterai cela dans une minute. Mais pour en revenir à cet Anglais, vous n'êtes peut-être pas très sûre de vos sentiments, on ne peut pas dire tout de suite si un homme vous plaît ou non. Quand j'ai rencontré Fillmore il ne me disait rien du tout, et maintenant j'en suis folle. D'ailleurs, ce n'est pas cela que je voulais vous dire, mais simplement ceci : en général on ne discerne pas tout de suite ses propres sentiments. Si cet homme est un brave type... Fillmore me dit qu'il a des tas d'argent... »

Sally arrêta net ce discours.

« Non, tout cela ne sert à rien, je ne veux pas épouser Mr. Carmyle.

— Enfin ! c'est quand même dommage.

— Pourquoi prenez-vous cela tellement à cœur ? dit Sally avec un rire contraint.

— Eh bien... » Gladys fit une pause et Sally devint inquiète. Elle se rendait compte qu'il fallait un motif très sérieux pour que sa belle-sœur, qui parlait net d'ordinaire, lui tînt ces discours pleins d'hésitation.

« Vous comprenez... », reprit Mrs. Nicholas, et elle s'arrêta de nouveau. « Oh ! que cela m'est pénible ! murmura-t-elle.

— Qu'y a-t-il ? Je ne comprends pas.

— Vous ne trouverez cela que trop clair, quand je me serai expliquée, fit Mrs. Nicholas avec contrition. Si je dois vous dire cela, il vaut mieux que je commence par le commencement. Vous vous souvenez de cette revue de Fillmore ? Nous l'avons supplié toutes les deux de ne pas la faire représenter. Elle a fait un four.

— Oh !

— Oui, elle n'a jamais été représentée à New York. Ike Schumann n'a pas voulu que Fillmore ait un théâtre. Le livret laissait à désirer, les numéros ne valaient pas grand-chose, et la mise en scène n'était pas au point. Pendant qu'on s'occupait de tout cela, il y eut des réclamations au sujet de la distribution et le syndicat des acteurs interdit les représentations. C'est ce qui pouvait arriver de mieux, et, sur le moment, j'en fus assez contente, parce que si l'on avait continué on aurait encore perdu de l'argent et cette revue coûtait déjà une fortune.

« Après cela, Fillmore monta une pièce de Gerald Foster, et ce fut encore un four. Elle ne tint l'affiche qu'une semaine au Booth Theatre. On dit que la nouvelle comédie que Foster fait répéter en ce moment n'est pas meilleure. Elle est intitulée *La Rose sauvage*, je crois. Mais Fillmore n'a rien à y voir.

— Mais... » intervint Sally. Mrs. Nicholas continua :

« Ne m'interrompez pas ou je n'arriverai jamais à la fin. Vous connaissez Fillmore, le pauvre chéri. Tout autre que lui aurait arrêté les frais, mais il est de ces gens dont le cheval va gagner la prochaine course. Il sait toujours qu'une occasion superbe se présentera demain, à coup sûr. C'est curieux de savoir qu'un homme est stupide et de l'aimer quand même passionnément... je crois vous avoir déjà dit cela... Il a cru qu'il pourrait se refaire en commanditant ce boxeur qui s'est battu hier soir à Jersey City. Si son champion avait remporté la victoire, Fillmore se serait trouvé de nouveau à flot. Mais il semble qu'il ne puisse s'occuper de rien sans que l'affaire tourne mal. La veille du jour fixé pour le combat le pauvre diable qui devait disputer le championnat a laissé un de ses entraîneurs le jeter à terre et le mettre en échec, et cela devant des journalistes. Vous avez dû lire cela dans les journaux. Ça a tout fait rater. Le public n'était pas trop sûr que ce Bugs Buttler ait la moindre chance contre le champion. Cela valait-il la peine de payer sa place ? Et quand on sut qu'il ne pouvait même pas venir à bout de ses entraîneurs, le public s'abstint. Pauvre Fillmore, c'est ce qui l'a achevé. Un quart seulement des places fut loué, et, quand il eut payé leur prime à ces deux galapiats, qui l'exigèrent avant même de monter sur le ring, il était complètement à sec. Voilà tout. »

Sally écoutait, atterrée, l'énumération de tant d'infortunes.

« Oh, pauvre Fill ! s'écria-t-elle, c'est affreux !

— Oh oui, c'est dur !

— Mais *Le Chemin des Primevères* a beaucoup de succès, n'est-ce pas ? dit Sally, décidée à trouver un côté agréable à cette situation.

— Il *avait* du succès, dit Mrs. Nicholas en rougissant. C'est ce que je regrette tant de devoir vous apprendre.

— La pièce ne fait donc plus recette ? Je croyais Elsa passée au rang d'étoile. J'ai lu cela dans les journaux anglais quand j'étais à Londres.

— Oh oui, elle a réussi, dit sèchement Gladys, si bien réussi que tous les directeurs de New York lui ont fait des offres. Fillmore arrivait à peine de Londres qu'elle résiliait son engagement pour en signer un avec Goble et Kohn qui lui donnaient le premier rôle dans une pièce nouvelle.

— Oh, comment a-t-elle pu ?

— Eh oui, voilà ce qu'elle a fait. Elle est lancée maintenant. Il m'a fallu le dire à ce pauvre Fillmore sur le quai de débarquement. Elle n'a pas agi loyalement, à mon avis. Je sais qu'en affaires on ne fait pas de sentiment, pourtant c'est nous qui lui avions procuré l'occasion de se faire connaître. Mais Fillmore ne voulait pas mettre son nom sur la façade du théâtre en lettres lumineuses, et Goble et Kohn s'engageaient à le faire par contrat ; alors plus rien ne comptait aux yeux d'Elsa. Les gens sont ainsi.

— Mais Elsa n'était *pas* comme cela.

— Tous sont ainsi. Il leur faut le succès coûte que coûte. On ne peut pas les en blâmer, c'est comme si on reprochait à un chat d'être attiré par la valériane. Elle aurait pu attendre cependant qu'on ait fini de jouer la pièce à New York. »

Mrs. Nicholas prit la main de Sally.

« Maintenant, je vous ai tout dit, et, croyez-moi, c'était une pénible corvée. J'aurais donné un million de dollars pour l'éviter, et Fillmore pense comme moi. Je ne lui en veux pas de ne pas avoir osé vous le dire lui-même. Il n'a pas eu le courage de vous avouer que votre argent était perdu. Il espérait toujours que ce combat rapporterait et qu'il pourrait vous restituer votre prêt, mais les choses ont mal tourné. »

Sally garda un instant le silence. Elle songeait que, dans cette même chambre où elle comptait être heureuse, elle n'avait reçu que de mauvaises nouvelles, essuyé que des désillusions. Ce nouveau choc lui semblait la plus cruelle d'entre elles. Elle aimait Elsa et elle croyait à son amitié. Elle se souvenait de la lettre où Elsa lui parlait de sa reconnaissance. Comme c'était faux, horrible, égoïste ! quelle dureté de cœur cela montrait !

« C'est... » Elle suffoquait et l'indignation lui fit monter les larmes aux yeux. « C'est dégoûtant. Je... je ne pense pas à mon argent. C'est de la malchance. Mais, Elsa... »

Mrs. Nicholas haussa les épaules.

« Cela arrive constamment dans les affaires de théâtre, dit-elle, et dans toutes les affaires, je crois, quand on les connaît bien. Cela vous semble dur parce que Elsa était votre camarade. Vous trouvez qu'elle aurait pu penser à vous, après ce que vous avez fait pour elle. Ça ne me surprend pas beaucoup, je l'avoue. »

Mrs. Nicholas parlait vite, et Sally comprenait confusément qu'elle bavardait pour l'aider à passer ce mauvais moment. Le silence eût été insupportable.

« Je faisais partie de la même troupe. Elle n'est pas mauvaise, mais il y a deux personnes en elle, comme ces personnages de roman qui ont un double. Elle vous aime beaucoup, je le sais. Elle le disait toujours et c'était sincère. S'il ne s'agissait pas de sa carrière, elle ferait l'impossible pour vous rendre service. Personne ne compte, pas même son mari. N'est-ce pas drôle ? Si toutefois vous trouvez ce genre de chose drôle. Quant à moi, cela me donne le cafard.

— Qu'est-ce qui est drôle ? demanda Sally.

— Vous n'étiez pas là, vous n'avez pas su, mais moi, qui me suis trouvée avec eux tout le temps, je sais parfaitement qu'il l'a épousée parce qu'il croyait qu'elle l'aiderait dans sa carrière. Il n'a pas fait attention à elle jusqu'au jour où elle a eu tant de succès à Chicago. Alors, il s'en est amouraché et maintenant il est attrapé. Elle laisse là sa pièce et va jouer celle d'un autre. C'est comme les hommes qui se marient pour la dot et qui découvrent après que la jeune fille n'en avait pas. Et elle a été attrapée aussi en quelque sorte, parce qu'elle se figurait qu'il serait le meilleur auteur dramatique de l'époque et qu'il la pousserait, et, maintenant, il semble qu'il n'est pas capable d'obtenir un autre succès. Résultat : ils ne s'entendent plus. Il paraît qu'il boit. Quelqu'un m'a dit que c'est un homme fini. Vous ne l'avez pas vu, je suppose ?

— Non.

— Je pensais que vous l'auriez peut-être rencontré, il demeure juste en face. »

Sally serra convulsivement les bras de son fauteuil.

« Il demeure en face ! Gerald Foster ? Que dites-vous ?

— Oui, de l'autre côté du corridor, dit Mrs. Nicholas en désignant la porte du doigt. Vous ne le saviez pas ? En effet, ils ont emménagé quand vous étiez en Angleterre ; Elsa voulait être près de vous et quand elle a su qu'il y avait un appartement libre en face du vôtre, ça l'a enchantée. C'est ce qui prouve la vérité de ce que je vous disais tout à l'heure. Si elle ne vous aimait pas, aurait-elle pris la peine de venir loger en face de chez vous ? Et cependant, malgré son affection pour vous, elle n'hésite pas à vous ruiner si cela doit lui permettre de réussir. C'est curieux, n'est-ce pas ? »

La sonnerie du téléphone retentit brusquement, ce qui épargna à Sally la peine de répondre. Elle traversa la pièce pour décrocher le récepteur.

« Allô ! »

La voix de Ginger résonna, joyeuse :

« Allô ! c'est vous ? Ça s'arrange pour cet établissement.

— Ah oui ?

— Cet éleveur de chiens », continua Ginger, avec moins d'exubérance. Son oreille très sensible lui faisait distinguer une note de découragement dans la voix de Sally. « Je l'ai appelé au téléphone, et l'affaire est conclue, si toutefois vous êtes toujours décidée à y contribuer. »

Sally n'hésita qu'une seconde.

« Mais naturellement, dit-elle très calme, pourquoi supposez-vous que j'aie changé d'avis ?

— Eh bien, je croyais... c'est-à-dire, vous aviez l'air en somme... je ne sais pas.

— Vous vous imaginez des choses ! Quelque chose m'ennuyait quand vous avez sonné, et je n'étais pas à mon affaire. Allez de l'avant, Ginger, je suis enchantée !

— Je suis désolé que vous ayez des ennuis.

— Oh ! qu'importe.

— C'est quelque chose de grave ?

— Rien qui puisse me tuer. Je suis jeune et solide. »

Ginger garda un instant le silence.

« Je ne voudrais pas être indiscret, mais puis-je vous être utile à quelque chose ?

— Non, vraiment, Ginger. Je sais que vous feriez n'importe quoi pour m'aider si c'était possible. Mais il s'agit d'une chose qu'il me faut supporter seule. Quand allez-vous là-bas ?

— J'avais envie d'aller y jeter un coup d'œil cet après-midi.

— Dites-moi quel train vous prendrez, j'irai à la gare.

— Ça, c'est chic de votre part. Bravo ! au revoir.

— Au revoir. »

Mrs. Nicholas, qui écoutait cette conversation avec l'intérêt médiocre des auditeurs d'une communication téléphonique qui ne les concerne en rien, revint au sentiment de la réalité quand Sally raccrocha le récepteur.

« Sally, dit-elle, il nous faudrait parler un peu de ce que vous allez faire. »

Sally ne tenait pas à discuter la question de son avenir. Tout ce qu'elle désirait en ce moment, c'est qu'on la laissât seule.

« Oh ! tout ira bien. Je m'arrangerai. Vous devriez vous inquiéter de ce que Fillmore doit faire.

— Fillmore sait que je m'occupe de lui, dit Gladys d'un ton très décidé. C'est pour vous que je me tourmente. Je n'ai pas dormi cette nuit, je pensais à vous. Autant que j'ai pu comprendre, d'après Fillmore vous avez encore quelques milliers de dollars. Eh bien, je puis vous indiquer une très bonne affaire. Je connais une jeune fille qui...

— Je crains, l'interrompit Sally, de ne pouvoir disposer du reste de mon argent.

— Vous ne pouvez pas vous libérer ?

— Non.

— Mais écoutez seulement, insista Mrs. Nicholas qui devenait pressante. C'est vraiment une bonne affaire. Cette jeune fille a fondé une maison de décoration, elle gagne de l'argent par poignées. Il lui faudrait des capitaux et elle abandonnerait un tiers de l'affaire à une associée qui lui apporterait quelques milliers de dollars. Elle les obtiendra sans difficulté, mais je lui ai téléphoné ce matin d'attendre que je vous aie parlé. Franchement, Sally, une occasion pareille ne se présente pas deux fois. Ce travail artistique vous ferait la vie facile. Est-ce qu'il n'y aurait pas moyen de retirer votre capital de cette autre affaire pour le placer là-dedans ?

— Non, il n'y en a pas. Je vous suis très obligée, ma chère Gladys, mais c'est impossible. »

Mrs. Nicholas se leva, désappointée.

« Enfin, vous savez mieux que moi ce qu'il en est.

Que les choses sont donc embrouillées ! Sally, dit-elle en s'arrêtant sur le seuil, vous n'allez pas détester ce pauvre Fillmore à cause de cela ?

— Non, certainement pas. Tout ceci est dû à la malchance.

— Il en est si tourmenté.

— Alors faites-lui mes amitiés et dites-lui de ne pas se comporter de façon si absurde. »

Mrs. Nicholas traversa la chambre et embrassa Sally avec effusion.

« Vous êtes un ange, dit-elle. Si seulement il y en avait d'autres comme vous. Mais le moule est brisé. Allons, je vais retourner dire cela à Fillmore. Cela le consolera. »

La porte se referma. Et Sally, appuyant son menton dans sa main, se mit à réfléchir.

CHAPITRE XIII

L'ONCLE DONALD DONNE SON AVIS

Certains hommes, et Bruce Carmyle était du nombre, ont une grande force de résistance et refusent de s'avouer vaincus. Cela leur est d'un grand secours dans leurs affaires de cœur et aussi dans des occasions plus graves ou plus pratiques. Comme amoureux, Bruce Carmyle ressemblait à ces boxeurs qui ne donnent toute leur mesure qu'après avoir reçu un bon coup dans un endroit sensible. Bien que Sally eût décliné très nettement sa demande en mariage à Monk's Crofton, il n'avait jamais considéré l'affaire comme terminée. Ayant été habitué toute sa vie à obtenir ce qu'il désirait, il entendait l'obtenir cette fois-ci comme les autres.

Il voulait Sally pour femme, de cela il était bien sûr. A certains moments, il avait eu des doutes là-dessus, mais cette défaite cuisante les dissipait. Ce genre un peu bohème de la jeune fille qui, par moments, exaspérait son esprit d'ordre et de mesure, était oublié. Mr. Carmyle ne se souvenait plus que de l'éclat de ses yeux, de son menton gracieusement relevé, de son élégance native. Sa gaieté, sa joliesse l'excitaient à la poursuite. Calme et tranquille, comme un brave loup qui suit les traces du Petit Chaperon rouge, il se préparait à la saisir. La délicatesse et la raison auraient pu le retenir, mais ce n'étaient pas là ses qualités maîtresses : on ne peut pas tout avoir.

Les préparatifs de départ, bien qu'il fît de son mieux pour les hâter et les garder secrets, n'échappèrent pas à la surveillance de « la famille ». Dans beaucoup de milieux anglais il existe un système de communication auquel les tribus sauvages de l'Afrique n'ont rien à envier, elles dont les échanges télépathiques, encore inexpliqués, franchissent des milliers de kilomètres à travers la jungle.

Le soir qui précédait son départ, Bruce Carmyle vit entrer dans son appartement de South Audley Street à Londres le représentant attitré de « la famille », l'homme dont elle s'enorgueillissait, l'oncle Donald en chair et en os.

La chair et les os de l'oncle Donald pesaient deux cent quarante livres[1] et la chaise où il les déposa gémit sous leur poids. Un jour, à Monk's Crofton, Sally avait empoisonné la journée de son frère en lui démontrant qu'en vieillissant il ressemblerait trait pour trait à l'oncle Donald. Une superstition à laquelle « la famille » tenait beaucoup attribuait à l'oncle Donald un cœur débile, aussi s'était-il abstenu de tout exercice physique depuis environ cinquante ans. Comme cette phobie de tout exercice s'alliait à un appétit tel qu'il n'en existait que trois dans le district sud-ouest de Londres, l'oncle Donald, à soixante-deux ans, n'était pas de ces personnes que les gens soigneux aiment à voir s'affaler dans leurs fauteuils. Le respect habituel de Bruce se mitigeait donc d'un certain déplaisir.

1. Livres anglaises de 454 g.

La moustache de morse de l'oncle s'agitait doucement sous l'action de son souffle haletant, comme les algues sur le rivage : il venait de monter des étages.

« Qu'y a-t-il ? Que se passe-t-il ? parvint-il à dire enfin. Vous faites vos malles ?

— Oui », dit Mr. Carmyle d'un ton bref. Pour la première fois, il se sentait coupable, comme c'était l'habitude de son cousin Ginger, devant ce gros homme aux yeux de carpe.

« Vous partez ?

— Oui.

— Où allez-vous ?

— En Amérique.

— Quand ?

— Demain matin.

— Pourquoi ? »

Nous avons noté ce dialogue comme s'il se fût échangé, net et bref, entre des acteurs de vaudeville ; mais, en réalité, la méthode spéciale de conversation de l'oncle Donald l'avait fait durer presque trois minutes ; car, après chaque réponse, et avant chaque question, il avait soupiré, soufflé et aspiré sa moustache, avec une si pénible insistance que son compagnon maîtrisait à peine son énervement.

« Vous partez à la poursuite de cette jeune fille », dit l'oncle accusateur.

Bruce rougit violemment. Il est intéressant de remarquer qu'à ce moment-là l'idée lui vint que Ginger n'avait pas eu grand tort, en envoyant promener son oncle, dans une occasion mémorable, au café Bleke.

Sans aucun doute, le délégué attitré de « la famille » savait se rendre insupportable.

« Voulez-vous un whisky-soda, mon oncle ? dit Bruce pour changer de conversation.

— Oui, répondit son parent, qui avait fait vœu vers 1880 de ne jamais refuser une offre de ce genre. Donnez toujours.

Puis, l'oncle, ayant ingurgité le breuvage tonique, revint à l'attaque sans montrer aucun attendrissement.

« Je ne vous croyais pas si bête », dit-il sévèrement.

Bruce Carmyle, assez orgueilleux de son naturel, se révolta. Cette sorte de réprimande, si fréquente à l'égard de son cousin Ginger, était nouvelle pour lui. Jusqu'alors il n'avait porté le flanc à aucune critique et n'en avait pas reçu.

« Je ne suis pas stupide.

— Si, vous êtes un fieffé imbécile », continua l'oncle Donald. Il insista : « Je n'aime pas cette jeune fille, elle ne m'a jamais plu. Elle n'est pas bien. Dès le début, elle m'a déplu.

— Est-ce bien nécessaire de discuter cela ? » dit Bruce Carmyle en prenant ses grands airs.

Le chef de la famille aspira sa moustache et la rejeta hors de sa bouche

« Comment, si c'est nécessaire ! mais *nous allons* le discuter. Pourquoi croyez-vous que j'ai escaladé vos satanés escaliers avec ma maladie de cœur ? Donnez-moi un autre whisky-soda. »

Mr. Carmyle remplit son verre.

« Quelle ennuyeuse histoire, gémit l'oncle Donald, une histoire assommante ! Si votre pauvre père était encore en vie, que dirait-il en vous voyant courir après cette fille-là tout autour du monde ? Je vais vous dire ce qu'il dirait. Il dirait... Quelle est cette marque de whisky ?

— O'Rafferty Special

— Je ne la connaissais pas. Pas mauvais. Très bon même. Où l'achetez-vous ?

— Chez Bilby, Oxford Street.

— Il faut que j'en commande. Moelleux. Il dirait, eh bien... Dieu sait ce qu'il dirait. Pourquoi faites-vous ça? Mais pourquoi? Personne n'y comprend rien. Cette fille-là en veut à votre argent. Ça saute aux yeux.

— Pardon, mon oncle, dit sèchement Mr. Carmyle, mais cette idée est absurde, car, si c'était le cas, pourquoi m'aurait-elle refusé à Monk's Crofton?

— Pour mieux vous séduire, répondit vivement l'oncle Donald. Pour vous leurrer. C'est un tour bien connu. En 1881, quand j'étais à Oxford, une jeune fille a essayé de me séduire. Si je n'avais pas eu du bon sens et une maladie de cœur... Que savez-vous d'elle? Voilà le hic. Qui est-ce? Où l'avez-vous rencontrée?

— A Roville, en France.

— Voyageait-elle avec sa famille?

— Non, elle voyageait seule, dit Bruce Carmyle, avec hésitation.

— Pas même avec son frère? Ça n'a pas bonne façon, pas bonne façon du tout.

— Les Américaines sont plus indépendantes que les Anglaises.

— Ce jeune homme, dit l'oncle poursuivant son idée, sera très gros plus tard, s'il n'y fait pas attention. Elle voyageait seule, vraiment? Qu'avez-vous fait? Vous lui avez envoyé des œillades sur la jetée?

— Oh, mon oncle, vraiment!

— Enfin comment avez-vous fait sa connaissance?

— Je lui ai été présenté par Lancelot.

— Lancelot! » L'oncle Donald fit explosion, il tremblait de tout son corps, comme une gelée qu'on secoue, en entendant ce nom abhorré. « Eh bien! voilà qui montre quel genre de personne cela peut être. Toute jeune fille qui est l'amie de Lancelot ne peut vous convenir. Allons, allons, déballez.

— Pardon !

— Déballez ! Cette absurdité ne doit pas continuer. Il ne peut en être question. Épousez quelque brave fille. Votre tante Marie a fait la connaissance d'une famille Bassington... Bassington, apparentée aux Bassington du Kent, la fille aînée est charmante, elle ferait très bien votre affaire. »

Sauf dans les pages des romans les plus démodés, personne n'a jamais grincé des dents, mais Bruce Carmyle fut bien près de le faire, plus près que personne avant lui. Il fronça un noir sourcil et abandonna toute courtoisie.

« Je n'en ferai rien, dit-il nettement, je m'embarque demain. »

L'oncle Donald avait été mis au défi par un de ses neveux dans une précédente occasion, mais il n'était pas encore habitué à cette impression. Il éprouva un curieux sentiment d'impuissance. Il n'y a rien de plus pénible que de décider ce qu'on doit faire quand on vous défie.

« Hé », dit-il.

Mr. Carmyle, ayant commencé une bonne fois à défier son oncle, tenait évidemment à le faire jusqu'au bout.

« Je suis majeur, dit-il. J'ai une fortune indépendante. Je ferai ce qu'il me plaira.

— Mais réfléchissez ! plaida l'oncle Donald, conscient de la vanité de ses paroles. Songez un peu...

— C'est tout réfléchi.

— Pensez à votre position ici.

— J'y ai pensé.

— Vous pourriez épouser la personne qui vous plairait.

— C’est ce que je vais faire.

— Vous êtes décidé à courir, Dieu sait où, après Miss... je ne me rappelle même plus son nom.

— Oui.

— Avez-vous songé, dit l’oncle Donald sentencieusement, que vous aviez des devoirs envers la famille ? »

Bruce perdit patience et il exprima avec une franchise aussi brusque que le faisait naguère Ginger :

« Ah ! zut pour “la famille” ! »

Un pénible silence s’ensuivit, rompu seulement par les craquements du fauteuil quand l’oncle Donald s’arracha de ses bras.

« Après cela, dit-il, je n’ai rien à ajouter.

— Parfait ! répondit Mr. Carmyle avec insolence.

— Sauf ceci, ajouta l’oncle : si vous revenez marié avec cette jeune fille, je ne vous saluerai plus dans Piccadilly. Par saint Georges, je ne vous connaîtrai plus. »

Il se dirigea vers la porte. Bruce Carmyle baissa le nez sans rien dire. Ce fut un moment décisif.

« Comment, demanda l’oncle qui tenait déjà le bouton de la porte, comment l’appelez-vous ?

— Comment j’appelle quoi ?

— Ce whisky.

— O’Rafferty Special.

— Et où l’achetez-vous ?

— Chez Bilby, Oxford Street.

— J’en prends note », dit l’oncle Donald.

CHAPITRE XIV

AU « JARDIN DES FLEURS »

I

« Et après tout ce que j'ai fait pour elle », dit Mr. Reginald Craknell, la voix tremblante d'apitoiement sur lui-même, et les yeux humides, par les effets combinés de son angoisse et du vin pris en trop copieuse quantité. « Après tout ce que j'ai fait pour elle, voilà qu'elle me laisse tomber. »

Sally ne répondit pas. L'orchestre du « Jardin des Fleurs » avait une sonorité qui décourageait toutes les conversations ; de plus, elle éprouvait tant de difficultés à ajuster ses pas aux trébuchements maladroits de Mr. Cracknell que cela réclamait toute son attention. Ils passèrent par secousses auprès de la table où Miss Mabel Hobson, la nouvelle directrice du « Jardin des Fleurs », trônait en surveillant avec hauteur les ébats des danseurs. Miss Hobson, en noir et vieil or, avait un air souverain, et un sanglot échappa au malheureux Cracknell, comme il trébuchait lourdement sous ses yeux.

« Si je vous disais, pleura-t-il à l'oreille de Sally, ah ! c'est votre cheville que j'ai heurtée ! je le regrette.

Je ne sais plus ce que je fais, ce soir... Si je vous disais ce que j'ai dépensé pour cette femme, vous ne le croiriez pas. Et elle me lâche ! Et tout ça parce que j'ai dit que ce chapeau ne lui allait pas. Il y a une semaine qu'elle ne me parle plus, elle ne répond pas quand je l'appelle au téléphone. Et pourtant j'avais raison, ce chapeau est hideux, il ne lui va pas du tout. Mais, ajouta Mr. Cracknell tristement, ça, c'est bien d'une femme ! »

Sally étouffa un cri comme le pied pesant du jeune homme écrasait le sien avant qu'elle pût le retirer. Mr. Cracknell ayant cru qu'elle protestait contre sa dernière remarque désobligeante pour les femmes, galamment, essaya de s'excuser.

« Je ne veux pas dire que vous êtes comme cela. Vous êtes toute différente. Dès que je vous ai vue, je l'ai compris. Vous êtes sensible, c'est pourquoi je vous raconte tout cela. Vous avez du bon sens et de la largeur d'esprit. J'ai tout fait pour cette femme. Je lui ai procuré cette place de directrice dans ce palais... vous n'imagineriez pas ce qu'elle touche. Elle a obtenu un rôle d'étoile dans une revue grâce à moi. Avez-vous vu ces perles qu'elle portait ? C'est moi qui les lui ai données. Et elle ne me parle plus. Simplement parce que son chapeau ne me plaisait pas. J'aurais voulu vous le faire voir à vous, une fille de bon sens, à l'esprit large ; et qui vous y connaissez en chapeaux. Je ne sais plus que faire. Je viens ici tous les soirs. »

Sally le savait. Depuis qu'elle avait repris son ancienne situation au dancing, le « Jardin des Fleurs », elle le voyait souvent, mais c'était la première fois que Lee Schoenstein, le maître des cérémonies, le lui infligeait.

« Je viens ici, chaque soir, je passe près de sa table

en dansant, mais elle ne veut pas me regarder. Que feriez-vous à ma place ? ajouta Mr. Cracknell, les larmes aux yeux.

— Je ne sais, répondit Sally avec franchise.

— Ni moi. Je pensais bien que vous ne sauriez pas, car vous êtes sensée et large d'esprit... Je fais ma dernière tentative ce soir. Vous ne le direz à personne, n'est-ce pas ? insista Mr. Cracknell. Je vais lui offrir un petit cadeau. Je l'ai fait envoyer ici ce soir. Un petit cadeau, ça devrait l'attendrir, ne croyez-vous pas ?

— Un gros la toucherait davantage. »

Mr. Cracknell, maladroit, lui heurta la jambe du pied.

« Je n'y avais pas pensé. Vous avez sans doute raison. Mais il est trop tard. Cependant, cela réussira peut-être. Qu'en pensez-vous ?

— Oui, fit Sally.

— C'est ce que je pensais en effet », dit Mr. Cracknell.

L'orchestre s'arrêta sur un coup de tam-tam ; laissant Mr. Cracknell battre des mains au milieu du parquet, Sally revint vers sa table. Son cavalier, après avoir jeté autour de lui un regard hésitant, comme s'il avait perdu quelque chose sans se rappeler quoi, s'en alla en zigzaguant à la recherche de sa chaise. Le bruit des conversations, couvert par la musique, reprit de plus belle. L'air était étouffant et résonnait de centaines de voix ; Sally, appuyant ses mains sur ses yeux fermés, se rappela une fois de plus qu'elle avait mal à la tête.

Un mois à peu près s'était écoulé depuis son retour au « Jardin des Fleurs », où elle était revenue pour gagner sa vie depuis sa ruine. Quel long mois ennuyeux, accablant, quelle succession monotone de journées sans intérêt ! Comme la vie ressemblait à un cauchemar ! Il lui semblait être séparée à jamais des siens. Depuis des semaines, elle n'avait pas revu une figure amie. Aucun des habitués de son ancienne pension de famille ne s'était montré ici. Fillmore, sans doute par scrupule de conscience, ne cherchait pas à la revoir et Ginger suivait son destin sur la rive sud de Long Island.

Elle retira ses mains, ouvrit les yeux et observa la salle. Il y avait foule comme toujours. Le « Jardin des Fleurs » était un de ces établissements qui eurent de la vogue au moment où la danse faisait rage à New York ; et, sans doute parce que l'endroit était élégant et bien dirigé, il continuait à avoir du succès. Dans les annonces, on le décrivait comme un « superclub », restaurant et dancing pour réunions après le spectacle. » On ajoutait que c'était « une des merveilles de la ville, avec son incomparable parquet, son excellent orchestre, son service de luxe ». D'après cela, on peut conclure que Mr. Abraham, le directeur du « Jardin des Fleurs », avait une haute opinion de son établissement.

Sally l'aimait assez la première fois qu'elle y avait été employée, elle trouvait l'endroit divertissant, stimulant et distrayant. Mais dans ce temps-là elle ne souffrait pas de maux de tête, ni, ce qui était pire, de ce découragement, de cette nonchalance qui faisaient de ce travail du soir un fardeau insupportable.

« Miss Nicholas... »

L'orchestre, qui ne s'arrêtait pas souvent au « Jardin des Fleurs », recommençait à jouer, et Lee Schoenstein présentait à Sally un nouveau danseur. Elle se leva machinalement.

« C'est la première fois que je viens ici », dit cet homme comme ils sautillaient ensemble sur le parquet poli. Il était gros et maladroit, naturellement. Ce soir, le monde entier semblait maladroit.

« L'endroit est chic. Je viens d'un État du Nord. Il n'y a rien de semblable dans la ville où j'habite. » Il se faisait de la place en se servant de Sally comme d'un bélier et elle, qui n'avait guère joui de sa danse récente avec Mr. Cracknell, commençait à le regretter. Cet homme devait être le plus mauvais danseur de toute l'Amérique.

« Il n'y a rien de tel que ce vieux New York ! ajouta l'homme de l'État du Nord patriotiquement. Ah ! je l'apprécie ! J'ai vu des pièces chics pendant mon séjour ici. Êtes-vous allée aux "Folies" cette année ?

— Non.

— Allez-y, fit l'homme avec conviction. Croyez-moi, le spectacle est épatant. Avez-vous vu *Myrtha prend un bain turc* ?

— Je ne vais pas souvent au théâtre.

— Allez-y ! ce n'est qu'un cri d'admiration. Je suis allé au spectacle tous les soirs depuis que je suis ici. Tous les soirs régulièrement. Toutes les pièces m'ont paru excellentes, sauf la dernière. Ah ! je n'ai pas eu de veine hier soir. J'ai tenté la chance parce que c'était une première. Je pensais que j'aurais quelque chose à raconter à la maison, si j'allais à une première représentation à New York. Cela m'a coûté deux dollars soixante-quinze, taxe comprise, je voudrais les avoir encore dans ma poche. On appelle cette pièce *La Rose sauvage*, dit-il, satirique, comme si c'était un subterfuge de la part de la direction. *La Rose sauvage !* Cela m'a rendu sauvage, en effet, d'y avoir mis là deux dollars soixante-quinze. »

Quelque chose réveilla un souvenir chez Sally. Pourquoi ce titre lui semblait-il si familier? Enfin, elle se souvint. C'était la nouvelle pièce de Gerald.

Peu après son retour à New York, elle avait redouté de le rencontrer en sortant de son appartement.

« Est-ce la comédie de Gerald Foster ? demanda-t-elle avec vivacité.

— Je ne sais pas qui l'a écrite, mais l'auteur a de la chance d'être encore vivant. Il y a de pauvres bougres qui cassent des cailloux sur les routes qui n'ont pas fait pis que lui. *La Rose sauvage*, je l'affirmerais devant le monde entier, m'a rendu sauvage, déclara l'homme de l'État du Nord, qui, très économe de sa nature, ne gaspillait rien et tenait à faire un sort à ses moindres plaisanteries.

« Avant la fin du second acte, les spectateurs se pressaient déjà vers les portes et si quelqu'un n'avait eu l'idée de crier : “Les femmes et les enfants d'abord !” nous n'aurions pas évité une panique. »

Sally se retrouva près de sa table sans se rendre compte comment elle y était revenue.

« Miss Nicholas... »

Elle allait se lever quand elle remarqua que ce n'était pas là l'appel du devoir s'exprimant par la bouche aurifiée de Mr. Schoenstein. L'homme qui venait de prononcer son nom s'était assis près d'elle et parlait d'un ton net et décidé qui lui semblait familier. La mémoire lui revint tout à coup et elle reconnut Bruce Carmyle.

II

« Je me suis présenté chez vous, disait Mr. Carmyle, et comme on m'a dit que vous étiez ici, je me suis permis de venir vous trouver. Cela ne vous contrarie pas, j'espère ? Puis-je fumer ? »

Il alluma une cigarette avec désinvolture. Ses doigts tremblaient un peu en tenant l'allumette, mais il tenait à ne pas révéler par son attitude sa violente émotion. L'idéal de Bruce était de sembler l'homme énergique qui domine toujours ses passions. Il jeta un regard de côté sur Sally et songea qu'il ne l'avait jamais trouvée si jolie, pas même dans les jardins de Monk's Crofton en une occasion mémorable. Elle avait les yeux brillants et le teint coloré. La colère de l'oncle Donald, dont le souvenir suivait Mr. Carmyle depuis son départ d'Angleterre, fut oubliée quand il revit la jeune fille.

Il y eut un silence. Mr. Carmyle tirait de rapides bouffées de sa cigarette.

« Quand avez-vous débarqué ? » demanda Sally, voyant la nécessité de dire quelque chose. Elle se sentait perplexe et n'aurait pu définir si la présence de Bruce lui faisait plaisir ou non. Plutôt plaisir, en somme. Quelque chose dans son aspect sombre, raide et froid, si vraiment anglais, lui procurait un étrange soulagement. Il ressemblait si peu à Mr. Cracknell ou à l'homme de l'État du Nord, son calme contrastait si bien avec l'atmosphère enfiévrée de ce dancing, où elle passait ses nuits, que cela la reposait, rien que de le regarder.

« J'ai débarqué ce soir, dit Bruce Carmyle tournant la tête pour la regarder en face.

— Ce soir !

— Oui, nous avons accosté à dix heures. »

De nouveau, il détourna la tête. Il avait produit son effet et voulait lui donner le temps de réfléchir.

Sally se taisait. La signification de ces paroles ne lui échappait pas. Elle comprenait que la seule présence de Bruce Carmyle était un défi auquel il lui fallait répondre. Et, cependant, cela ne l'émouvait pas beaucoup. Elle luttait depuis si longtemps qu'elle se sentait complètement inerte. Elle ressemblait à un nageur qui ne peut plus se défendre contre l'engourdissement et l'épuisement. La chaleur de la salle l'accablait comme si on eût jeté sur elle une couverture humide. Ses nerfs fatigués se crispaient sous le tapage de l'orchestre et le bruit des conversations.

« Voulez-vous que nous dansions ce tango ? »

L'orchestre reprenait une mélodie sensuelle et langoureuse, l'air à la mode qui passionnait Broadway pendant sa courte vogue. Air cent fois répété qui en devenait banal.

« Si vous voulez. »

« Faire de l'effet », tel était le mot d'ordre, la doctrine de Bruce Carmyle. Il était de ces gens qui n'entreprennent rien sans l'exécuter à la perfection. Tout jeune, il décida que la danse faisait partie de l'éducation d'un gentleman, et il eut soin de pousser très loin l'étude de cet art.

Sally, en s'élançant sur le parquet glissant, s'attendait à recommencer les cahots qui lui étaient habituels au « Jardin des Fleurs », mais elle se trouva dans les bras d'un maître, d'un expert, d'un homme qui dansait encore mieux qu'elle, et, tout à coup, elle éprouva un sentiment qui ressemblait à de la gratitude, une merveilleuse détente de ses nerfs crispés, une paix délicieuse. Soulagée, ravie, elle se livra, les yeux mi-clos, au rythme de la mélodie qui lui semblait, par quel mystère ? moins triviale, moins rabâchée ; à ce moment-là, ses dispositions à l'égard de Bruce Carmyle subirent un changement radical.

Elle n'avait jamais pris la peine d'analyser ses sentiments envers Bruce ; mais une chose lui semblait claire depuis leur première rencontre, c'est que, physiquement, il lui déplaisait. Malgré sa beauté (car en dépit de ses airs sinistres il était bel homme), il l'horripilait. Maintenant, la magie de la danse chassait cette répugnance. Il semblait qu'une barrière se fût abaissée entre eux.

« Sally ! »

Elle sentit le bras frémissant de Bruce serrer sa taille. Dans un éclair elle vit son visage. Les yeux noirs de son cavalier rayonnèrent en face des siens et elle trébucha avec un étrange sentiment de faiblesse. Elle se rendit compte, dans un sursaut qui la tira de son rêve, que cette danse ne reculait pas, comme elle l'avait cru, le moment décisif. Des lèvres brûlantes, tout près de son oreille, au rythme de la musique rauque et criarde, répétèrent mot pour mot les phrases déjà entendues à Monk's Crofton, un matin de printemps.

Étourdie, elle ressentit la déloyauté d'une telle attaque en un pareil moment, mais sa volonté semblait engourdie.

La musique s'arrêta net. Des battements de mains la remirent en train, mais Sally regagna sa table et Bruce l'y suivit comme son ombre. Ils n'échangèrent plus une parole. Bruce avait dit tout ce qu'il devait dire et Sally, les yeux fixes, essayait de réfléchir. Elle se sentait lasse, si lasse. Ses yeux brûlaient. Elle voulut se forcer à envisager nettement la situation. Était-ce la peine de lutter ? Y avait-il au monde quelque chose qui valût la peine de lutter ? Elle ne savait qu'une chose : elle était désespérément lasse, lasse jusqu'au fond de l'âme. L'orchestre se tut brusquement. Il y eut de nouveaux battements de mains, mais, cette fois, l'orchestre n'y obéit pas. Peu à peu, le parquet fut déserté par les danseurs, le glissement de pas cessa. Le « Jardin des Fleurs » reprenait une tranquillité toute relative. Les bavardages même diminuèrent étrangement. Sally ferma les yeux et, au même moment, on entendit descendre de la voûte le chant d'un oiseau.

Le directeur du « Jardin des Fleurs », Mr. Abraham, savait tenir parole. Il avait annoncé un « Jardin des Fleurs » et il tentait d'offrir au public ce qui pouvait rappeler un jardin dans un dancing trop rempli, étouffant et tapageur du quartier de Broadway. Des roses de papier couraient en festons sur les murs ; de véritables tulipes fleurissaient dans des vases au pied de chaque colonne et du plafond pendaient des cages remplies d'oiseaux. L'un de ceux-ci, réveillé par l'arrêt brusque du tumulte, se mit à chanter.

Sally avait souvent eu pitié de ces oiseaux, maintes fois elle avait supplié Abraham de leur faire grâce, mais en vain. Cependant, à ce moment-là, elle ne songea pas que le chanteur ailé suppliait en son langage qu'on l'ôtât de cet endroit néfaste, comme elle le demandait si souvent pour elle-même dans le secret de sa pensée. Non, à cet instant où elle luttait avec la destinée, cette chanson lui sembla joyeuse. Elle en fut soulagée. Elle se sentit mieux en l'écoutant. Et, tout à coup, une vision surgit devant ses yeux : Monk's Crofton, l'Eden vert et paisible sous le pâle soleil d'Angleterre, l'attirait, comme une oasis aperçue dans le lointain attire le voyageur altéré au milieu du désert.

Elle sentit soudain que le seigneur de Monk's Crofton avait posé sa main sur la sienne et la serrait de plus en plus. Baissant les yeux, elle eut un léger frisson. Les mains de Bruce Carmyle lui avaient toujours déplu. Elles étaient fortes, osseuses et poilues. La première impression était une sorte de répugnance à l'idée que ces mains-là pourraient la toucher. Mais elle ne bougea pas. La vision du vieux jardin surgit de nouveau dans sa pensée... c'était le port... le havre... le refuge...

Il se penchait vers elle et murmurait quelque chose à son oreille. La salle était plus étouffante, plus bruyante, plus encombrée que jamais. L'oiseau chantait encore là-haut, et maintenant elle le comprenait. « Emmenez-moi d'ici ! Emmenez-moi d'ici ! » disait-il. Que lui importait le reste, à elle aussi ? Pourvu qu'on l'emmenât de là, qu'importait où et avec qui elle partait ?

Monk's Crofton rayonna, frais, vert et paisible dans son souvenir...

« Oui, je veux bien », répondit Sally.

III

Bruce Carmyle, élevé à la dignité de fiancé, se trouva d'abord quelque peu embarrassé. Quelque chose le chiffonnait, non pas la façon dont Sally lui accordait son consentement (sans doute aurait-il aimé qu'elle montrât plus d'enthousiasme, mais, pour cela, il voulait bien attendre), non. Ce qui l'ennuyait, c'était d'avoir choisi un moment et un endroit qui n'allaient pas avec ces tendres émotions. Il appartenait à cette école classique qui exige le clair de lune et la solitude comme cadre à une demande en mariage. Ce « Jardin des Fleurs », malgré la façon « élégante » dont il était dirigé, jurait avec ses dispositions sentimentales.

La musique avait recommencé, mais ce n'était pas cette douce mélodie dont un amoureux aime l'accompagnement. C'était un one-step tapageur où retentissaient les cuivres. Les couples plongeaient et se balançaient, s'entrechoquant avec les autres couples, et, juste derrière eux, deux garçons s'expliquaient avec volubilité. Continuer à maintenir cette scène à un niveau sentimental de qualité semblait impossible, et Bruce Carmyle commença ses fiançailles en causant à bâtons rompus.

« Quel satané vacarme ! dit-il, rageur.

— Oh oui ! acquiesça la jeune fille.

— Est-ce toujours ainsi ?

— Mais oui.

— Quel tapage infernal !

— Oui. »

Le romanesque Carmyle aurait crié d'entendre ces indignes trivialités. Quand il se voyait en rêve jouer le personnage d'un fiancé, il imaginait surtout le moment qui suit la question capitale et sa réponse murmurée tout bas. Il se penchait alors, tendre et fier, sur la tête inclinée de sa fiancée, et chuchotait de tendres et douces choses à son oreille. Mais comment chuchoter dans un pareil tohu-bohu ? Les tendres dispositions de Bruce firent brusquement place à l'irritation.

« Venez-vous souvent ici ?

— Oui.

— Pourquoi ?

— Pour danser. »

Mr. Carmyle s'irritait bien inutilement. Cette scène, qui aurait dû être romanesque, lui en rappelait une autre quand, à l'âge de vingt ans, à son premier bal, il essayait de tenir une timide conversation derrière un palmier en pot avec une formidable jouvencelle en rose. C'était une des rares occasions où il avait paru à son désavantage. Il ressentait encore la sensation désagréable causée par son faux col amidonné qui se ramollissait autour de son cou. Il n'aimait pas, certes, à évoquer cette scène ; et d'être obligé de se la rappeler maintenant, au moment suprême de sa vie, cela l'ennuyait au-delà de toute expression. Rageur, il essaya, coûte que coûte, d'élever l'entretien vers un niveau plus élevé.

« Chérie, murmura-t-il, quand, après avoir poussé sa chaise de deux pieds vers la droite, il lui fut possible de murmurer, vous me rendez si...

— Batti, batti, presto i ravioli Olandese[1] ! » cria l'un des garçons de salle qui se disputaient derrière nos amoureux, ou, du moins, c'est ce que Bruce crut entendre.

« La Donna è mobile. Spaghetti Tettrazini a la Napolitana[2] », ajouta le second garçon avec ardeur.

« Vous me rendez si... », reprit Bruce Carmyle.

« Mulligiatawng di Toronto[3], dit le premier garçon.

— Si heureux..., plaça Bruce avec brutalité.

— Funiculi, Funicula, vermicelli o risotto[4] », répondit le second garçon qui ferma le poing, se disposant à boxer son camarade.

Bruce Carmyle abandonna la partie, ralluma sa cigarette et parut accablé, en constatant, comme cela nous arrive à tous en certaines heures, que tout allait de travers.

La musique s'arrêta. Les deux citoyens de la libre

1. Vite, les raviolis sauce hollandaise.

2. Souvent femme varie. Apportez les spaghettis à la Napolitaine.

3. Soupe au cari à l'indienne de Toronto.

4. Funicoli, Funicola, vermicelle ou risotto. (Les serveurs italiens échangent des propos que Bruce comprend mal, ne connaissant pas la langue.)

Italie s'éclipsèrent, sans doute pour se livrer à une vendetta. Un calme relatif s'ensuivit. Mais les émotions de Bruce Carmyle, comme des clochettes d'argent agitées à rebours, ne s'harmonisaient plus avec l'ambiance. Il ne put se ressaisir, ni retrouver son ravissement de tout à l'heure. Une conversation oiseuse restait seule à sa portée.

« Qu'est devenue votre compagnie ?

— Ma compagnie ?

— Les personnes qui vous accompagnent ? » dit Mr. Carmyle. Au milieu même de ses émotions, ce problème le tracassait. Dans son monde bien ordonné, les jeunes filles n'allaient pas seules au restaurant.

« Je ne suis avec personne.

— Vous êtes venue ici seule ? » s'exclama Bruce, ahuri. Et, tandis qu'il parlait, la fureur de l'oncle Donald, chassée pour un moment de son souvenir, lui revint, plus redoutable que jamais : celui-ci soufflait sa désapprobation à travers sa moustache de morse.

« Je suis employée ici », dit Sally.

Mr. Carmyle sursauta violemment.

« Employée ici ?

— Comme danseuse, vous comprenez, je... »

Sally s'arrêta net. Un spectacle inattendu attirait son attention vers une table placée à l'autre bout de la salle. Il s'agissait d'un jeune homme roux, bien bâti, qui venait d'apparaître à côté de la chaise où Mr. Reginald Cracknell berçait sa tristesse. Il portait un panier et du fond de ce panier s'éleva un jappement qui domina un instant le fracas des conversations. Mr. Cracknell s'arracha à sa torpeur, prit le panier, souleva le couvercle. Le jappement devint plus fort.

Mr. Cracknell se leva, portant toujours le panier. D'un pas incertain, et avec l'expression que donne un chétif espoir, il traversa la salle jusqu'à l'endroit où Miss Mabel Hobson trônait, seule et fière.

L'instant d'après, cette personne hautaine, devenue le centre de l'attention générale, pressait sur son sein un petit pékinois qui protestait avec énergie, et Mr. Cracknell, saisissant l'occasion aux cheveux comme un habile général, s'installait sur une chaise à côté d'elle. L'amour avait repris son cours majestueux.

Le jeune homme roux regardait fixement Sally.

« Comme danseuse ! » lança Mr. Carmyle. De tous les témoins du petit drame qui venait d'avoir lieu, il était le seul à n'y avoir pas pris garde. Ces qualités si essentielles à un drame, l'intérêt, le sex-appeal, l'intrigue, le dénouement, tout cela lui échappait. Ses pensées étaient ailleurs. La figure vengeresse de l'oncle Donald ne voulait pas disparaître de son champ visuel. La voix sévère de son parent semblait résonner à son oreille.

« Une danseuse ! Une danseuse professionnelle, employée dans un restaurant de Broadway ! » Des doutes affreux se glissèrent comme des serpents dans l'esprit de Bruce Carmyle. Que savait-il en somme de cette jeune fille à qui il venait de proposer de partager sa vie ? Comment aurait-il su qui elle était ? Méritait-elle l'honneur qu'il lui faisait ? La question se résumait ainsi. Toute sa vie il avait eu une certaine répugnance pour cette classe de femmes qui prennent part à la vie joyeuse des grandes villes. Certes, plusieurs de ses amis de club avaient pris femme parmi les danseuses ou les figurantes, mais Mr. Carmyle, bien qu'il n'eût pas d'objection contre le corps de ballet ou les chœurs quand ils restaient à leur place, c'est-à-dire de l'autre côté de la rampe, regardait toujours ces jeunes personnes comme le rebut de la société. L'enthousiasme qui l'avait conduit vers Sally, de South Andley Street jusqu'à New York, se calmait beaucoup.

Sally se retourna en l'entendant parler. Il y avait tant de candeur, tant d'honnêteté dans son regard, que tous les doutes qui s'étaient glissés dans l'esprit de Bruce Carmyle se dissipèrent.

« Non, je ne me trompais pas, plaidait-il, en face de l'image de l'oncle Donald. Qui pourrait la regarder et penser un seul instant qu'elle n'est point parfaite et adorable ? » Cette pensée inonda le cœur de Carmyle comme une vague tiède réchauffe le rivage.

« Vous comprenez, j'ai perdu ma fortune ; il fallait bien que je travaille.

— Oui, je comprends », murmura Mr. Carmyle, et, si le mauvais sort avait voulu le laisser tranquille, qui sait quelles tendresses il eût prodiguées à Sally ? Mais juste à ce moment, la Destinée, qui n'a de considération pour personne, intervint sous la forme de Washington Williams.

Washington Williams était un nègre plein de talent, que Mr. Abraham avait été chercher dans un petit théâtre où il jouait dans un vaudeville, pour faire un numéro au « Jardin des Fleurs ». Il jouait du tambour et il avait la charmante habitude, ses roulements finis, de faire le tour de la salle en affectant de couper les cheveux des clients masculins avec ses baguettes en guise de ciseaux. Aussi, quand Mr. Carmyle, plein d'une virile tendresse, se pencha vers Sally afin d'épancher son âme dans une série de phrases bien tournées, fut-il surpris et ennuyé de voir un Africain, à qui il n'avait pas été présenté, prendre la liberté de toucher à ses cheveux.

Quand je dis qu'il fut ennuyé, l'expression n'est pas assez forte. Cette interruption, en un pareil moment, lui mit tous les nerfs en boule. Le bruit de castagnettes des baguettes l'exaspéra et la blancheur éclatante du sourire aimable de Mr. Williams fut la goutte ultime qui fit déborder le vase. Sa dignité souffrit mille morts en présence de cette farce abominable. Aux autres tables, les gens riaient à ses dépens. Un véritable dégoût pour le « Jardin des Fleurs » s'empara de Mr. Carmyle et, en même temps, ses soupçons et ses critiques s'attachèrent à tous les employés du dancing. Il se leva.

« Je vais partir », dit-il.

Sally ne répondit rien. Elle avait les yeux fixés sur Ginger qui restait debout à côté de la table de Mr. Cracknell.

« Bonsoir, dit Mr. Carmyle entre ses dents.

— Ah, vous partez ? » dit Sally en tressaillant. Elle ressentait un certain embarras, car elle avait beau essayer, elle ne trouvait pas pour lui un seul mot amical. Elle tâchait de se figurer qu'elle venait de promettre d'épouser cet homme, mais jamais il ne lui avait été plus étranger. Il ne faisait pas partie de sa vie et il lui semblait incroyable d'avoir pris envers lui cet engagement irrévocable.

La vue de Ginger l'avait émue. Il lui sembla que, pendant la demi-heure qui venait de s'écouler, elle l'avait oublié et que maintenant seulement elle se rendait compte de ce que son mariage avec Bruce Carmyle signifierait pour leur camaraderie. Dès aujourd'hui, il n'existait plus pour elle. S'il y avait au monde quelque chose de certain, c'était bien cela. Sally Nicholas était la camarade de Ginger, mais à Mrs. Carmyle, elle s'en rendait compte, il serait défendu de le revoir jamais. Elle se sentit abandonnée.

« Oui, j'en ai assez de cet endroit, disait Mr. Bruce Carmyle.

— Bonsoir », dit Sally. Elle hésita : « Quand vous reverrai-je ? » demanda-t-elle gauchement.

Bruce Carmyle se rendit compte qu'en se laissant ainsi dominer par ses nerfs il ne se montrait pas à son avantage.

« Cela ne vous fait rien que je m'en aille ? dit-il plus aimablement. Je ne peux plus supporter cet endroit. Dites-vous bien que je vais vous emmener d'ici sans tarder.

— Mais je ne puis quitter mon emploi sans donner congé ! dit Sally qui tenait à remplir ses obligations.

— Nous reparlerons de cela demain. J'irai vous voir dans la matinée et je vous emmènerai faire un tour en auto. Il vous faut de l'air pur après ceci. »

Mr. Carmyle regarda autour de lui d'un air dégoûté et exprima sa répulsion pour le « Jardin des Fleurs » par un reniflement de dégoût.

Il s'éloigna rapidement et disparut. Alors Ginger, rayonnant de joie, gagna la table de Sally comme un pigeon qui rejoint son colombier.

IV

« Mon Dieu, quelle chance ! s'écria Ginger. Si je m'imaginais vous rencontrer ici ! » Il regarda avec précaution par-dessus son épaule. « Est-ce que ce gêneur s'est éloigné momentanément ?

— Mr. Carmyle ? Non, il est parti.

— Bravo ! s'écria Ginger enchanté. Pendant un moment j'ai craint, en vous voyant bavarder ensemble, qu'il ne fût en votre compagnie. Que fait-il ici ? Dieu le confonde. Il a toute l'Europe pour y prendre ses ébats, pourquoi infeste-t-il New York de sa présence ? C'est vraiment chic de vous retrouver. Il me semble qu'il y a des années que je ne vous ai vue. On a une certaine satisfaction à écrire des lettres, mais ce n'est pas la même chose. D'ailleurs, mes lettres n'ont ni queue ni tête. Puis-je vous offrir quelque chose ? Une tasse de café, un œuf, n'importe quoi ! Seigneur ! Ça, c'est une chance ! »

Sa simple et honnête figure rayonnait de joie. Sally se sentait comme si, pendant une nuit d'hiver, elle entrait dans la demeure bien chaude d'un ami. Son esprit primesautier se dilatait.

« Oh, Ginger ! Si vous saviez comme c'est bon de vous voir !

— Non ! vraiment ? franchement, ça vous fait plaisir ?

— Je crois bien que ça me fait plaisir !

— C'est parfait. Je craignais que vous ne m'oubliiez.

— Moi, vous oublier ! »

Ce fut comme une révélation. Sally était frappée du fait que, loin de l'oublier, elle lui gardait une large place dans ses pensées.

« C'est inouï comme vous m'avez manqué, dit-elle, et il lui parut que ces mots ne rendaient pas suffisamment son sentiment.

— Pas possible ! » jeta Ginger qui se rendait compte aussi que les paroles n'expriment qu'imparfaitement certains sentiments.

Un bref silence s'ensuivit. Après la première joie causée par leur réunion, Sally ressentait au fond du cœur un sentiment de gêne, comme si le monde entier était désaxé. Elle voulait chasser cette pensée qui l'obsédait toujours. Sally réalisait vaguement tout ce que Ginger était pour elle et elle luttait pour ne pas en convenir. Que d'incidents étranges pendant cette soirée, que d'émotions bizarres au fond de son cœur ! Ginger lui-même semblait être un autre homme, et c'était comme si elle le voyait pour la première fois.

« Vous allez vraiment très bien, dit-elle pour ramener la conversation sur un terrain normal.

— Mais oui, je vais bien, dit Ginger. Jamais de la vie je ne me suis senti si en forme. J'ai passé toute la journée au grand air, c'est une vie simple, je travaille d'arrache-pied. Les affaires vont à merveille. M'avez-vous vu tout à l'heure livrer Percy, le chien-chien à Mr. Je-ne-sais-qui ? Cinq cents dollars d'un coup. J'ai le chèque dans ma poche. Mais c'est une chance extraordinaire, quand je viens livrer ma marchandise ici, de vous y trouver. D'abord, je ne pouvais en croire mes yeux. J'espère que les gens qui vous accompagnent ne vont pas me trouver indiscret ? Il vous faudra leur expliquer que nous sommes de vieux camarades, que vous avez commandité mon entreprise. Écoutez, dit-il en baissant la voix. Je sais que vous détestez les remerciements, mais il faut quand même que je vous dise combien...

— Miss Nicholas... »

Lee Schoenstein s'approchait de la table et, avec lui, un jeune danseur éventuel, muni d'une légère moustache et d'un pince-nez. Sally se leva, et, l'instant d'après, Ginger se trouva seul, bouche bée, la suivant des yeux, tandis qu'elle paraissait et disparaissait au milieu de la foule des danseurs. Jamais il n'avait rien vu qui ressemblât davantage à un tour de prestidigitation et, en ce moment, il goûtait peu les tours de passe-passe. Il se sentait furieux devant cette audace, ce toupet, cet aplomb inouï. Venir ainsi enlever Sally au milieu d'une conversation particulière sans un mot d'excuse !

« Qui est ce pignouf? lui demanda-t-il quand elle revint.

— C'est M. Schoenstein.

— Et... l'autre ?

— Mon danseur ? Je ne sais pas.

— Vous ne savez pas ? »

Sally s'aperçut que la conversation touchait à un point délicat et embarrassant. La franchise seule pouvait la tirer de cette difficulté.

« Ginger, je vous ai dit, vous vous le rappelez, la première fois que nous nous sommes rencontrés, que je dansais dans un palace de Broadway. C'est ici même. J'ai repris mon travail. »

Ginger ne parut pas saisir ces paroles.

« Je n'y comprends rien », dit-il, et son expression révélait assez qu'il disait vrai.

« J'ai repris mes anciennes occupations.

— Mais pourquoi ?

— Il me fallait bien travailler », continua-t-elle, avec vivacité. Déjà une lueur de compréhension brillait dans les yeux de Ginger.

« Fillmore a fait faillite, continua Sally. Ce n'était pas sa faute, à mon pauvre frère. Il n'a pas eu de chance et j'avais placé presque tout mon argent dans ses affaires ; alors, vous comprenez... »

Elle s'arrêta net, frappée de l'expression des yeux de Ginger. Elle se sentait fautive, ce qui semble absurde. Mais ses yeux à lui exprimaient la stupeur et même une sorte d'horreur mêlée d'incrédulité.

« Vous ne voulez pas dire... ? » Ginger avala sa salive et reprit : « Vous ne voulez pas dire... que vous m'avez donné tout cet argent... pour mon chenil modèle... quand vous étiez ruinée ? C'est cela que vous voulez dire ? »

Sally vit son visage cramoisi et détourna les yeux aussitôt. Un silence lourd de pensées régna un instant entre eux.

« Écoutez, il faut nous marier ! éclata Ginger. Il faut que vous m'épousiez ! Non, ce n'est pas cela que je voulais dire, ajouta-t-il vivement. Vous épouserez qui vous voudrez, bien entendu. Mais ne consentiriez-vous pas à m'accepter pour mari ? Sally, pour l'amour de Dieu, examinez la chose. J'ai gardé cela pour moi parce que je trouvais ridicule de vous ennuyer, mais maintenant... Oh ! sacrebleu, si je pouvais seulement m'exprimer. Mais je n'ai jamais su parler. Enfin voilà ce que je veux vous dire : je ne vaux pas grand-chose, mais si vous avez fait cela pour moi, c'est donc que je vous inspirais un peu d'intérêt, et moi, je vous aime comme un fou depuis la première fois que je vous ai vue. Oh, si vous vouliez, Sally, moi, je pourrais vous rendre la vie heureuse, vous savez. Je travaillerais comme un nègre pour cela. Je ne suis pas assez bête pour me figurer qu'une femme comme vous pourrait aimer un type comme moi, mais... »

Sally mit sa main sur la sienne.

« Mon cher Ginger, dit-elle, je vous aime, moi aussi. J'aurais dû le savoir depuis longtemps, mais je n'ai pas vu clair en moi-même avant ce soir. » Elle se leva et, se penchant, lui dit à l'oreille :

« Je n'aimerai jamais personne que vous, Ginger. Rappelez-vous cela. »

Elle allait partir, mais il lui saisit le bras et l'arrêta.

« Sally !... »

Elle dégagea son bras et essaya en vain de retenir ses larmes.

« J'ai fait une chose absurde, dit-elle. Ginger, votre

cousin Mr. Carmyle m'a demandé tout à l'heure de l'épouser et j'ai accepté. »

Elle disparut, se glissant entre les tables comme une créature sauvage qui regagne son gîte, et Ginger, immobile, la suivit des yeux.

V

La sonnette du téléphone retentissait dans le petit salon de Sally quand elle franchit la porte d'entrée de son appartement. Elle devina qui se trouvait à l'autre bout du fil, et la sonnerie ressemblait à la voix d'un ami en détresse qui appelle au secours. Sans prendre soin de refermer la porte, elle courut à l'appareil et décrocha le récepteur. Des sons plaintifs lui parvinrent.

« Allô ! Allô !

— Allô, Ginger », dit Sally avec calme.

Un son moitié cri moitié sanglot frappa son oreille.

« Sally, est-ce vous ?

— Oui, c'est moi, Ginger.

— Il y a des siècles que je vous appelle.

— Je viens de rentrer. J'ai fait la route à pied. »

Il y eut un silence.

« Allô !

— Oui.

— Je veux dire... — Ginger éprouvait comme d'habitude beaucoup de difficulté à s'exprimer — « ... à propos de ce que vous m'avez dit.

— Oui ? fit-elle en essayant de raffermir sa voix.

— Vous avez dit... — le vocabulaire de Ginger le

trahissait de nouveau — vous avez dit... que vous m'aimiez.

— Oui », affirma Sally très simplement.

Un autre son bizarre, un sanglot... ou un baiser courut le long du fil, avant que Ginger trouvât le courage de continuer.

« Je... je... nous pourrons en reparler à notre prochaine rencontre, mais par téléphone, c'est inutile d'essayer. Je suis abasourdi... Je n'aurais jamais rêvé... Mais que me disiez-vous au sujet de Bruce ?

— Je vous ai dit... — le visage de Sally se contractait et le récepteur tremblait dans sa main — que j'ai agi d'une façon absurde. Je ne croyais pas... et maintenant il est trop tard.

— Grand Dieu ! — la voix de Ginger devint plus aiguë — vous ne dites pas sérieusement que... enfin vous n'avez pas réellement l'intention d'épouser cet homme ?

— Il le faut, je l'ai promis.

— Mais, juste Ciel !

— Vous n'y pouvez rien, il le faut.

— Mais c'est un mufle.

— Je ne puis manquer à ma parole.

— Quelle absurdité ! dit Ginger avec véhémence. Une jeune fille n'est jamais obligée de...

— Non, Ginger, je ne peux faire autrement, c'est impossible.

— Voyons, écoutez !

— Ce n'est pas la peine d'insister, vraiment c'est inutile. Où êtes-vous descendu ce soir ?

— Où je suis descendu ? Moi ? Au Plazza. Mais... écoutez un peu... »

Sally eut un pâle sourire.

« Au Plazza ! Oh Ginger ! Vous auriez besoin de quelqu'un pour vous surveiller. Comment, vous gaspillez vos sous de cette façon-là ? Ne dites plus rien, il est si tard et je suis si lasse. J'irai vous voir demain. Bonsoir. »

Elle raccrocha vivement le récepteur pour couper court à de nouvelles protestations. Comme elle se retournait, une voix prononça son nom derrière elle.

« Sally ! »

Gerald Foster était debout sur le seuil.

CHAPITRE XV

SALLY FAIT APPARAITRE UNE IMAGE

I

Le sang remonta au visage de Sally et son cœur, qui au son de cette voix avait battu très vite pendant un instant, reprit son rythme normal. Après ce choc inattendu, elle fut surprise elle-même de se sentir si calme. Elle s'attendait depuis longtemps à cette rencontre, sachant qu'elle se produirait un jour ou l'autre, et elle en avait peur, mais maintenant elle ne s'en trouvait pas autrement émue. Les événements de la soirée la rendaient incapable de beaucoup s'émouvoir.

« Eh bien, Sally ! » dit Gerald.

Il avait la voix pâteuse et un sourire niais errait sur ses lèvres, tandis qu'il se balançait, appuyé d'une main sur la porte. Il était en bras de chemise, sans faux col, et son visage pâle et gonflé, tout son aspect, disait sa dégradation. Sally se taisait. Accablée un instant auparavant par une fatigue qui l'engourdissait, elle atteignait maintenant cette phase où les nerfs surmenés reprennent une énergie exceptionnelle. Elle regardait Gerald avec calme, froidement et sans colère, comme elle eût regardé un étranger.

« Eh bien ! répéta Gerald.

— Que voulez-vous ? répondit-elle.

— J'ai entendu votre voix. J'ai vu la porte ouverte, et l'idée m'est venue d'entrer.

— Qu'est-ce que vous voulez ? »

Le sourire béat fixé sur le visage de Gerald s'évanouit, une larme roula sur sa joue. Son ivresse devenait larmoyante.

« Sally !... Oh Sally ! Je suis bien misérable. » Il bredouillait les syllabes difficiles. « J'ai entendu votre voix. J'ai vu la porte ouverte et j'ai eu l'idée d'entrer.

— Vous feriez bien de retourner chez vous et de vous coucher, Gerald », dit-elle avec calme.

Rien de la part de cet homme ne la touchait à présent, ni sa vue, ni son avilissement honteux.

« A quoi bon ? Ça ne servirait à rien ; je ne dormirais pas. Sally, vous ne savez pas à quel point je suis tourmenté. Je sais combien j'ai été stupide. »

Sally fit un geste bref pour arrêter l'expression de ses regrets. Elle ne tenait nullement à écouter les excuses et les pleurnicheries de Gerald qui avait fait tout son possible pour briser sa vie. Mais ce n'était pas cela qui le chagrinait.

« J'ai été stupide d'écrire des comédies, continua-t-il. J'ai réussi une fois, mais je ne puis réussir une seconde pièce. C'est impossible. J'aurais dû m'en tenir au journalisme. Ça, c'est mon affaire. Il faudra m'y remettre. J'ai encore fait un four ce soir. Inutile d'essayer de nouveau. Il me faut reprendre mon vieux métier, sacrebleu ! »

Il pleurait doucement, s'attendrissant sur lui-même.

« Je suis bien malheureux ! » murmura-t-il.

Il fit un pas en avant, trébucha et se rattrapa à la porte. Pendant un instant le calme de Sally fit place à un vif sentiment de mépris. Ce ne fut qu'un éclair. Elle reprit sa cuirasse d'indifférence.

« Allez donc vous coucher, Gerald ! dit-elle, vous vous sentirez mieux demain matin. »

Peut-être Gerald eut-il une idée vague de l'état où il se trouverait le lendemain, car ses façons devinrent encore plus mélancoliques.

« Je serai mort, sans doute, demain matin, dit-il avec solennité. J'ai bien envie de mettre fin à tout ça », répéta-t-il avec un geste large, qu'il arrêta brusquement en s'accrochant à une porte secourable.

Sally ne se sentait pas disposée à jouer les mélodrames.

« Oh, allez donc vous coucher ! » lui cria-t-elle avec impatience. L'indifférence glaciale qui était la sienne jusqu'alors commençait à faire place à un certain ressentiment : contre Gerald d'abord, pour s'être ainsi dégradé, et ensuite contre elle-même, pour avoir trouvé du charme à cet homme. Cela l'humiliait de penser qu'elle se laissait dominer naguère par sa personnalité et cette humiliation lui ôtait toute pitié. Elle s'apercevait maintenant qu'un grand changement s'était produit en elle ce soir-là. D'habitude, la seule vue d'un être qui souffrait excitait sa compassion. Mais l'aspect de Gerald, qui se désolait à la perspective de reprendre un travail régulier, ne l'attendrissait pas. Il s'en aperçut et le lui fit remarquer.

« Vous n'êtes guère pitoyable, fit-il observer.

— Je le regrette », dit Sally. Elle alla vers la porte et la poussa. Gerald qui s'y appuyait encore fut repoussé dans le corridor, toujours cramponné au bouton de la serrure, de l'air d'un homme pour qui les assises du monde ont perdu leur stabilité. Il lâcha la poignée et s'éloigna dans le corridor en titubant. Trouvant la porte de son propre logement grande ouverte, il passa le seuil en trébuchant. Sally, l'ayant surveillé jusqu'à la fin de son équipée, rentra chez elle avec la ferme intention d'aller dormir pour réparer l'agitation de cette soirée.

Elle changea d'avis presque aussitôt. Elle ne dormirait pas. Une fièvre d'agitation la possédait. Elle passa un kimono et alla dans sa cuisine pour faire chauffer une tasse de lait.

Tout à coup, elle se souvint qu'elle avait offert, le matin même, le reste de son lait à un chat errant qui s'était introduit chez elle par la fenêtre avec l'intention évidente de partager son déjeuner. Mais ses regrets furent interrompus par un fracas étouffé.

Elle écouta attentivement. Le bruit semblait venir de l'autre côté du corridor. Elle alla vivement vers la porte et l'ouvrit. Au même instant, elle perçut, dans l'appartement d'en face, un fracas indescriptible. Chaque coup semblait plus violent et plus effrayant que le précédent. Il y a quelque chose, dans les bruits violents qui éclatent au milieu d'une nuit tranquille, qui émeut la plus rigide indifférence. Quelques instants auparavant, les menaces de suicide de Gerald avaient laissé Sally impassible. Maintenant, elle se souvenait de ce qu'il venait de dire, et l'appréhension succédait chez elle à l'indifférence. Gerald, en ce moment, n'était pas responsable de ses actes, l'influence de l'alcool le rendait capable de tout. Sally, qui écoutait à la porte, fut saisie d'une sorte de panique. Un court silence succéda au fracas, mais, tandis qu'elle hésitait, le vacarme reprit de plus belle ; cette fois elle ne balança plus. Elle traversa le corridor en courant et frappa à la porte à coups redoublés.

II

Bien que son logement eût subi une véritable dévastation, il fut évident, au premier abord, que Gerald y avait survécu. En effet, Sally entendit un pas traînant et la porte s'ouvrit. Gerald se tenait debout sur le seuil. Son sourire béat avait reparu.

« Ah ! tiens, Sally ! »

A la vue de cet homme dégradé et évidemment indemne, les alarmes de Sally se calmèrent et son ressentiment lui revint. A ses autres offenses, Gerald en ajoutait une nouvelle : il venait de l'effrayer sans raison.

« Pourquoi tout ce bruit ? interrogea-t-elle.

— Du bruit ? dit Gerald, bouche bée.

— Oui, ce vacarme ! reprit Sally sèchement.

— J'ai nettoyé la maison », répondit Gerald, sérieux comme un pape, ou plutôt comme un homme tout juste conscient de son état d'ivresse.

Sally le poussa de côté et pénétra dans le logement qui était exactement la réplique du sien. Évidemment, Elsa avait pris la peine de l'embellir et de le rendre confortable avec son goût féminin poussé jusqu'à la mignardise. La décoration intérieure avait toujours été sa manie. Même dans sa simple chambre à la pension Meecher, elle réussissait à créer quelque chose d'assez gracieux. Sally, peu douée en la matière, l'enviait parfois.

Le goût d'Elsa la poussait à choisir de petits bibelots fragiles et elle ne craignait pas l'encombrement. Les tableaux se chevauchaient sur les murs, des porcelaines de toute espèce s'étalaient sur de petites tables. Il y avait une profusion de lampes ornées d'abat-jour de verre coloré, des assiettes étaient rangées sur des étagères.

Nous disons que les assiettes étaient rangées, et que les tableaux s'étalaient sur les murs, mais il serait plus exact de dire qu'ils *avaient été* rangés ou suspendus. C'est seulement par divination que Sally put reconstituer l'état de cette pièce, telle qu'elle devait être avant que Gerald eût « nettoyé la maison » comme il disait. Elle avait pénétré chez lui assez vivement, mais elle s'arrêta net, effrayée par les ruines qu'elle apercevait. Un obus, éclatant au milieu de ce petit salon, n'eût pas causé une destruction plus complète.

La psychologie d'un homme de caractère faible, quand il est sous l'influence de l'alcool, n'est pas aisée à définir, car ses élucubrations se succèdent avec une rapidité qui défie l'observation. Pendant dix minutes, Gerald s'était attendri sur lui-même en pleurnichant, et cette phase semblait revenue, mais, dans l'intervalle, il avait dû être saisi de folie furieuse. Ce qui avait causé et calmé ensuite cette démence échappait à Sally, qui ne se vantait pas d'être psychologue, mais il restait des preuves visibles de ce transport passager. Un pesant club de golf, jeté dans un coin avec violence — ou avec remords —, indiquait par quel moyen la destruction s'était accomplie.

Un sinistre chaos régnait de tous côtés. Le sol apparaissait jonché de débris de verre et de porcelaine de toutes formes et de toutes dimensions, des fragments de tableaux rongés, semblait-il, par quelque animal préhistorique, gisaient parmi les tas de statuettes et de vases brisés. Comme Sally traversait lentement la chambre, après son arrêt involontaire, elle écrasait sous ses pieds des fragments de porcelaine. Elle leva des yeux surpris sur les murs balafrés et se tourna vers Gerald pour lui demander des explications.

Gerald, appuyé sur une table qui se trouvait là,

pleurait doucement. Il avait de nouveau l'impression d'avoir été bien maltraité.

« Vraiment, dit Sally, vous avez fait du beau travail. »

La pauvre petite table, qui n'était pas destinée par son auteur à supporter des poids lourds, fit entendre un craquement sinistre et se brisa sous le poids du maître de céans qui resta au milieu des planches et des pieds rompus. Là-dessus l'humeur de Sally changea brusquement.

Il y a peu de situations dans la vie qui n'offrent pas un côté comique aussi bien qu'un aspect tragique : c'est le point de vue ridicule de ce drame qui venait de frapper Sally. Son sens de l'humour se trouvait chatouillé. Si elle avait pu analyser ses sentiments, elle aurait su qu'elle se moquait d'elle-même et de l'idée absurde qui lui avait fait prendre cet homme déraisonnable au sérieux. Elle se sentait comme allégée, et elle tomba dans un fauteuil en riant à gorge déployée.

Le bruit de cette chute eut une heureuse conséquence, car Gerald en fut un peu dégrisé. Il se leva en s'arrachant aux débris d'une boîte d'aquarelle et contempla Sally d'un air de reproche.

« Vous n'avez donc pas de pitié ? dit-il gravement.

— Je n'y puis rien, s'écria Sally, c'est trop drôle !

— Non, ce n'est pas drôle du tout, affirma Gerald dont le cerveau s'obscurcissait de nouveau.

— Pourquoi avez-vous fait ça ? »

L'indignation qui avait armé le bras de Gerald lui revint pour un moment. Il songea de nouveau à ses griefs.

« Je ne voulais pas en supporter davantage, dit-il avec emphase. Comment ! Une femme s'en irait, plaquerait son mari, ferait tomber sa pièce en quittant son théâtre pour aller jouer ailleurs? Pourquoi me gênerais-je pour tout casser? Pourquoi supporterais-je d'être traité comme ça? Pourquoi?

— Enfin, vous ne l'avez pas supporté, alors, c'est inutile de discuter là-dessus. Vous venez d'agir d'une façon virile qui montre beaucoup d'indépendance.

— Justement, en homme indépendant. » Il leva un index menaçant. « Je me moque de ce qu'elle dira, et, si elle ne revient jamais, je m'en moque encore. »

Sally ne tenait pas à faire chorus avec lui pour accabler l'absente. Le côté amusant de cette histoire faisait place, chez elle, à un profond dégoût. Elle se rendait compte qu'elle ne pourrait pas supporter longtemps la présence de Gerald Foster. Elle se leva et lui parla avec fermeté.

« Maintenant, dit-elle, je vais ranger un peu. »

Gerald n'était pas de cet avis.

« Non, fit-il avec gravité, pas du tout. Je veux qu'elle trouve les choses dans cet état-là. Laissez tout tel quel.

— C'est idiot. Il faut nettoyer tout cela. Je vais le faire. Allez vous asseoir dans mon appartement. Quand vous pourrez revenir, j'irai vous le dire.

— Non », fit Gerald en secouant la tête.

Sally frappa du pied sur les débris éparpillés. La vue de cet homme devenait intolérable.

« Faites ce que je vous dis ! » lui cria-t-elle.

Gerald hésita, mais son instinct combatif se calmait. Après une faible protestation, il s'esquiva et Sally l'entendit rentrer chez elle. Elle poussa un soupir de soulagement et se disposa à accomplir sa tâche.

A la cuisine, elle trouva un balai à long manche. Munie de cet ustensile, l'active petite personne mit bientôt un peu d'ordre dans le chaos. Il aurait fallu évidemment décorer le logement à neuf pour le rendre habitable, mais, en une demi-heure, Sally eut nettoyé le plancher et disposé les débris de verre et de porcelaine en petits tas le long du mur. Elle remit le balai à sa place et retourna au salon dont elle ouvrit la fenêtre toute grande, puis elle se pencha pour regarder au-dehors.

Elle s'aperçut avec surprise que la nuit s'achevait. Au-dessus de la rue tranquille flottait cette étrange lueur qui annonce l'aube d'une belle journée. Une brise fraîche soufflait. Au-dessus des maisons, le ciel s'étendait, uni et bleu.

Sally quitta la fenêtre, et elle allait traverser la chambre, quand une faiblesse s'empara d'elle. Elle alla d'un pas chancelant vers un fauteuil où elle tomba, si lasse qu'elle se sentait incapable d'un nouvel effort. Ses yeux se fermèrent et, à peine sa tête fut-elle appuyée aux coussins qu'elle s'endormit.

III

Sally s'éveilla. Le soleil rayonnait à travers la fenêtre ouverte et, en même temps, les bruits multiples d'une ville en pleine activité se faisaient entendre. Des pas résonnaient sur le trottoir, des klaxons déchiraient les oreilles et les tramways passaient en grinçant sur les rails. La jeune fille devinait à peu près l'heure ; en tout cas, la matinée devait être assez avancée. Elle se leva toute raide. La tête lui faisait mal.

Elle alla se laver le visage dans la salle de bains et se sentit mieux. L'oppression pénible causée par une mauvaise nuit se dissipait. Elle se pencha à la fenêtre, l'air frais lui parut délicieux, puis elle traversa le corridor et rentra chez elle.

Des ronflements sonores l'accueillirent. Gerald, lui aussi, avait dormi dans un fauteuil. Il s'y étalait devant la fenêtre, les jambes allongées et la tête appuyée sur son bras, ce qui ne constituait pas un beau spectacle.

Sally le regarda un instant avec le même dégoût qu'elle avait ressenti la veille. Cependant, elle éprouvait en même temps une certaine fierté. Un sombre chapitre de sa vie était clos pour toujours. Quoi qu'elle pût attendre de l'avenir, elle ne regretterait jamais l'homme dont la vie s'était si étroitement mêlée à la sienne pendant quelque temps. Elle croyait ne jamais se débarrasser de l'emprise de sa personnalité, et maintenant elle pouvait le regarder avec un sentiment de mépris et de pitié : le charme n'opérait plus.

Elle le secoua doucement et il s'éveilla en sursaut, clignant des yeux sous la pleine lumière. Il avait encore la bouche ouverte et regardait Sally d'un air ahuri. Il se leva maladroitement.

« Oh ! mon Dieu ! » fit-il, et, pressant ses mains sur son front, il se rassit, puis, passant sa langue desséchée sur ses lèvres, il gémit :

« Oh ! que j'ai mal à la tête ! »

Sally aurait pu lui dire qu'il n'avait que ce qu'il méritait, mais elle n'en fit rien.

« Allez donc prendre un bain, suggéra-t-elle.

— Oui, c'est cela, dit Gerald en se levant.

— Voulez-vous déjeuner ? proposa Sally.

— Non », fit-il à voix basse, et il gagna la salle de bains d'un pas chancelant.

Sally prit le fauteuil qu'il venait de quitter. Elle

n'avait jamais éprouvé ce qu'elle ressentait ce matin-là. Il lui semblait vivre dans un rêve. Elle entendait vaguement le remous de l'eau dans la salle de bains et elle se rendit compte qu'elle allait s'endormir de nouveau. Alors, elle ouvrit la fenêtre et l'air frais agit sur elle comme un tonique. Elle épiait d'un œil distrait l'activité de la rue. Là aussi tout semblait se passer en rêve. Un chat traversait la chaussée d'un air impassible. Des gens montaient et descendaient la rue, poursuivant des buts mystérieux. A la porte de sa maison, une auto décapotable faisait ronron.

Un brusque coup de sonnette la tira de sa rêverie. Elle alla vers la porte et l'ouvrit. Bruce Carmyle se tenait debout sur le seuil. Il portait un léger cache-poussière et il essayait, très évidemment, d'adoucir sa physionomie sévère par un sourire aimable.

« Eh bien, me voilà ! dit-il d'un air joyeux. Êtes-vous prête ? »

Depuis le matin, Mr. Carmyle ressentait certains remords. En réfléchissant, pendant qu'il se rasait et durant son bain, il en vint à cette conclusion que sa conduite de la veille laissait à désirer. Sans être positivement brutales, ses manières avaient été dépourvues de charme. Sa façon de quitter Sally au « Jardin des Fleurs » ne ressemblait point à celle d'un amoureux modèle. Il avait permis à ses nerfs de prendre le dessus ; maintenant il venait réparer ses torts. De là cette amabilité qu'il n'arborait pas, en général, de si bonne heure.

Sally, toute confuse, le regardait, ébahie. Elle avait complètement oublié qu'il devait venir la chercher ce matin-là pour faire une promenade en auto. Elle aurait voulu dire quelque chose et ne trouvait rien. Comme Mr. Carmyle se demandait s'il allait l'embrasser tout de suite, ou s'il attendrait un moment plus favorable, ils furent saisis tous les deux d'un embarras qui les paralysait, et le sourire engageant disparut du visage de Carmyle avec le motif qui l'avait inspiré.

« J'ai une auto... en bas... et... »

Arrivé là, les paroles manquèrent à Mr. Carmyle car, à peine commençait-il cette phrase que la porte de la salle de bains s'ouvrit, livrant passage à Gerald Foster. Mr. Carmyle regarda Gerald bouche bée. Gerald, d'un œil hagard, considéra Mr. Carmyle.

Se laver la tête et le visage à l'eau froide, le matin, est une mesure excellente après une nuit agitée, mais, comme tonique, cela ne réussit qu'à moitié. Pour Gerald, dont le cas était extrêmement sérieux, cela n'avait guère réussi. L'inconnu qui lui boulonnait des rivets de fer rouge à la base du crâne depuis son réveil continuait son petit travail. Livide, il observait attentivement Mr. Carmyle.

Bruce poussa un profond soupir, un sifflement plutôt, et demeura immobile et rigide. Il enveloppa d'un regard sombre la personne de Gerald et n'y découvrit rien d'intéressant. Il vit une silhouette dégingandée, en bras de chemise et pantalon de soirée, un être déplaisant et dégradé, aux yeux bordés de rouge et, de plus, mal rasé. Tous les doutes qui hantaient Mr. Carmyle depuis sa dernière rencontre avec Sally se changèrent en certitudes. Donc, après tout, l'oncle Donald avait raison ! Voilà quel genre de personne c'était !

A son côté, l'image de l'oncle Donald se dressait, rayonnante de satisfaction :

« Je vous l'avais bien dit ! »

Sally restait immobile. Cette situation la dépassait. Comme si elle évoluait dans un cauchemar, elle restait là, incapable de faire un geste ou de prononcer une parole.

« Ainsi ! » dit Mr. Carmyle, ne trouvant pas ses

mots, et employant cette apostrophe au lieu d'une phrase entière. Une colère froide s'emparait de lui. Il désigna Gerald, essaya de parler, s'aperçut qu'il bégayait et ravala ses paroles. A ce moment décisif, il n'allait pas manquer de dignité au point de bredouiller. Il n'eut pour conjurer le désastre qu'un seul mot, qui suffisait pourtant à exprimer sa pensée.

« Sortez ! » dit-il.

Gerald avait sa dignité et il lui sembla qu'il fallait la montrer, mais son mal de tête lancinant le torturait. Quand il se redressa pour demander à Mr. Carmyle ce que diable signifiait tout cela, une douleur fulgurante le ramena à une attitude plus modeste. Il serra son front de ses deux mains et poussa un gémissement.

« Sortez ! » répéta Mr. Carmyle.

Pendant une seconde, Gerald hésita. Mais une nouvelle douleur torturante vint le convaincre qu'il n'y aurait ni profit ni plaisir à continuer cette discussion, et il se dirigea vers la porte d'un pas mal assuré.

Bruce Carmyle le regarda s'éloigner en crispant les poings. Pendant un instant, l'homme primitif atrophié par une longue oisiveté s'agita en lui, prêt à toutes les violences ; mais sa dignité lui souffla à l'oreille des paroles de prudence. Aussi Gerald put-il franchir la zone dangereuse et gagner le corridor.

Mr. Carmyle tourna son visage vers Sally, comme jadis le roi Arthur, dans une occasion analogue, mais moins touchante, se tourna vers la reine Guenièvre.

« Ainsi ! » répéta-t-il.

Sally le regardait, très calme, beaucoup trop calme, songea Mr. Carmyle, étant donné les circonstances.

« C'est, dit-il sentencieusement, c'est très intéressant. »

Il attendait une réponse qui ne vint pas.

« J'aurais dû m'y attendre », dit encore Mr. Carmyle avec un rire amer.

Sally essaya de s'arracher à la léthargie qui l'envahissait.

« Voulez-vous que je vous explique ? dit-elle.

— Il n'y a pas d'explication possible, dit Mr. Carmyle avec froideur.

— C'est très bien. »

Il y eut un silence.

« Adieu, dit Carmyle.

— Adieu », répondit Sally.

Mr. Carmyle marcha vers la porte et, là, il s'arrêta un moment pour regarder Sally. Celle-ci avait ouvert la fenêtre et se penchait au-dehors. Pendant un instant, son élégante silhouette et ses cheveux dorés où le soleil se jouait parurent émouvoir le cœur de Mr. Carmyle et il hésita... mais un moment suffit à raffermir sa volonté, et la porte se referma en claquant derrière lui.

Une fois dans la rue, comme il montait en voiture, il leva les yeux pour voir si Sally était encore à la fenêtre... Elle avait disparu...

Tandis que l'auto accélérait sa course, Sally appela Ginger au téléphone. Lorsqu'il comprit ce que Sally venait lui apprendre, il se réveilla comme par enchantement et fit entendre une exclamation qui disait sa joie délirante.

Cinq minutes après, Ginger sautait dans son bain et, tout en éclaboussant la pièce, chantait à tue-tête d'une voix discordante.

CHAPITRE XVI

LA FIN DU VOYAGE

L'obscurité se répandait lentement, comme à regret. Elle semblait s'excuser de devoir mettre un terme à cette splendide journée d'été. Là-bas, vers l'Ouest, derrière un rideau d'arbres, une faible lueur se montrait encore et le premier quartier, comme une faucille d'argent, étincelait au-dessus de la vaste grange. Sally sortit de la maison, et gravement fit trois révérences pour porter bonheur à son foyer. Elle resta un moment dans l'allée sablée devant le porche, aspirant l'air parfumé du soir, et elle trouva que la vie était bonne.

Les ténèbres qui s'attardaient au début semblaient se presser pour en finir. Le ciel devint uniformément bleu sombre et se constella d'étoiles paisibles. Le goudron, répandu sur la route nationale qui mène à Patchogue, à Babylone, et autres centres importants, ne faisait plus tache dans le paysage, il devenait invisible. Des lumières scintillaient aux fenêtres des maisons, au-delà des prairies. Du côté du chenil s'élevait un unique aboiement, un peu étouffé, et le petit chien blanc, au poil laineux, qui trottait sur les talons de Sally, y répondit par un jappement de défi.

La soirée était si tranquille que les pas de Ginger, à

son retour du village, se firent entendre bien avant qu'il eût franchi la barrière. Il était allé chercher des provisions, ainsi que les journaux du soir et de la laine pour le sweater que Sally lui tricotait. Elle ne pouvait le voir encore, mais, se tournant du côté d'où venait le bruit de ses pas, elle ressentit ce frisson de joie qu'elle éprouvait chaque jour depuis un an.

« Ginger ! appela la jeune femme.

— Hello ! »

Le chien, avec un nouveau jappement, se précipita dans l'allée pour faire fête à son maître et fut reçu froidement. Ginger, malgré son amour pour les chiens, ne pouvait réussir à s'attacher à Toto. Il avait protesté, quand, le mois précédent, Sally, voyant Mrs. Meecher désolée au sujet de son chéri atteint d'une maladie de langueur, pria son mari d'offrir l'hospitalité au malade afin qu'il pût profiter de l'air de la campagne.

« C'est surprenant de voir ce que vous avez fait de Toto, mon chéri, dit Sally, tandis que son mari s'efforçait d'éviter les bonds de joie de l'animal. C'est un chien tout différent.

— Quelle veine il a !

— Pendant les années que j'ai passées chez Mrs. Meecher, je ne lui ai jamais vu d'autre allure qu'un pas majestueux. Maintenant, il ne cesse de courir.

— Il mange trop depuis sa naissance, dit gravement Ginger. C'est de cela qu'il souffrait ; un régime bien compris a rétabli sa santé. Nous pourrons, ajouta-t-il rayonnant, le renvoyer à sa maîtresse.

— Il me manquera beaucoup.

— Moi, je l'ai manqué ce matin quand je lui ai lancé un soulier. Il était sur la table de la cuisine en train de dévorer le lard. J'ai dû sévir.

— Homme des cavernes ! murmura Sally. J'ai toujours dit que vous étiez enclin à la brutalité. Ginger, quelle belle soirée !

— Seigneur ! s'écria tout à coup Ginger quand le couple arriva dans la zone éclairée par la cuisine.

— Qu'est-ce qu'il y a ? »

Il s'arrêta et la contempla longuement.

« Savez-vous que vous êtes plus jolie qu'au moment où je suis parti pour le village ? »

Sally lui serra doucement le bras.

« Mon aimé, avez-vous pensé aux côtelettes ? »

Ginger se sentit glacé et répondit :

« Bonne mère ! Je les ai complètement oubliées.

— Oh ! Ginger, gros bêta ! Il va falloir vous mettre au régime comme Toto.

— Oh ! je regrette énormément. J'ai acheté la laine.

— Croyez-vous que je vais manger de la laine ?

— N'y a-t-il pas de provisions à la maison ?

— Si, j'ai des légumes et des fruits.

— C'est parfait. Mais naturellement si vous tenez à avoir des côtelettes...

— Oh ! moi, pas du tout. Je suis trop éthérée ! D'ailleurs on dit que les légumes sont bons contre la tension, etc. Naturellement, vous avez oublié de prendre le courrier ?

— Pas le moins du monde ! J'y ai pensé, au contraire. Il y a deux lettres de gens qui demandent des chiots airedales.

— Vraiment ? Ginger, notre entreprise marche à merveille !

— Plutôt, reconnut son mari avec satisfaction. Si les affaires continuent à aller aussi bien, nous pourrons nous payer une petite auto à deux places. Il y a aussi une lettre pour vous. La voici.

— Elle est de Fillmore, dit Sally, en examinant l'enveloppe. Il était temps qu'il m'écrive. Il y a des mois que je n'ai reçu un mot de lui. »

Elle s'assit et ouvrit la lettre. Ginger se hissa sur la table, se tortilla jusqu'à ce qu'il eût trouvé une position confortable, et commença à lire son journal. Mais dès qu'il eut parcouru la page sportive, il laissa tomber la feuille et contempla la tête inclinée de Sally avec une suprême satisfaction.

Quoiqu'il fût marié depuis près d'un an, Ginger évoluait encore dans un monde magique, étant incapable de comprendre que ce bonheur inouï fût son partage. Ginger avait connu beaucoup de choses qui paraissaient bonnes... de loin, mais aucune ne supportait d'être vue de près... sauf celle-ci : son mariage.

Le mariage, avec Sally pour épouse, était l'une des rares choses de ce monde qui ne lui causât pas de désappointement. Ses bons yeux rayonnaient de bonheur tandis qu'il la contemplait. Tout à coup, Sally éclata de rire.

« Ginger, lisez cela ! »

Il se pencha pour prendre le bout de papier qu'elle lui tendait. L'annonce suivante, rédigée en grosses lettres, lui sauta aux yeux:

PÂTÉS DE PORC
Superfins
de POPP

Succulents, appétissants, nutritifs.
Demandez « Popp », c'est à la portée d'un enfant.

Ginger contempla cette énigme d'un air intrigué.

« Qu'est-ce que c'est ? demanda-t-il.

— C'est Fillmore.

— Que voulez-vous dire ? »

Sally s'esclaffa.

« Fillmore et Gladys ont ouvert un petit restaurant à Pittsburgh.

— Un restaurant ? » La voix de Ginger faisait entendre une note scandalisée. Bien qu'il sût que la carrière de son beau-frère, ce Napoléon moderne, s'était terminée lamentablement, il n'avait pas entièrement perdu son respect pour cet esprit supérieur. Que Fillmore Nicholas, l'homme marqué par le Destin, fût réduit à diriger un restaurant... et un *petit* restaurant, cela lui semblait presque inconvenant.

Mais Sally — car les sœurs ne semblent pas avoir pour leurs frères tout le respect qu'ils méritent — se montrait ravie.

« C'est une idée épatante ! dit-elle avec enthousiasme. On dirait que Fillmore va enfin réussir quelque chose. Ils ont dû commencer modestement à fabriquer des pâtés de porc.

— Mais pourquoi Popp ? l'interrompit Ginger, que cela intriguait fort.

— C'est une formule commerciale, gros bêta. Gladys est une excellente cuisinière ; elle confectionne les pâtés et Fillmore fait sa tournée pour les vendre. Cela a si bien réussi que maintenant ils ont ouvert un restaurant qui a également du succès. Écoutez un peu. »

Sally pouffa de rire de nouveau et retourna la lettre. « Où est-ce donc ? Ah !... voilà :

"Notre succès a été si instantané que j'ai décidé d'étendre notre commerce. Ce sont les grandes idées qui inspirent les grandes affaires. Je compte donner une vaste extension à notre entreprise. Bientôt j'ouvrirai des succursales dans toutes les grandes villes : à New York, Chicago, Detroit, Cleveland, chacune sous la responsabilité d'un directeur et offrant, en plus des menus habituels, nos inimitables pâtés de porc. Cela fait, et une fois ces diverses succursales marchant à plein rendement, je m'embarquerai pour l'Angleterre et j'y introduirai nos pâtés de porc."

« Vraiment Fillmore a du génie !

— Il a beaucoup de cervelle, je l'ai toujours dit.

— Je dois avouer que d'abord cela m'a un peu inquiétée. J'en ai tant connu de ces grandes idées de Fillmore. C'est toujours ainsi, il fait quelque chose de bien, et puis... il exagère et... ça rate. Néanmoins, cela va mieux maintenant que Gladys est là pour s'occuper de lui. Elle a ajouté un post-scriptum, juste quatre mots, mais combien rassurants pour moi : "Je ne crois pas." Voilà ce qu'elle dit, et je n'ai jamais rien lu de plus encourageant. Dieu merci ! elle a ce cher Fillmore bien en main.

— Des pâtés de porc ! dit Ginger rêveur, car les tiraillements de la faim commençaient à se faire sentir. Elle aurait bien dû nous envoyer un de ces machins superfins. J'aurais aimé y goûter. »

Sally se leva et, passant la main dans les cheveux roux de son mari :

« Pauvre vieux Ginger, dit-elle. Je me doutais que vous ne pourriez supporter ce jeûne. La nuit est splendide, allons souper à l'auberge du village. Nous serons millionnaires un de ces quatre matins. Alors nous pouvons nous payer cela. »

IMPRIMÉ EN FRANCE PAR BRODARD ET TAUPIN
1033V-5 - Usine de La Flèche, le 05-10-1998
N° d'édition : 2790
Dépôt légal : juillet 1997
Nouveau tirage : octobre 1998